GOLDMANN

Buch

Chief Inspector Wexford ist zu ungewohnter Ruhe verdammt: Sein Arzt hat ihm strikte Diät und Abstand von der Polizeiroutine verordnet, damit er gesundheitlich wieder auf den Damm kommt. Deshalb fährt Wexford mit seiner Frau nach London zu einem Neffen, der ebenfalls Kriminalist ist. Die ganze Familie bemüht sich mit vereinten Kräften, Wexford vor jeglichem Streß abzuschotten. Aber als Wexford eines Tages die Zeitung aufschlägt und entdeckt, daß sein Neffe in einem höchst mysteriösen Mordfall ermittelt, ist es mit seiner Ruhe zu Ende. Er macht sich auf, den Mord an einem noch nicht identifizierten jungen Mädchen aufzuklären, das erdrosselt in einer Gruft aufgefunden wurde. Die ansässige Polizei steht vor einem Rätsel, und Wexford begeht einen entscheidenden Fehler, der beinahe ein weiteres Menschenleben kostet …

Autorin

Ruth Rendell wurde 1930 in South Woodford/London als Tochter eines Lehrerehepaars geboren. Nach der Schule arbeitete sie zunächst als Journalistin, bevor sie sich ganz dem Schreiben widmete. Seitdem hat sie an die 30 Romane veröffentlicht. Dreimal schon hat sie den Edgar-Allan-Poe-Preis erhalten; außerdem wurde sie zweifach mit dem Golden Dagger Award der Crime Writer's Association für den besten Kriminalroman ausgezeichnet. Ruth Rendell, die auch unter dem Pseudonym Barbara Vine bekannt ist, lebt in einem Farmhaus aus dem 16. Jahrhundert in Suffolk. Sie ist verheiratet und Mutter eines Sohnes.

Außerdem sind von der Autorin bei Goldmann erschienen:

Die Brautjungfer. Roman (41240) · Die Werbung. Roman (42015) · Stirb glücklich. Roman (41294) · Der Mord am Polterabend. Roman (42581) · Der Liebe böser Engel. Roman (42454) · Eine entwaffnende Frau. Roman (42805) · Das geheime Haus des Todes. Roman (42582) · Mord ist ein schweres Erbe. Roman (42583) · Der Krokodilwächter. Roman (43201) · Lizzis Liebhaber. Stories (43308) · Schuld verjährt nicht. Roman (43482)

Ruth Rendell / Helen Simpson:
Das Haus der geheimen Wünsche / Die Sünden des Fleisches.
Zwei Romane in einem Band (41169)

RUTH RENDELL

DIE TOTE IM FALSCHEN GRAB

ROMAN

Aus dem Englischen von
Ilse Bezzenberger

GOLDMANN VERLAG

Die englische Originalausgabe erschien 1972 unter dem Titel
»Murder Being Once Done« bei Hutchinson, London

Die Zitate am Anfang der Kapitel stammen aus Sir Thomas Morus,
»Utopia«, übersetzt von Gerhard Ritter
(mit einer Einleitung von Hermann Oncken), Berlin 1922

Umwelthinweis:
Alle bedruckten Materialien dieses Taschenbuches
sind chlorfrei und umweltschonend.
Das Papier enthält Recycling-Anteile.

Der Goldmann Verlag
ist ein Unternehmen der Verlagsgruppe Bertelsmann

Genehmigte Ausgabe 11/96

Die Übersetzung folgt der Taschenbuchausgabe,
erschienen 1987 bei Arrow Books, London
Umschlaggestaltung: Design Team München
Umschlagfoto: Ernst Wrba
Satz: IBV Satz- und Datentechnik GmbH, Berlin
Druck: Elsnerdruck, Berlin
Verlagsnummer: 43580
JP · Herstellung: Heidrun Nawrot
Made in Germany
ISBN 3-442-43580-3

1 3 5 7 9 10 8 6 4 2

Für Frits und Nelly Twiss

I

Die Kranken pflegen sie mit großer Hingabe, und sie unterlassen nichts, wodurch sie ihnen wieder zur Gesundheit verhelfen können, sei es durch Arzeneien oder durch Diät.

Als Wexford an diesem Morgen die Treppe hinunterstieg, war sein Neffe schon fort zum Dienst, und die Frauen bereiteten ihm mit dem teuflischen Eifer von Amateur-Diätetikern ein Rekonvaleszentenfrühstück zu. So war es bisher jeden Tag gewesen, seit er in London angekommen war. Bis zehn hielten sie ihn im Bett; sie ließen ihm das Badewasser ein, und eine von ihnen wartete am Fuß der Treppe auf ihn, die Hand ausgestreckt für den Fall, daß er fiele, ein idiotisches Lächeln der Ermutigung auf dem Gesicht.

Die andere – an diesem Morgen war es Denise, die Frau seines Neffen – thronte vor dem mageren Angebot auf dem Eßzimmertisch. Wexford nahm das »Frühstück« grimmig in Augenschein: Zwei Stück runder Zwieback, offensichtlich aus Sägemehl und Leim kreiert, ein Klecks ungesättigtes Streichfett, eine halbe Grapefruit ohne Zucker, schwarzer Kaffee und als Krone des Horrors ein Glas wabblig bleicher Substanz, von der er annahm, daß es Joghurt sein könnte. Seine eigene Frau trottete von ihrem Posten als Treppenwächter hinter ihm her und hielt ihm zwei weiße Pillen und ein Glas Wasser hin.

»Diese Diät wird noch mein Tod«, sagte er.

»Ach, ist doch gar nicht so schlimm. Stell dir mal vor, du wärst auch noch Diabetiker.«

»Wer«, deklamierte Wexford, »kann ein Feuer tragen in der hohlen Hand – allein in dem Gedanken an den Frost des Kaukasus?«

Er schluckte die Pillen, und nachdem er seine Verachtung für das Joghurt gezeigt hatte, indem er es mit seiner Serviette zudeckte, fing er unter ihren besorgten Blicken an, die saure Grapefruit zu essen.

»Wohin wirst du heute morgen deinen Spaziergang machen, Onkel Reg?«

Er hatte bereits Carlyles Haus besichtigt; er hatte die King's Road erkundet, wobei er gleichermaßen die Läden, als auch die Leute, die darin einkauften, bestaunt hatte; er hatte am Eingang des Stamford Bridge-Fußballfeldes gestanden und allen Ernstes Alan Hudson gesehen; er war über jeden einzelnen der schönen kleinen Plätze von Chelsea gegangen, hatte die eindrucksvolle Größe von The Boltons bewundert und die malerischen Winkel von Walham Green; mit schmerzenden Füßen war er durch die Chenil Galleries und den Antique market gelaufen. Sie wollten ja unbedingt, daß er spazierenging. An den Nachmittagen drängten sie ihn, zusammen mit der U-Bahn oder dem Taxi ins Natural History-Museum zu gehen, zum Brompton Oratory und zu Harrods. So lange er nicht zu viel nachdachte oder sein Gehirn unnötig viel belastete, spät aufblieb oder gar versuchte, in einen Pub zu gehen, schmeichelten sie ihm mit einer Art nachsichtigen Spottes. »Wo ich heute morgen hingehe?« meinte er. »Vielleicht mal runter zum Embankment.«

»Ach ja, tu das. Was für eine gute Idee!«

»Ich dachte, ich könnte mir mal die Statue ansehen.«

»St. Thomas«, sagte Denise, die katholisch war.

»Sir Thomas«, erwiderte der nicht katholische Wexford.

»St. Thomas, Onkel Reg.« Denise nahm unauffällig das unsaturierte Streichfett weg, ehe Wexford zu viel davon essen konnte. »Und heute nachmittag, wenn es nicht zu kalt ist, gehen wir alle zusammen und schauen uns ›*Peter Pan*‹ in den Kensington Gardens an.«

Aber es war kalt, beißend kalt und ziemlich neblig. Er war froh über den Schal, den seine Frau ihm um den Hals gewikkelt hatte, obwohl es ihm lieber gewesen wäre, wenn sie ihm dabei nicht so jammervoll mitleidig in die Augen geblickt hätte, so als fürchte sie, das nächste Mal werde sie ihn in einer Schublade des Leichenschauhauses wiedersehen. Er fühlte sich nicht krank, nur gelangweilt. Heute morgen waren wenige der Leute unterwegs, die ihn sonst so amüsierten mit ihren flatternden Haaren, den Perlen und mittelalterlichen Eisenketten, mit ihren blumenbemalten Stiefeln und den zottigen Mänteln, die sie aussehen ließen wie zottige afghanische Hunde. An solch einem Vormittag trafen sich diese jungen Leutchen, die sonst gleichgültig an ihm vorüberwimmelten, wohl eher in den kleinen Cafés mit Namen wie *Friendly Frodo* und *The Love Conception*.

Die Theresa Street, wo das Haus seines Neffen stand, lag an der Grenze zum eleganten Chelsea oder eigentlich außerhalb, wenn man der Meinung war, daß die King's Road im Grunde an der Beauford Street zu Ende sei. Allmählich entwickelte Wexford für solche lokalen Spitzfindigkeiten ein Gespür. Mit irgendwas mußte er ja sein Gehirn schließlich in Gang halten. Er überquerte also die King's Road am Ende der Welt und ging zum Fluß hinunter.

Er war bleifarben heute morgen, am 29. Februar. Der Nebel raubte dem Damm alle Farbe, und selbst die Albert

Bridge, deren blau-weiße Schlankheit er so liebte, hatte ihr Wegdewood-Flair eingebüßt und schimmerte als bräunliches Gerippe durch den Dunst. Er wanderte über die Brücke hinüber und wieder zurück, überquerte dann die Straße, und er blinzelte mit dem Auge und rieb es. Aber sein Auge war in Ordnung, bloß dieser kleine blinde Fleck störte ihn. Es fühlte sich bloß so wie ein unbewegliches Staubkörnchen an, und er vermutete, so werde es wohl auch in Zukunft bleiben.

Die sitzende Statue ihm gegenüber erwiderte seinen Blick mit dunstverschleierter Freundlichkeit. Sie schien vertieft in Dinge des Staates, Dinge von Anstand und Sitte, utopische Dinge. Mit seinem Auge und bei diesem Nebel mußte er näher herantreten, um zu erkennen, daß es tatsächlich eine farbige Statue war, nicht nur aus nackter Bronze oder Stein, sondern schwarz und gold bemalt.

Er hatte sie noch nie gesehen, aber er kannte natürlich Bilder des Philosophen, Staatsmanns und Märtyrers, vor allem Holbeins Zeichnung von Sir Thomas und seiner Familie. Bis jetzt aber war ihm die große Ähnlichkeit dieses im Bild verewigten Antlitzes mit einem ihm bekannten, lebenden Gesicht noch nie aufgefallen. Man brauchte nur den heiligen Ernst dieser Augen gegen ein spöttisches Glitzern auszutauschen, dachte er, diese milde resignierten Lippen gegen die Kurven der Ironie, und schon war es Dr. Crocker, wie er leibte und lebte.

Wexford fühlte sich wie Ahab in Naboths Weinberg, und laut redete er ihn an:

»So hast du mich gefunden, oh, mein Feind?«

Sir Thomas fuhr fort, über den idealen Staat nachzudenken, oder auch über die Gefahren der Reformation. Sein Gesicht schien – ein Werk des Nebels vielleicht – noch ernster geworden zu sein, ja geradezu Strafe androhend. Es hatte jetzt genau den Ausdruck wie Crockers Gesicht an jenem Sonntag in Kingsmarkham, als er eine Thrombose im Auge seines Freundes diagnostiziert hatte.

»Weiß Gott, Reg, ich hab dich oft genug gewarnt. Ich hab dir gesagt, du sollst abnehmen, ich hab dir gesagt, du sollst die Dinge leichternehmen. Und wie oft hab ich dir gesagt, du sollst das Saufen lassen?«

»Na schön. Und was jetzt? Werd ich noch eine kriegen?«

»Wenn ja, dann kann es in deinem Gehirn passieren, wo sich ein Gerinnsel festsetzt, nicht im Auge. Du solltest dich schleunigst irgendwohin verziehen, wo du totale Ruhe hast. Einen Monat weit weg von hier, das rate ich dir.«

»Ich kann nicht für einen ganzen Monat weg!«

»Warum nicht? Niemand ist unersetzlich.«

»O ja, manch einer doch. Nimm Winston Churchill, nimm Nelson!«

»Das Schlimme bei dir ist außer dem hohen Blutdruck dein Größenwahn. Fahr mit Dora an die See.«

»Im *Februar*? Außerdem, ich hasse die See. Und aufs Land fahren kann ich nicht. Ich leb schon auf dem Lande.«

Der Arzt nahm sein Sphygmomanometer aus der Tasche, krempelte schweigend Wexfords Hemdsärmel auf und befestigte das Instrument an seinem Arm. »Das Beste wäre vielleicht«, meinte Crocker, ohne sich über das Meßergebnis auszulassen, »ich schicke dich auf die Gesundheitsfarm meines Bruders in Norfolk.«

»O Gott! Was soll ich da wohl den ganzen Tag mit mir anfangen?«

»Wenn du erst mal drei Tage lang nichts weiter genossen hast als Orangensaft und Saunabäder«, sagte Crocker sanft, »dann hast du gar nicht mehr die Kraft, was zu tun. Der letzte Patient, den ich dort hingeschickt habe, war zu schwach, um den Telefonhörer zu heben und seine Frau anzurufen. Dabei war er erst seit einem Monat verheiratet und sehr verliebt.«

Düster und eingeschüchtert blickte Wexford den Arzt an. »Gott schütze mich vor meinen Freunden! – Ich will dir mal was sagen, ich fahre nach London. Wie findest du das? Mein Neffe lädt uns schon dauernd ein. Du weißt, welchen ich meine, den Sohn meiner Schwester, Howard, Superintendent bei der Polizei. Der hat ein Haus in Chelsea.«

»In Ordnung. Aber keine langen Nächte, Reg. Kein süßes Leben in London. Keinen Alkohol. Ich geb dir einen Diätplan über tausend Kalorien pro Tag mit. Das klingt nach viel, aber glaub mir, das ist es nicht.«

»Glattes Verhungern ist das«, sagte Wexford zu der Statue.

Er fing an zu frösteln, während er dort herumstand und grübelte. Zeit, nach Hause zu gehen, zu der verordneten Ruhe vor dem Essen und dem Glas Tomatensaft, das sie ihm immer verpaßten. Aber so viel war sicher, an irgendwelchen ›*Peter Pan*‹-Expeditionen beteiligte er sich hinterher nicht. Er glaubte nicht an Märchen, und eine Statue pro Tag war genug. Eine Busfahrt vielleicht. Aber nicht mit dem, den er eben die Cremore Road entlangtrudeln sah mit Zielrichtung Kenbourne Vale. Howard hatte nämlich in seiner freundlich bestimmten Art unmißverständlich klargestellt, daß dies ein Londoner Distrikt war, in dem sein Onkel nicht willkommen sei.

»Und komm mir ja nicht auf die Idee, mit deinem Neffen übers Busineß zu fachsimpeln«, waren Crockers Abschiedsworte gewesen. »Du mußt dich eine Weile aus dem ganzen Kram raushalten. Was hast du gesagt, wo sein Herrschaftsbereich ist? Kenbourne Vale?«

Wexford nickte. »Lausige Gegend, hab ich gehört.«

»Schlimmer geht's gar nicht. Ich war dort während meiner Ausbildung am St. Biddulph's-Krankenhaus.« Wie immer, wenn er auf seine jungen und wilden Jahre in der Hauptstadt zu sprechen kam, setzte Crocker seine Doktor-Allwissend-Miene auf, und seine Stimme wurde väterlich herablassend. »Dort gibt es einen riesigen Friedhof, größer als Kensal Green und noch bizarrer als Brompton, mit mächtigen Mausoleen – ein paar mindere Abkömmlinge aus königlichem Geblüt liegen dort begraben – und die geriatrische Abteilung des Krankenhauses geht genau auf den Friedhof hinaus, um den armen Alten zu zeigen, welches ihre nächste Station sein wird. Abgesehen davon besteht die ganze Gegend aus kilometerlangen heruntergekommenen Häuserreihen, in denen zwei Sorten Menschen hausen: Dreigroschenoper-Gauner und die unverdient Armen.«

»Ich glaube allerdings«, konterte Wexford leicht ironisch, »das hat sich in den dazwischenliegenden dreißig Jahren vielleicht geändert?«

»Jedenfalls muß dich das ja auch gar nicht interessieren«, gab der Arzt barsch zurück. »Ich will auf keinen Fall, daß du deine Nase in die Kriminalität von Kenbourne Vale steckst. Du wirst dich also eventuellen Aufforderungen deines Neffen gegenüber gefälligst taub stellen.«

Aufforderungen! Wexford lachte bitter in sich hinein. Sich taub zu stellen, wo Howard in den zehn Tagen seit seiner Ankunft kein einziges Wort gesprochen hatte, das auch nur darauf hindeutete, daß er Polizist war, ganz zu schweigen etwa von einem Vorschlag, ihn mal im Revier zu besuchen oder ihn mit seinem Inspektor bekannt zu machen.

Nicht daß er unaufmerksam gewesen wäre; Howard war die Zuvorkommenheit selbst, der umsichtigste Gastgeber, den man sich denken konnte, und was die Gespräche betraf, äußerst ehrerbietig und zurückhaltend, auch bei dem Thema Literatur, trotz seines Cambridge-Examens. Bloß was das Thema betraf, welches seines Onkels Herzen (und seinem eigenen vermutlich auch) am nächsten lag, da war er entmutigend schweigsam.

Der Grund dafür lag klar auf der Hand. Ein Detective Superintendent, der bei der Londoner Kriminalpolizei eine hohe Stellung innehatte, hielt es für unter seiner Würde, mit einem Chief Inspector aus Sussex Dienstliches zu besprechen. Männer, die Häuser in Chelsea geerbt hatten, ließen sich nicht mit Leuten ein, die in der Provinz ein Häuschen mit drei Schlafzimmern bewohnten. Das war nun mal der Lauf der Welt.

Howard war ein Snob. Ein freundlicher, aufmerksamer, nachdenklicher Snob, aber eben doch ein Snob. Und das war auch der Grund, weshalb Wexford wünschte, er wäre lieber an die See gefahren oder auf diese Gesundheitsfarm. Als er in die Theresa Street einbog, fragte er sich, wie er noch einen weiteren Abend in Denises elegantem Wohnzimmer ertragen sollte, wo die Frauen über Kleider und Küche tratschten, während er und Howard Belanglosigkeiten über das Wetter und die Sehenswürdigkeiten von London austauschten, hie und da vermengt mit ein paar Bröckchen Eliot.

»Du mußt dir unbedingt ein paar Kirchen der City ansehen, während du hier bist.«

»St. Magnus Martyr, weiß und golden…?«

»St. Mary Woolnoth, die die Stunden zählt mit hohlem Klang auf dem letzten Schlag der Neun…!«

O Gott, und das noch nahezu vierzehn Tage!

Ohne ihn wollten sie auch nicht zu ›*Peter Pan*‹ gehen. Dann ein andermal, meinten sie und begnügten sich ohne allzu großes Bedauern damit, statt dessen zu Harvey Nichols Modenschau zu gehen. Er schluckte seine Pillen, aß seinen gedünsteten Fisch und den Obstsalat und sah ihnen nach, wie sie das Haus verließen, jede angemessen herausgeputzt, wie es sich für dreißig und für fünfundzwanzig Jahre geziemte. Denise in dunkelrotem Samt mit Federn und Bilderbuchhut, Dora in dem Zuchtnerz, den er ihr zur Silberhochzeit geschenkt hatte. Sie kamen gut miteinander zurecht, die beiden. Abgesehen von ihrer gemeinsamen Entschlossenheit, ihn wie einen zurückgebliebenen Sechsjährigen mit erblich bedingter Krankheit zu behandeln, schienen sie auch in allem, was weiblichen Geschmack betraf, übereinzustimmen.

Alle kamen sie gut zurecht, bloß er nicht: Crocker mit seiner Siebzig-Zentimeter-Taille; Mike Burden im Kingsmarkhamer Polizeipräsidium, der sich an das Gefühl gewöhnte, Last und Würde seines – Wexfords – Amtes auf den Schultern zu spüren und Geschmack daran fand; Howard, der jeden Morgen zu seinem sorgsam verschwiegenen Job aufbrach, der wohl mehr mit Whitehall zu tun hatte als mit den Knästen von Kenbourne Vale, trotz allem, was er seinem Onkel erzählte, um ihn vom Gegenteil zu überzeugen.

Aber Selbstmitleid führte zu nichts. Er mußte dies hier eben nicht als Urlaub betrachten, sondern als Erholungskur. Es war Zeit, all die schönen Visionen zu vergessen, die er im Zug nach London gehabt hatte, Bilder, wie er Howard bei seinen Ermittlungen half, wie er ihm gar – er errötete bei der Erinnerung daran – diesen und jenen kleinen Ratschlag erteilte. Crocker hatte recht gehabt, er litt wirklich an Anfällen von Größenwahn.

Und in dieser Hinsicht hatte er hier einiges einstecken müssen. Allein schon das Haus hatte gereicht, einen Provinzler auf das rechte Maß zusammenzustauchen. Es war nicht mal ein großes Haus, aber schließlich war auch das Taj Mahal nicht sehr groß. Was ihn so verunsicherte und ihn wie auf Katzenpfötchen umhertappen ließ, war die exquisite Ausstattung: das fragile Mobiliar, chinesisches Porzellan, das auf winzigen Tischchen balancierte, Wandschirme, die er immer um Haaresbreite umwarf, und dann Denises Blumenarrangements – unirdisch, exotisch, befremdlich zusammengestellt, irritierten sie ihn, denn nahezu täglich erschien ein frisches Gesteck. Nie konnte er sicher sein, ob eine Rosenknospe absichtlich in so nachlässiger Weise auf der Marmorplatte eines Tisches liegen sollte, oder ob er selbst sie womöglich mit seinen plumpen Händen versehentlich aus dem Strauß ihrer Schwestern in der Majolicavase herausgerissen hatte.

Die Temperatur des Hauses war – so konstatierte er, leicht übertreibend, im stillen – wie an einem griechischen Strand im August um die Mittagszeit. Wenn man die Figur dazu besaß, hätte man glatt im Bikini herumlaufen können. Er wunderte sich, daß Denise, die sie hatte, es nicht tat. Und wie bloß die Blumen das überlebten, die Narzissen, die gequält zwischen den Avocadopflanzen standen?

Nachdem er seine Ruhestunde mit hochgelagerten Füßen hinter sich hatte, nahm er die beiden Bibliotheksausweise, die Denise ihm hingelegt hatte und ging die Manresa Road hinunter. Bloß raus aus diesem Haus! Es deprimierte ihn mit seiner wunderschönen, warmen, langweiligen Stille.

Warum fuhr er eigentlich nicht nach Hause?

Dora konnte ja noch hierbleiben, wenn sie mochte. Er dachte an zu Hause mit einem Knurren in den Eingeweiden, das nur zum Teil vom Hunger herrührte. Zu Hause… Die grünen Wiesen von Sussex, der Kiefernwald, die High Street, wimmelnd von Leuten, die er kannte und die ihn kannten, das Polizeipräsidium und Mike, der sich freute, daß er wieder da war; sein eigenes Haus, kalt wie ein englisches Haus sein mußte, außer unmittelbar vor dem einzigen, großen, prasselnden Feuer; anständiges Essen, anständiges Bett und im Kühlschrank die heimlichen Bierdosen.

Immerhin, ein paar Bücher konnte er sich ja trotzdem ausleihen, etwas zum Lesen für die Zugfahrt. Später konnte er sie per Post an Denise zurückschicken. Er suchte sich einen Roman aus und außerdem, weil er jetzt das Gefühl hatte, den alten Burschen persönlich zu kennen, nachdem er so eine Art Unterhaltung mit ihm geführt hatte, Thomas Mores ›*Utopia*‹. Danach hatte er rein gar nichts mehr zu tun, und so ließ er sich für eine ganze Weile in der Bibliothek nieder, ohne jedoch die Bücher auch nur aufzuschlagen. Er dachte an zu Hause.

Es war beinahe fünf, als er fortging. Er kaufte sich eine Abendzeitung, mehr aus Gewohnheit als aus dem Bedürfnis, sie zu lesen. Auf einmal wurde ihm klar, daß seine Müdigkeit der schleppende Stumpfsinn eines Menschen war, der nichts anderes zu tun hatte, als die Stunden zwischen dem Aufstehen und dem Schlafengehen irgendwie totzuschlagen.

Zu Fuß bis zur Theresa Street, das war ein langer Weg – zu lang. Er hielt ein Taxi an, sank in die Polster und faltete die Zeitung auseinander.

Von der Mitte der Titelseite her starrte ihn das knochige, fast kadaverhafte Gesicht seines Neffen an.

2

Man errichtet ein Denkmal auf der Grabstätte mit den Ehrentiteln des Verstorbenen.

Die Frauen waren noch nicht zurück. Die lähmende Hitze, die ihm wie ein tropischer Luftschwall entgegenfuhr, als er das Haus betrat, machte ihm zu schaffen. Er setzte sich, nahm seine neue Brille und las die Zeilen unter dem Zeitungsfoto. *Detective Superintendent Howard Fortune, Chef der Kriminalpolizei des Distrikts Kenbourne Vale, der den Fall übernommen hat, bei der Ankunft auf dem Kenbourne Vale-Friedhof, wo die Leiche des Mädchens gefunden wurde.*

Der Fotograf hatte Howard geknipst, als er aus seinem Wagen stieg, eine Frontalaufnahme. Darunter war ein weiteres Foto, makaber und abstoßend. Wexford blickte rasch weg, um sich nicht vereinnahmen zu lassen, und wandte seine Aufmerksamkeit der Reportage zu, dem Aufmacher des Blattes. Er las ihn langsam und bedächtig.

Heute morgen wurde in einem Mausoleum des Friedhofs von Kenbourne Vale, West London, die Leiche eines jungen Mädchens entdeckt. Die Tote wurde später als die etwa zwanzig Jahre alte Miss Loveday Morgan aus der Garmisch Terrace, W. 15, identifiziert.

Gefunden wurde sie von Mr. Edwin Tripper aus dem Kensington Lane, einem Friedhofswärter, der das Grabgewölbe einer monatlichen Routineinspektion unterzog. Detective Superintendent Fortune erklärte: »Es handelt sich hier mit Sicherheit um ein Verbrechen. Mehr kann ich zum gegenwärtigen Zeitpunkt noch nicht sagen.«

Mr. Tripper berichtete folgendes: »Das Grabgewölbe ist Eigentum der Familie Montfort, das waren früher mal wichtige Leute in Kensington. Irgendein Geldbetrag wurde einem Treuhänder übergeben, um das Mausoleum instandzuhalten, aber das Schloß an der Eingangstür zum Gewölbe ist schon seit Jahren kaputt. Heute morgen wollte ich also, wie immer am letzten Dienstag eines Monats, reingehen, um den Boden zu fegen und ein paar Blumen auf den Sarg von Mrs. Viola Montfort zu legen. Die Tür war fest zu, und sie klemmte. Ich mußte Werkzeug benutzen und sie mit Gewalt öffnen. Als ich sie offen hatte, ging ich die Stufen runter, und da sah ich die Leiche dieses Mädchens zwischen den Särgen von Mrs. Viola Montfort und von Captain James Montfort liegen.

Ich kriegte einen entsetzlichen Schreck. Das ist ja schließlich auch der letzte Ort, wo man 'ne Leiche vermuten würde!«

Wexford mußte darüber ein wenig schmunzeln, aber das Foto des Grabgewölbes ließ ihn gleich wieder frösteln. Es war ein monströses Mausoleum, erbaut offenbar während der Blütezeit der Neugotik. Auf seinem Dach lagen zwei riesige getötete Löwen, über denen sich triumphierend die Statue eines Kriegers aufreckte, das Ganze ausgeführt in schwarzem Eisen. Möglich, daß einer der Montforts ein Großwildjäger gewesen war. Unterhalb dieser Figurengruppe stand die mit heroischen Fresken bemalte Tür halb offen, dahinter gähnte undurchdringliches Dunkel. Stechpalmen, diese Bäume, von denen Friedhofsarchitekten so viel hielten, wölbten ihre staubigen, immergrünen Wedel über dem Mausoleum und verhüllten des Kriegers Haupt.

Es war ein gutes Foto. Beide Fotos waren gut, auch das von Howard. Es zeigte in seinen Augen jenen Scharfblick und jene leidenschaftliche Entschlossenheit, die jeder gute Polizeibeamte haben sollte, die Wexford jedoch bisher an seinem Neffen noch nie bemerkt hatte. Und auch nie bemerken würde, dachte er, und ließ die Zeitung seufzend sinken. Er traute sich gar nicht, auch noch den Rest der Reportage zu lesen. Wetten, daß Howard zum Abendessen nach Hause kam, seine Frau küßte, sich erkundigte, was seine Tante eingekauft hatte und besorgt nach der Gesundheit seines Onkels fragte, als ob nichts geschehen sei? Wenn einer diese Abendzeitung schlichtweg ignorieren würde, dann er. Er würde sie einfach klammheimlich verschwinden lassen, und der Status quo wäre wiederhergestellt, für immer und ewig.

Aber jetzt wäre es noch schlimmer. Jetzt konnte Howard ihm nun wirklich nichts mehr vormachen, und sein fortgesetztes Schweigen würde nur beweisen, was Wexford bereits vermutete, nämlich daß er seinen Onkel für einen ausrangierten Altvorderen hielt, eben noch gut genug vielleicht, einen ländlichen Ladendieb zu schnappen oder eine Bande von Gaunern bei ihren heimlich veranstalteten Hahnenkämpfen in den South Downs aufzustöbern.

Er mußte eingedöst sein, und er hatte wohl ziemlich lange geschlafen. Als er aufwachte, war die Zeitung fort, und ihm gegenüber saß Dora mit seinem Abendessen auf einem Tablett, kaltes Huhn und schon wieder von diesem verdammten Zwieback, und dann dieser Quark und die beiden weißen Pillen.

»Wo ist Howard?«

»Er ist gerade erst nach Hause gekommen, Liebling. Wenn er mit dem Essen fertig ist, will er herkommen und mit dir den Kaffee trinken.«

Und übers Wetter reden?

Tatsächlich, es war das Wetter, womit er anfing.

»Zu dumm, daß wir gerade jetzt diese Kältewelle haben, Reg.« Er nannte seinen Onkel nie Onkel, und es hätte wohl auch in die Höhe gezogene Augenbrauen gesetzt, wenn er es getan hätte, denn Howard Fortune mit seinen sechsunddreißig Jahren sah aus wie fünfundvierzig. Die Leute interessierten sich verstohlen für den Altersunterschied zwischen ihm und seiner Frau, nicht ahnend, daß er bloß sechs Jahre betrug. Howard war ungewöhnlich groß, außerordentlich dünn, und sein hageres, knochiges Gesicht war voller Falten, aber wenn er lächelte, wurde es charmant und nahezu schön. Man sah, daß sie Onkel und Neffe waren. Auch hier das Wexford-Gesicht, der gleiche Knochenaufbau, obgleich diese Knochen im Fall des Jüngeren beinahe fleischlos, beim Älteren dagegen unter Polstern und schweren Kinnbacken verborgen waren. Jetzt, als er Wexford Kaffee einschenkte und ihm die Tasse hinstellte, lächelte Howard.

»Ich sehe, du hast da die *›Utopia‹*.«

Nicht gerade eine Bemerkung, die man von einem Mann erwartete, der seinen Tag mit den ersten Ermittlungen eines Mordfalls zugebracht hatte. Aber danach sah Howard auch ganz und gar nicht aus. Sein silbergrauer Anzug und das Beale-and-Inman-Hemd waren doch sicherlich die Kleidung, die er heute morgen angezogen hatte, dabei sahen sie aus, als kämen sie frisch aus der Hand eines Kammerdieners. Seine dünnen, geschmeidigen Finger, die über den Ledereinband von Mores Klassiker fuhren, sahen aus, als hätten sie nie mit derberen Dingen zu tun als mit alten Büchern. Nachdem er seinem Onkel ein Kissen hinter den Kopf gestopft hatte, fing er an, sich über *›Utopia‹* auszulassen, über die Übersetzung von Ralph Robinson von 1551, über Mores Freundschaft mit Erasmus von Rotterdam, gelegentlich innehaltend, um bescheidene Artigkeiten wie »was du natürlich längst weißt, Reg« einzuflechten. Er sprach über andere ideale Gesellschaften in der Literatur, über Andreaes ›*Christianopolis*‹, über Campanellas ›*Stadt der Sonne*‹ und über Butlers ›*Eriwan*‹. Sein Monolog war angenehm und zeugte von Belesenheit, und manchmal machte er eine Pause, um Wexford Gelegenheit zu einem Kommentar zu geben, aber Wexford sagte nichts.

Er kochte innerlich vor Wut. Dieser Howard war nicht bloß ein Snob, er war ungeheuer grausam, ein Sadist. Hier zu sitzen und wie ein Professor über idealistische Philosophie zu dozieren, wo sein Gehirn mit dem Gegenteil voll sein mußte, wo er doch wußte, daß sein Onkel nicht nur die ›*Utopia*‹ mitgebracht hatte, sondern auch jene »Dystopia«, über die sich die Zeitung lang und breit ausgelassen hatte! Und das war nun der kleine Junge, dem er, Wexford, beigebracht hatte, Fingerabdrücke zu nehmen!

Das Telefon klingelte draußen in der Diele, und Denise nahm ab, aber Wexford sah sehr wohl, wie Howard auf dem Sprung war. Er sah, wie sich das Gesicht seines Neffen spannte, und als Denise hereinkam, um ihrem Mann zu sagen, es sei für ihn, da bemerkte er sehr wohl das stumme Signal zwischen ihnen, das winzige Kopfschütteln auf Howards Seite, welches bedeutete, daß dieser Anruf und alles, was damit zusammenhing, vor ihrem Gast geheimgehalten werden mußte. Natürlich war es jemand von Howards Untergebenen, der da anrief, um ihm irgendwelche neuen Entwicklungen mitzuteilen. Trotz seiner Verstimmung brannte Wexford darauf zu wissen, was für neue Entwicklungen das wohl sein mochten. Er lauschte auf Howards murmelnde Stimme in der Diele, aber er konnte keine

Worte unterscheiden. Alles, was er tun konnte, war, sich zu beherrschen und nicht die Tür aufzumachen, und später, wenn Howard zurückkäme, ihn direkt zu befragen. Aber er wußte schon, wie die Antwort ausfallen würde.

»Du wirst dir doch mit diesem Kram nicht den Kopf belasten wollen.«

Er wartete gar nicht, bis Howard zurückkam. Er nahm ›*Utopia*‹ und ging rasch zur Treppe, wobei er Denise ein kurzes »Gute Nacht!« zurief und seinem Neffen zunickte, als er an ihm vorüberging. Das Bett war heute der beste Ort für einen alten Trottel wie ihn. Er kroch zwischen die Laken und setzte seine Brille auf. Dann schlug er das Buch auf. Seine Augen fühlten sich wieder so seltsam verändert an, aber *solch* einen Streich konnten ihm die Augen doch wohl nicht spielen...? Er starrte in das Buch und knallte es zu.

Es war lateinisch.

Er träumte eine Menge in dieser Nacht. Er träumte, Howard hätte nachgegeben und ihn höchstpersönlich zum Kenbourne Vale-Friedhof gefahren, um gemeinsam mit ihm die Montfort-Gruft zu inspizieren, und als er aufwachte, erschien es ihm ganz und gar unmöglich, nach Hause zu fahren, ohne sie tatsächlich gesehen zu haben. Dieser Mord würde, eine Weile wenigstens, selbst in Kingsmarkham Gesprächsthema sein. Wie sollte er Mike erklären, daß man ihn von allem, was damit zusammenhing, ausgeschlossen hatte? Daß er bei dem Mann gewohnt hatte, der dafür zuständig war, und doch nicht mehr erfahren hatte als ein beliebiger Zeitungsleser? Sollte er vielleicht lügen? Sollte er sagen, es habe ihn nicht interessiert? Sein Temperament revoltierte bei dem bloßen Gedanken.

Sollte er also die Wahrheit sagen, nämlich daß Howard sich geweigert hatte, ihn einzuweihen?

Um zehn an diesem Morgen ging er nach unten, wo sich die übliche Pantomime abspielte. Geschroteter Weizen und Orangensaft und diesmal Denise, die am Fuß der Treppe wartete. Ansonsten war es dasselbe wie jeden Morgen.

Ohne daß er es ihr erzählt hatte, war Dora dahintergekommen, daß die ›*Utopia*‹ lateinisch war, und die beiden machten bereits Pläne, ihm eine englische Übersetzung zu verschaffen. Denises Schwägerin arbeitete in einer Buchhandlung und würde ihm eine Taschenbuchausgabe besorgen, und – doppelt hält besser – sie selbst würde in die Bibliothek gehen und die Ralph Robinson-Übersetzung bestellen.

»Ihr braucht euch nicht all die Mühe für mich zu machen«, sagte Wexford.

»Wohin gehst du heute vormittag spazieren, Onkel Reg?«

»Victoria«, antwortete er, ohne hinzuzufügen, daß er zum Bahnhof wollte, um die Zugverbindungen zu erkunden, und ebenso schweigend nahm er ihr basses Erstaunen hin, daß er so weit laufen wolle.

Laufen würde er natürlich nicht. Da fuhr bestimmt ein Bus. Der Elfer, dachte er, Elfer fuhren ja zu Dutzenden in der Gegend rum – bloß nicht, wenn man einen brauchte. Heute schienen sich Elfer und Zweiundzwanziger im Streik zu befinden, während Dutzende in Richtung Kenbourne Vale über die King's Road herankamen und den Gunter Grove hinunterfuhren.

Er verspürte so eine verdammte Lust, diesen Friedhof einmal zu sehen. Howards Leute würden inzwischen dort fertig sein, und schließlich konnte jeder, der wollte, Friedhöfe besuchen. Dann konnte er, wenn er nach Hause kam, Mike doch wenigstens die Gruft beschreiben und sagen, es sei doch zu dumm gewesen, daß er gerade zu diesem Zeitpunkt hätte abfahren müssen. Victoria Station konnte warten. Außerdem konnte er dort ja auch telefonisch anfragen.

KENBOURNE LANE STATION stand auf dem nächsten Bus. Wexford traute sich nicht, nach dem Friedhof zu fragen, damit der lächelnde Schaffner von den westindischen Inseln ihn nicht für einen der sensationslüsternen Gaffer hielt – in London fühlte er sich irgendwie unsicher, gewissermaßen eines Quentchens seiner Identität beraubt –, deshalb verlangte er: »Endstation bitte«, und lehnte sich in seinen Sitz zurück, damit es aussähe, als beherzige er den abgedroschenen Ratschlag für Touristen, nämlich, die beste Art, London kennenzulernen, sei vom Oberdeck eines Busses aus.

Dieser hier fuhr zur Holland Park Avenue hinauf und dann den Ladbroke Grove entlang. Kaum war der Bus in den Elgin Crescent eingebogen, verlor Wexford die Orientierung. Er fragte sich, wie er merken sollte, ob sie North Kensington oder Notting Hill oder was sonst immer verlassen hatten und sich schon in Kenbourne Vale befanden? Die Gegend hier paßte jedenfalls schon zu Crockers Beschreibung von den kilometerlangen, verkommenen Häuserzeilen, aber inzwischen waren dreißig Jahre vergangen, und es gab hier auch Hochhäuser und Wohnblöcke.

Dann sah er ein Schild: LONDON BOROUGH OF KENBOURNE. COPELAND HILL. Sämtliche Schilder mit den Straßennamen – Copeland Terrace, Heidelberg Road, Bournemouth Grove – trugen die Postbezirksnummer West 15.

Gleich mußten sie da sein. Seine Unsicherheit machte seiner Aufregung Platz. Der Bus war um einen von Häusern umstandenen runden Platz gerumpelt und bog jetzt in den

Kenbourne Lane ein, eine breite, baumlose Durchgangsstraße, die leicht anstieg, eine Straße mit asiatischen Lebensmittelhandlungen, niedrigen kleinen Kneipen, Pfandleihen und engen Tabaklädchen. Er überlegte gerade, wie er den Friedhof finden sollte, da fuhr der Bus über die Kuppe des Hügels, und links vor ihm erhob sich ein riesiger, von Säulen getragener Portikus aus gelbem Sandstein. Die schmiedeeisernen Gittertüren, mächtig wie die Pforten einer von Mauern umschlossenen orientalischen Stadt, standen offen und ließen den Arbeiter, der den schwarzen Anstrich der Pfosten ausbesserte, geradezu zwergenhaft erscheinen.

Wexford drückte auf die Klingel, und als der Bus daraufhin anhielt, stieg er aus. Ein scharfer Wind fuhr ihm an diesem ungeschützten Ort entgegen, und er stellte den Mantelkragen auf. Der schwere, bleifarbene Himmel sah nach Schnee aus. Nirgends waren Schaulustige zu sehen, auch keine Polizeiwagen, und weder der Arbeiter noch ein Wärter – Mr. Tripper womöglich? –, der an der Tür des Pförtnerhäuschens stand, sagten ein Wort zu ihm, als er unter dem Torbogen hindurchging.

Kaum war er innerhalb des Friedhofs, da fiel ihm ein, was Crocker gesagt hatte, wie riesig und bizarr er sei. Das war keine Übertreibung, aber was Crocker nicht gesagt hatte, war, daß er, vielleicht wegen seiner Größe und wegen Personalmangels, grauenhaft vernachlässigt war. Wexford blieb stehen und ließ den Blick über das wild wuchernde Panorama gleiten.

Direkt vor ihm stand eines jener Gebäude, mit denen sich alle großen Friedhöfe brüsten und deren Funktion zweifelhaft war. Es war weder eine Kapelle noch ein Krematorium, wahrscheinlich beherbergte es Büros für die Angestellten und Toiletten für die Trauernden. Im Stil war es ähnlich wie der Petersdom in Rom, natürlich nicht so groß, aber immerhin groß genug. Pech für die Bewohner von Kenbourne Vale, daß sein Architekt kein Bernini gewesen war: die Kuppel war zu klein, die Säulen zu dick, und der gesamte Bau war in dem gleichen gelben Sandstein ausgeführt wie der Portikus.

Gleichfalls aus diesem Material waren die beiden Kolonnaden, die wie umfangende Arme von der rechten Seite des St. Peter-Bauwerks ausgingen und etwa hundert Meter weiter an einem Torbogen zusammentrafen, der eine geflügelte Victoria trug. Zwischen ihnen und der Außenmauer, über die hinweg man das St. Biddulph's Hospital sehen konnte, erstreckte sich das tiefer gelegene Friedhofsareal, völlig verwildert, ein Dschungel aus Buschwerk und Bäumen, aus dem hier und da die verwitterten Spitzen von Grabmälern sichtbar wurden.

Zwischen den umlaufenden Kolonnaden hatte man wenigstens den Versuch unternommen, Ordnung herzustellen. Das wuchernde Gras war gekürzt worden, die Büsche ein wenig zurückgeschnitten. Schmutzverkrustete Monumente waren dabei zum Vorschein gekommen, Engel mit Schwertern, Geschützlafetten, geborstene Säulen, weinende Niobes, ägyptische Obelisken, und direkt neben St. Peter zwei Grabmäler von der Größe kleiner Häuser. Als Wexford genauer hinsah, erkannte er, daß eines davon das der Prinzessin Adelberta von Mecklenburg-Strelitz war und das andere das seiner Durchlaucht, des Großherzogs Waldemar von Retz.

Der Ort hatte etwas Lächerliches, eine grandiose Nekropole, die unnötig Land verschlang, die den Obdachlosen von Kenbourne Vale nützlicher gewesen wäre. Außerdem war sie zutiefst unheimlich; sie konnte einen das Gruseln lehren. Noch nie, weder in einer Leichenhalle noch an einem Tatort, hatte Wexford so buchstäblich den erdrückenden Hauch des Todes verspürt. Die geflügelte Victoria zügelte ihre sich aufbäumenden Rösser vor einem Himmel, der nahezu schwarz war, und unter den Wölbungen der Kolonnaden waberte unstetes Zwielicht. Er mußte sich eingestehen, daß er um nichts in der Welt dort unter diese Bögen und Säulen vor den Mausoleen treten würde, etwa um die Schrift der alten Bronzeplatten auf dem feuchtgelben Gemäuer zu entziffern. Nicht um den Preis neuerlicher Gesundheit und Jugend würde er eine Nacht an diesem Ort verbringen.

Er war die Stufen hinaufgestiegen, um den Friedhof besser überblicken zu können. Aber genug war genug. Zum Glück mußte das Mausoleum der Montforts zwischen der Außenmauer und den Kolonnaden liegen; er vermutete das, weil nur dort Stechpalmen wuchsen, und er war geradezu kindisch erleichtert bei dem Gedanken, nicht das innere Areal absuchen zu müssen, wo die monströsesten und abwegigsten Grabmäler standen und die geflügelte Victoria wie ein finsterer gefallener Engel alles beherrschte.

Aber kaum war er die Stufen wieder hinabgestiegen und hatte einen Weg eingeschlagen, der ihn auf die rechte Seite des Friedhofs führte, da wurde ihm klar, daß der tiefer gelegene Teil kein bißchen angenehmer war als der hoch gelegene. Gewiß, die geflügelte Victoria und die Kolonnaden waren jetzt unsichtbar und hinter Bäumen verschwunden, aber diese Bäume, dicht bei dicht stehend, unbeschnitten und fast ausnahmslos immergrüne Nadelhölzer, hielten ihre eigenen Schrecken bereit. Sie verdunkelten den Weg. Die Stämme waren bis in Schulterhöhe verborgen durch Efeu und dicke Dornenranken, und zwischen diesem Gestrüpp begannen sich vage Umrisse abzuzeichnen, von

Grabsteinen zuerst und dann, als der Weg parallel zur Außenmauer verlief, von immer größeren Familiengrüften.

Wexford versuchte, über ein paar allzu schwülstige Inschriften zu lachen, aber das Gelächter blieb ihm im Hals stecken. Das Unheimliche siegte über das Absurde: die Bronzefiguren und Steinskulpturen, bösartig entstellt durch wucherndes Moos und den Schmutz von Dezennien, lauerten hämisch zwischen wedelnden Ranken und schienen sich gar, als der Wind über ledrige Blätter und bröckelndes Steinmetzwerk fuhr, zu bewegen. Über seinem Kopf sah er nur einen schmalen Korridor des Himmels, stürmisch, schwarz und wie von Turner gemalt. Er ging weiter, stur geradeaus blickend, den abfallenden Weg entlang.

Gerade, als er das Gefühl hatte, nun ertragen zu haben, was Fleisch und Blut ertragen konnte, stieß er auf das Mausoleum der Montforts. Es hatte die Ausmaße eines kleinen Hauses und wirkte in Wirklichkeit noch viel schrecklicher als auf dem Bild. Der Fotograf hatte ja den Modergeruch nicht vermitteln können, der einem aus der halboffenen Tür entgegenschlug, oder etwa den schauerlichen Effekt des sauer-grünen Mooses, das über das Gesicht des Kriegers und über die Pranken der toten Löwen kroch.

Auch war die Inschrift nicht in der Zeitung erschienen. Sie war anders als alle Grabinschriften, die Wexford je auf einem Friedhof gelesen hatte. Sie enthielt keinerlei Information über die Toten, die in der Gruft ruhten. Die Kupferplatte war von hellem Grünspan überzogen, aber die Buchstaben waren aus irgendeinem nichtoxydierenden Metall – Goldblatt vielleicht – und hoben sich klar und deutlich ab.

Wer Fragen stellt, der ist ein Narr.
Wer darauf Antwort gibt, ein größ'rer noch.

Was ist Wahrheit?
Was der Mensch entscheidet, daß sie sei.
Was ist Schönheit?
Was des Menschen Auge dazu macht.
Und was ist richtig, was ist falsch?
Heut ist's das eine, das andere schon morgen.
Der Tod allein ist Wirklichkeit.
Lies des letzten Montfort mahnendes Gebot
und gib es weiter, ohne Kommentar.

Dieses Epitaph – wenn man es denn so nennen konnte – interessierte Wexford so sehr, daß er ein Stück Papier und einen Stift aus der Tasche nahm und es abschrieb. Dann stieß er die Tür auf. Er hatte ein Knarren erwartet, aber es gab nicht das leiseste Geräusch. Vielleicht hatte Mr. Tripper die Angeln geölt. Ein Knarren oder Quietschen wäre irgendwie beruhigend gewesen. Ihm wurde plötzlich klar, daß die Beklemmung und die Unruhe, die er verspürte, zum Teil von der vollkommenen Stille herrührten. Seit er auf dem Friedhof war, hatte er nichts gehört als das Rascheln der toten Blätter unter seinen Füßen und das Rauschen des Windes.

Das Innere der Gruft war nicht völlig dunkel. Äußerste Finsternis wäre sogar weniger unheimlich gewesen. Ein kleiner grauer Lichtschein fiel von dem schmalen Fenster an der Rückwand auf die Treppe. Er stieg die Stufen hinab und befand sich in einer Kammer von etwa vier mal vier Metern. Die toten Montforts lagen nicht in Särgen, wie Mr. Tripper behauptet hatte, sondern in Steinsarkophagen, die in Gestellen übereinanderstanden. In der Mitte der Kammer war ein Marmorbecken, das eine kleine Wasserlache enthielt, sinnwidrig wie ein Vogelbad. Man konnte sich beim besten Willen nicht vorstellen, welchem Zweck es diente. Er ging auf die Sarkophage zu und stellte fest, daß sie in zwei

Reihen standen, mit einem schmalen Raum dazwischen. Hier mußte es gewesen sein, an dieser Stelle auf dem feuchten Steinboden hatte man Loveday Morgans Leiche gefunden.

Wexford erschauderte ein wenig. Die Gruft roch nach Verwesung. Sicherlich nicht nach den toten Montforts, die längst zu Staub zerfallen waren, sondern nach verrotteten Grabsträußen, nach stehendem Wasser und modriger alter Luft. Ein grauenhafter Ort. Sie war zwanzig gewesen, fiel ihm ein, und er hoffte bloß, daß sie schnell gestorben war, und nicht hier drinnen. *Was ist richtig, was ist falsch? Heut ist's das eine, das andere schon morgen. Der Tod allein ist Wirklichkeit.*

Er wandte sich wieder der Treppe zu, und in diesem Moment hörte er über sich ein Geräusch, das Geräusch von Schritten auf dem überwachsenen Kiesweg. Ein Aufseher bestimmt. Er setzte seinen Fuß auf die unterste Stufe und blickte hinauf in das Rechteck trüben Lichts zwischen Tür und Rahmen. Und dann, als er ansetzte, um seine Anwesenheit zu erklären, da erschien in der Öffnung, hager und ernst, das Gesicht seines Neffen.

3

Du kannst dir ja auch kein Bild davon machen oder nur ein falsches.

Jeder kennt das Gefühl – den brennenden Wunsch, die Erde möge ihn verschlingen, wenn er in einer peinlichen Situation ertappt wird. Und welch adäquatere Stelle gäbe es denn wohl! dachte Wexford verstört. Diese Erde hier, vollgestopft mit Toten, konnte gewiß noch einen weiteren aufnehmen. Aber es half nichts, und so blieb ihm nichts anderes übrig, als die Stufen hinaufzusteigen und die Suppe auszulöffeln, die er sich eingebrockt hatte.

Howard, der in das Halbdunkel hinabblinzelte, hatte den Eindringling zuerst nicht erkannt. Aber dann, als nämlich Wexford, verlegen die Spinnweben von seinem Mantel klopfend, auf den Weg heraufgeklettert kam, zeichnete sich auf seinem Gesicht ungläubiges Staunen ab.

»Guter Gott, Reg«, sagte er.

Er sah seinen Onkel von oben bis unten an, dann starrte er in die Gruft, als sei er das Opfer einer ungeheuerlichen Sinnestäuschung. Entweder war dies nicht Wexford, sondern irgendein Bewohner von Kenbourne Vale, der sich verkleidet hatte, um auszusehen wie er, oder dies war nicht der Friedhof von Kenbourne Vale. Er brauchte ein paar Augenblicke, um sich zu fangen, dann sagte er:

»Ich dachte, du wolltest mal Urlaub machen von diesem ganzen Kram.«

Es war idiotisch, fand Wexford, hier wie ein Schuljunge herumzustehen. Gewöhnlich war ihm Verlegenheit völlig fremd, und er strotzte förmlich vor Selbstsicherheit. Deshalb sagte er sich jetzt, daß er schließlich schon Verbrecher gejagt hatte, als Howard noch an seinem Zahnring kaute, und ziemlich kühl erwiderte er: »Ach ja? Ich wüßte nicht warum.« Niemals sich entschuldigen, nie etwas erklären! »Aber ich will dich nicht von der Arbeit abhalten. Ich muß den Bus kriegen.«

Howards Augen wurden schmal. »Nein«, sagte er, »so kommst du mir nicht davon.« Er sprach immer ruhig, in gemessenem Ton. »Ich mag das nicht. Wenn du die Gruft sehen wolltest, warum hast du es gestern abend nicht gesagt? Ich hätte dich heute morgen mit hierhergenommen. Wenn du Internes über den Fall wissen wolltest, dann hättest du doch nur zu fragen brauchen.«

Wie absurd das war, wie unwürdig, hier in der bitteren Kälte zwischen umgekippten Grabsteinen herumzustehen und sich zu streiten. Nein, das konnte Wexford nicht auf sich sitzen lassen. Sein ganzer Groll brodelte an die Oberfläche.

»Fragen?« schrie er. »*Dich* fragen, wo du es darauf abgesehen hattest, mich von allem auszuschließen, was mit deiner Arbeit zu tun hat? Wo du und Denise euch geradezu verschworen habt, all das totzuschweigen, wie ein Elternpaar, das vor seinem Kind den Fernseher abschaltet, wenn der Sexfilm beginnt? *Ich* weiß, wann ich unerwünscht bin. Von wegen *fragen*!«

Howards Gesicht hatte sich zu Beginn seiner Rede verfinstert, aber jetzt zuckte ein leises Lächeln um seine Lippen. Er suchte in der Tasche seines Mantels herum, während Wexford sich gegen die Gruft lehnte, die Arme trotzig verschränkt.

»Hier, lies das mal. Es kam zwei Tage vor dir hier an.« Bestärkt durch das Beweismaterial, das er vorweisen konnte, wiederholte Howard energisch: »Los, lies es, Reg.«

Argwöhnisch nahm Wexford den Brief. Ohne Brille konnte er ihn nur recht und schlecht lesen, aber was er entzifferte, reichte schon. Die Unterschrift *Leonard Crocker* grinste ihn schwarz an. *...Ich bin überzeugt, ich kann mich auf Ihr Einfühlungsvermögen verlassen... Ihr Onkel, ein enger Freund von mir und mein Patient... Er braucht nichts dringender, als einmal aus allem herauszukommen, was mit Polizeiangelegenheiten zu tun hat... Am besten,*

Sie lassen ihn überhaupt nicht damit in Berührung kommen...

»Wir dachten, wir machten es so am besten für dich, Reg.«

»Enger Freund!« explodierte Wexford. »Was fällt ihm eigentlich ein, sich in meine Angelegenheiten einzumischen?« So umweltbewußt er sonst war, jetzt vergaß er seine Prinzipien, knüllte den Brief zu einem Ball zusammen und schleuderte ihn ins Gebüsch zwischen das bröckelnde Quaderwerk.

Howard brach in Gelächter aus. »Ich habe mit meinem eigenen Arzt gesprochen«, sagte er, »hab ihm erzählt, was mit dir los war, und er hat gesagt – du weißt ja, wie diplomatisch die immer sind – er hat gesagt, darüber gäbe es zwei verschiedene Ansichten, und er könne nicht einsehen, daß es dir schaden würde, wenn du deinen – äh, deinen gewohnten Vorlieben fröntest. Aber Denise bestand darauf, daß wir uns nach dem richten, was *dein* Arzt vorschreibt. Und wir dachten, das wäre auch dein Wunsch.«

»Ich hab dich für einen Snob gehalten«, polterte sein Onkel, »von wegen höherer Rang und so.«

»Ach, wirklich? Darauf bin ich nie gekommen.« Howard biß sich auf die Lippen. »Du ahnst nicht, wie ich mich nach einem richtigen Gespräch gesehnt habe, statt dieses literarischen Schnickschnacks, besonders weil ich jetzt so knapp an Leuten bin und bis zum Hals in dieser Sache drinstecke.« Immer noch stirnrunzelnd über das Mißverständnis meinte er: »Aber du mußt ja halb erfroren sein. Hier kommt gerade mein Sergeant, da können wir die Flucht ergreifen vor all diesen aufgestapelten Urnen und diesen beseelten Büsten.«

Ein untersetzter Mann von etwa vierzig kam aus der Richtung des St. Peter-Bauwerks auf sie zu. Er trug den freundlich pragmatischen Gesichtsausdruck eines Mannes zur Schau, der völlig unsensibel für die Atmosphäre ist, sowohl für die des Friedhofs als auch für die der beiden Männer. Howard stellte ihn als Sergeant Clements vor und machte Chief Inspector Wexford bekannt, ohne zu erwähnen, daß er sein Onkel sei und ohne zu versuchen, dessen plötzliche und gewiß erstaunliche Anwesenheit am Tatort eines Verbrechens zu erklären.

In solch erlauchter Gesellschaft hütete sich der Sergeant denn auch, Fragen zu stellen; vielleicht hatte er aber auch die Mahnung des letzten Montfort gelesen.

»Sehr angenehm, Sir.«

»Mein Onkel«, meinte nun Howard ein wenig lockerer, »ist hier auf Urlaub. Er kommt aus Sussex.«

»Ziemlicher Unterschied, möchte man meinen, Sir. Keine grünen Felder und Kühe und was weiß ich hier in dieser Gegend.« Er bedachte Wexford mit einem respektvollen und etwas nachsichtigen Lächeln, ehe er sich wieder an den Superintendenten wandte. »Ich hab noch mal mit Tripper geredet, Sir, aber ich hab nichts weiter aus ihm rausgekriegt.«

»Na gut. Wir gehen zum Wagen zurück. Mr. Wexford geht mit mir zum Lunch, und beim Essen will ich mal versuchen, ihn rumzukriegen, daß er uns mit seinem Erfahrungsschatz zu Hilfe kommt.«

»Das könnten wir sicherlich brauchen«, meinte der Sergeant und trat beiseite, um den beiden anderen den Vortritt zu lassen, als sie den Friedhof verließen.

Das kleine Restaurant, in das Howard ihn mitnahm, hieß *Grand Duke* und befand sich an der Ecke eines ehemaligen Marstalls am Kenbourne Lane.

»Ich wußte gar nicht, daß es so was in London noch gibt«, meinte Wexford und betrachtete anerkennend die Fächerpaneele der Wände, die Sitzbänke und die alten kleinen Sprossenfenster. Das war wie zu Hause, genau die Art Kneipe, wie man sie in Pomfret oder Stowerton fand.

»Gibt es auch sonst nicht mehr. Kenbourne ist nicht Utopia. Würde man es glauben, wenn man aus dem Fenster blickt, daß Hood in einem nicht veröffentlichten Gedicht schrieb:

Ach, auf hochbelad'nem Karren
durch den Kenbourne Lane zu fahren
zwischen Schlüsselblumenwiesen!

Was willst du essen, Reg?«

»Ich darf ja so gut wie nichts essen.«

»Aber doch wohl ein bißchen kalte Ente und etwas Salat? Das Essen hier ist sehr gut.«

Wexford war fast schwindlig vor Wohlbehagen, aber er durfte es sich nicht leisten, vollends das Gesicht zu verlieren. Es war schon ein Triumph der Kommunikation über das Mißverstehen, daß er jetzt hier saß mit Howard, drauf und dran, seine Zähne nicht bloß in ein handfestes Stück Polizeiarbeit zu schlagen, sondern auch noch in ein Stück Entenfleisch. Die Auslagen am Speisetresen waren verführerisch genug und ließen einem das Wasser im Mund zusammenlaufen. Er wählte aber doch das Kalorienärmste, dünn geschnittenes rotes Roastbeef und *ratatouille froide*. Dann lehnte er sich mit einem Seufzer der Zufriedenheit zurück. Selbst das große Glas Apfelsaft, das Howard ihm brachte mit der Beteuerung, er sei aus Cox Orange-Äpfeln aus Suffolk hergestellt, konnte sein Glück nicht trüben.

Die ganze Zeit seit seiner Ankunft in London hatte er eine

Art partiellen Verlust seiner Identität gespürt, so wie es wohl jedem Urlauber ergeht, außer vielleicht höchst versierten Reisenden. Aber statt daß es sich wieder einstellte, dieses sein Ego, je mehr er sich in der Stadt einlebte, war ihm dieses spezifische »Wexfordtum« mehr und mehr abhanden gekommen, bis es ihm auf dem Friedhof vorübergehend völlig außer Kontrolle geraten war. Das war ein erschreckender Moment gewesen. Jetzt hingegen fühlte er sich so sehr er selbst wie schon seit Tagen nicht mehr. Dies hier war, als säße er mit Mike im *Olive and Dove*, wo sie bei so mancher Gelegenheit über einem guten Lunch erfolgreich einen Fall geknackt hatten. Jetzt allerdings war Howard der Instrukteur, und er spielte Mikes Rolle. Er merkte, daß ihm das nicht das mindeste ausmachte. Er konnte sogar mit Gleichmut Howards Lunch betrachten: ein riesiger Teller voll Nierenpastete, jungen Kartoffeln und Zucchini au gratin.

Die ersten fünf Minuten aßen und tranken sie und redeten dabei noch ein wenig über das Mißverständnis zwischen ihnen. Dann aber eröffnete Howard die Diskussion klar und deutlich, indem er ein Foto über den Tisch schob.

»Dies ist das einzige Foto, was wir von ihr haben. Möglich natürlich, daß noch weitere auftauchen. Dies hier war in ihrer Handtasche. Ein wenig ungewöhnlich, oder – ein Foto von sich selbst mit sich herumzuschleppen? Vielleicht hatte sie irgendeinen sentimentalen Grund dafür. Wann und wo es aufgenommen wurde, wissen wir nicht.«

Der Schnappschuß war viel zu blaß und zu verwaschen, um ihn in der Zeitung reproduzieren zu können. Er zeigte ein dünnes, blondes Mädchen im Kattunkleid, mit auffallend schweren Schuhen an den Füßen. Ihr Gesicht war einfach nur ein blasser Fleck. Nicht mal ihre eigene Mutter würde sie darauf erkennen, dachte Wexford. Im Hintergrund erkannte er ein bißchen staubig wirkendes Gebüsch, ein Stück von einer Mauer mit giebelartigem Abschluß und etwas, das wie ein Wäschepfahl aussah.

Er gab es zurück und fragte: »Ist Garmisch Terrace hier in der Nähe?«

»Die Rückseiten der Häuser gehen auf den Friedhof hinaus, aber an der entgegengesetzten Seite, nicht dort, wo wir waren. Eine gräßliche Gegend. Gewaltige Häuser, so um 1870 herum für städtische Kaufleute erbaut, die nicht die fünfzehnhundert pro Jahr für ein Palais in Queen's Gate aufbringen konnten. Sie werden jetzt zumeist zimmerweise vermietet, oder als ›Kleinwohnungen‹, wie das euphemistisch heißt. Sie hatte da ein Zimmer und wohnte dort seit ungefähr zwei Monaten.«

»Womit verdiente sie sich ihren Lebensunterhalt?«

»Sie arbeitete in einer Leasingfirma für Fernseher. Der Laden nennt sich Sytansound und ist im Lammas Grove. Das ist die Straße, die beim Kenbourne Circus links abzweigt und ebenfalls am Friedhof entlangläuft. Anscheinend nahm sie auf ihrem Weg zur Arbeit immer die Abkürzung über den Friedhof. Warum machst du so ein Gesicht?«

»Ich stelle mir gerade vor – jeden Tag über diesen Knochenacker!«

»Die Einheimischen sind daran gewöhnt, die nehmen schon gar keine Notiz mehr davon. Du würdest dich wundern, wie viele junge Mütter im Sommer dahingehen, um ihre kleinen Kinder an die Luft zu bringen.«

Wexford fragte: »Wann und wie ist sie gestorben?«

»Wahrscheinlich am vergangenen Freitag. Ich habe noch keinen abschließenden gerichtsmedizinischen Befund, aber sie wurde mit ihrem eigenen Seidenschal erdrosselt.«

»Letzten Freitag – und keiner hat sie als vermißt gemeldet?«

Howard zuckte die Achseln. »In Garmisch Terrace, Reg? Loveday Morgan wohnte ja nicht zu Hause bei ihren Eltern in irgendeinem erlesenen Vorort. In Garmisch Terrace, da kommen und gehen sie, kümmern sich um ihren eigenen Kram, stellen keine Fragen. Warte nur, bis du Sergeant Clements zu diesem Thema hörst.«

»Was ist mit Männern? Hatte sie einen Freund?« fragte Wexford.

»Nein, keinen, soweit wir wissen. Die Leiche wurde durch eine junge Frau namens Peggy Pope identifiziert. Die ist Hausmeisterin in Garmisch Terrace 22, und sie sagt, Loveday hätte keine Freunde gehabt. Sie kam im Januar nach Kenbourne Vale, aber woher, das scheint niemand zu wissen. Als sie sich um das Zimmer bewarb, gab sie Mrs. Pope eine Adresse in Fulham. Wir haben das nachgeprüft. Die Straße, die sie nannte, existiert wirklich, und die Hausnummer auch, aber sie hat dort nie gewohnt. Die Eigentümer des Hauses sind ein junges Ehepaar, die nie Zimmer vermietet haben. Also wissen wir bis heute nicht, woher sie kam, und eigentlich wissen wir überhaupt nicht, wer sie war.«

Nachdem er die Spannung seines Berichts in einer Weise aufgebaut hatte, die Wexford sehr vertraut war, denn er selbst hatte es bei zahllosen Gelegenheiten selber so gemacht, ging Howard, um Käse und Cracker zu holen. Er brachte noch einen Apfelsaft für seinen Onkel mit, und der fühlte sich so wohl und zufrieden, daß er ihn gehorsam trank.

»Sie lebte in Garmisch Terrace ganz für sich, sehr zurückgezogen«, fuhr Howard fort, »und am letzten Freitag, dem

25. Februar, ging sie wie gewöhnlich zur Arbeit, kam dann, wie sie es gelegentlich tat, während ihrer Mittagspause nach Hause zurück. Mrs. Pope vermutete, daß sie am Nachmittag dann wieder zur Arbeit gegangen wäre, aber das tat sie nicht. Sie rief den Manager von Sytansound an und sagte, sie sei krank. Und das war das letzte, was man von ihr gehört hat.« Er hielt kurz inne. »Möglich, daß sie geradewegs auf den Friedhof gegangen ist; vielleicht aber auch nicht. Das Friedhofstor wird jeden Tag um sechs geschlossen, und auch freitags immer genau um diese Zeit. Clements geht manchmal auf dem Heimweg über den Friedhof, das tat er auch am Freitag wieder, sprach kurz mit Tripper, und Tripper schloß Punkt sechs die Pforte hinter ihm. Überflüssig zu erwähnen, daß Clements nichts Ungewöhnliches aufgefallen war. Sein Weg führte ihn ja auch nirgends in die Nähe des Montfort-Mausoleums.«

Wexford erkannte die kleine Pause als Chance für sich, eine intelligente Frage zu stellen, und er stellte sie: »Wie habt ihr festgestellt, wer sie war?«

»Ihre Handtasche lag neben ihr in der Gruft und strotzte nur so von Informationen: Ihre Adresse stand auf einer Rechnung von der Reinigung, und auch dieses Foto steckte drin. Und außerdem war da ein Notizzettel mit zwei Telefonnummern drauf.«

Wexford hob fragend die Augenbrauen.

»Die ihr natürlich angerufen habt?«

»Natürlich. Das war so ziemlich das erste, was wir getan haben. Eine war die Nummer eines Hotels in Bayswater, ein vollkommen respektables, ziemlich großes Hotel. Dort erzählte man uns, sie hätten per Inserat in einer Zeitung eine Empfangsdame gesucht, und Loveday Morgan hätte sich auf die Anzeige hin gemeldet. Telefonisch. Aber sie habe nicht so geklungen, wie die Art Mädchen, die sie suchten – zu schüchtern und unbeholfen, hieß es –, und sie hätte auch nicht die nötige Berufserfahrung für den Job gehabt.

Die andere Nummer war die einer West End-Gesellschaft, die sich Notbourne Immobilien nennt. Sie arbeitet vor allem in Notting Hill und Kenbourne Vale, daher der Name. Die hatten ebenfalls eine Stelle ausgeschrieben, diesmal die einer Telefonistin. Loveday meldete sich und wurde sogar zu einem Vorstellungsgespräch bestellt. Dieses Gespräch fand Ende der vorvorigen Woche statt, aber man hatte nicht die Absicht, sie einzustellen. Anscheinend war sie schlecht angezogen, und dann war sie nicht vertraut mit dem Telefonsystem, das sie dort haben.«

»Sie wollte also ihre Stellung wechseln? Weiß jemand, weshalb?«

»Mehr Geld, nehme ich an. Vielleicht gelingt es uns, ein paar weitere Informationen über sie und ihre Lebensumstände aus dieser Mrs. Pope herauszukriegen.«

»Das ist die Frau, die sie identifiziert hat? Die Hausmeisterin?«

»Ja. Wollen wir erst noch Kaffee trinken, oder würdest du lieber gleich in die Garmisch Terrace rüberfahren?«

»Lassen wir den Kaffee«, sagte Wexford.

4

Erst auf der Weiterfahrt gestaltet sich allmählich alles freundlicher: das Klima wird erträglicher, die Erde schimmert im Grün…

Die Garmisch Terrace war eine schnurgerade Straße, grau und abweisend, ein Canyon, dessen Seiten aus sechsstöckigen Häusern bestand. Alle Häuser waren gleich, eins eng neben dem anderen, mit platter Vorderfront bis auf die vorspringenden, überdachten Hauseingänge, und wie bei dem Friedhofsgebäude waren ihre Proportionen irgendwie falsch. Eine unglückliche Periode der Architektur war das gewesen, die Zeit, als sie gebaut wurden, eine Periode, in der Architekten, wenn sie sich nicht die Neu-Gotik zu eigen machten, geneigt waren, den georgianischen Stil zu übertreiben.

Das alles wäre noch nicht so schlimm gewesen, wenn man wenigstens versucht hätte, die Häuser instandzuhalten, aber Wexford, der sie trostlosen Herzens betrachtete, konnte nicht eine einzige frisch gestrichene Fassade entdekken. Der Putz bröckelte, und die Pfeiler der Vordächer hatten graue Streifen, wo das Wasser durch den Staub gerieselt war. Abfall häufte sich in den Vertiefungen vor den Souterrains, die vom Trottoir durch halbzerbrochene, mit Draht notdürftig reparierte Geländer getrennt waren. An Stelle von Bäumen standen Parkuhren in grauer Reihe: als trostlose Parade säumten sie die Sackgasse bis zum Ende, an dem eine rote Backsteinkirche stand.

Es waren wenig Leute zu sehen, ein Sikh mit Turban, der seinen Mülleimer die Treppe zur Straße herauftrug, eine alte Frau, einen Kinderwagen vor sich herschiebend, der anscheinend mit den Überresten eines Trödelmarktes beladen war, ein schwangeres schwarzes Mädchen, deren königsblauer Regenmantel den einzigen Farbfleck in der Straße bildete. Der Wind blies Papier aus dem Mülleimer des Sikhs, wirbelte die Zeitungsblätter in den grauen Himmel hinauf. Dabei streiften sie das wollige Haar des Mädchens, das es wohl in dem verzweifelten Versuch, »dazuzugehören« und modern zu sein, wachsen ließ. Wexford empfand Trauer bei dem Gedanken, daß diese Farbigen, die sich doch das Gelobte Land erhofft hatten, hier in der Armseligkeit der Garmisch Terrace gelandet waren.

»Ob irgend jemand hier freiwillig wohnen würde?« fragte er Sergeant Clements, der sich ihm als Mentor, Führer und möglicherweise auch als Beschützer angeschlossen hatte, während Howard noch im Wagen saß und einen Bericht durchlas.

»Das können Sie zweimal fragen, Sir«, meinte der Sergeant. Seine Miene war die eines Schulmeisters, der sich an einen vielversprechenden Schüler wendet. Wexfords Rang und Alter flößten ihm einen gewissen Respekt ein, aber er war sich auch der uralten Überlegenheit des Stadtmenschen gegenüber einem Greenhorn vom Lande bewußt. Clements pummeliges Gesicht, das sich wohl nicht sehr verändert hatte, seit er ein pausbäckiger Schuljunge gewesen war, trug einen Ausdruck zur Schau, der blasiert und unzufrieden war. »Die wollen's ja hier nicht anders«, erklärte er. »Die mögen's eben so, diesen Sumpf, zu viert in einem Zimmer hausen, nichts, als ihre Weiber kitzeln, die ganze Nacht rumlungern und den ganzen Tag pennen.« Finster blickte er einem jungen Mann und einem Mädchen nach, die Arm in Arm über die Straße gingen, sich vor der Kirche auf dem

Straßenpflaster niederließen und anfingen, aus einer Tüte Pommes frites zu essen.

»Und um Mitternacht fallen sie dann bei ihren Freunden ein und pennen auf dem Fußboden zwischen den Zigarettenkippen, weil der letzte Bus weg ist. Wenn man die fragt, die meisten von denen wissen nicht mal, wo sie wohnen; diese Woche hier, nächste Woche dort, Catch-as-catch-can, und immer so weiter. Die leben nicht so wie Sie und ich, Sir. Die leben wie diese kleinen Pelzdinger, die es bei Ihnen auf dem Lande gibt, wie die Maulwürfe, buddeln ewig im Dunkeln rum.«

Wexford erkannte in dem Sergeant den Typ Polizisten, wie es ihn nur allzu häufig gab. Polizisten sehen so viel von der schmierigen Seite des Lebens, und da ihnen die spezielle Ausbildung des Sozialarbeiters fehlt, werden manche von ihnen roh und zynisch, anstatt die Dinge allmählich barmherziger zu betrachten. Mike Burden war manchmal gefährlich nahe daran, auch so einer zu werden, bloß seine Intelligenz rettete ihn davor. Von der Intelligenz des Sergeant hielt Wexford nicht sehr viel, obwohl er ihn trotz allem eigentlich ganz sympathisch fand.

»Armut und Elend ermutigen nicht gerade zu einem anständigen Leben«, meinte er und lächelte, um der Zurechtweisung den Stachel zu nehmen.

Clements nahm es aber gar nicht als Maßregelung auf, sondern schüttelte nur den Kopf über so viel Naivität.

»Ich meinte ja auch die *Jungen*, Sir, die jungen Nichtstuer wie die beiden da drüben. Aber Sie werden's schon noch sehen. Ein paar Wochen in Kenbourne Vale, das wird Ihnen die Augen öffnen. Ach, als ich hier neu war, da dachte ich, Hasch wäre 'ne Art Lammgulasch, und S.T.D. ein Zahlenschloß-System.«

Wexford sagte nichts, obwohl er die Bedeutung dieser Termini sehr wohl kannte, sondern blickte zum Wagen hinüber. Er fing an zu frösteln, und auf ein Kopfnicken von Howard stellte er sich unter das Vordach von Nummer 22. Ihm war klar, daß ihm jetzt unausweichlich eine Lektion über den Kontrast zwischen dem Gebaren der modernen Jugend und dem Eifer, dem Ehrgeiz und der untadeligen Moral des Sergeant Clements und seiner Altersgenossen während ihrer jungen Jahre drohte, er hoffte aber doch, sie irgendwie zu vermeiden. Aber der Sergeant folgte ihm, trat stampfend die Füße auf der schmutzigen Stufe ab und stürzte sich vehement in die Schimpfkanonade, die Wexford gefürchtet hatte. Ein paar Minuten lang ließ er sie über sich ergehen, dann unterbrach er ihn.

»Übrigens, Loveday Morgan…«

»Die angebliche Loveday Morgan«, versetzte Clements hämisch. »Das war doch nicht ihr richtiger Name, Sir. Sagen Sie mal selbst, glauben Sie daran? Wir haben bei der Steuerbehörde, in Somerset House, nachgeforscht. Haufenweise weibliche Morgans, aber keine Loveday Morgan. Sie nannte sich eben einfach so. Und warum? Da kann man lange fragen, heutzutage legen sich die Mädchen ja alle möglichen Namen zu. Passen Sie mal auf, da kann ich Ihnen ein paar Beispiele erzählen, damit Sie wissen, was ich meine…«

Aber ehe er anfangen konnte, hatte sich Howard zu ihnen gesellt und brachte ihn mit einem ungewohnt eisigen Blick zum Schweigen. Neben der Haustür war eine Reihe von Klingelknöpfen mit Nummern daneben statt Namensschildern.

»Die Hausmeisterin wohnt in der Kellerwohnung«, sagte Howard, »versuchen wir es also mit Nummer 1.« Er läutete, und aus dem Haustelefon sagte eine Stimme kurz und schnarrend etwas, das sich wie »Teal« anhörte.

»Wie bitte?«

»Hier ist Iwan Teal. Apartment 1. Wer ist da?«

»Detective Superintendent Fortune. Ich möchte zu Mrs. Pope.«

»Aha«, sagte die Stimme. »Sie meinen Apartment 15. Aber der Summer, der die Tür öffnet, ist kaputt. Ich komme runter.«

»Von wegen Apartments!« mokierte sich der Sergeant, während sie warteten. »Daß ich nicht lache. Keins von denen da ist ein Apartment. Zimmer sind das, mit 'nem Wasserhahn und einem Gaszähler. Und sieben Lappen pro Woche hat unser Mädchen dafür hinlegen müssen, dabei gibt es bloß zwei Klos in dem ganzen Saustall. Was für eine Welt!« Er klopfte Wexford auf die Schulter. »Wappnen Sie sich bloß für das, was jetzt kommt, Sir. Wer immer dieser Teal ist, menschlich sieht der bestimmt nicht aus.«

Aber er war es doch. Der einzige Schock, den Wexford empfand, war, daß er einem Mann gegenüberstand, der fast so alt war wie er selbst, ein ziemlich kleiner, muskulöser Mensch mit dickem grauen Haar, das er ziemlich lang trug.

»Entschuldigen Sie, daß ich Sie habe warten lassen«, sagte er. »Es ist ein ziemlich langer Weg hier runter.« Er blickte die drei Männer an, ohne zu lächeln, abschätzend und von oben herab. Es war ein Ausdruck, den Wexford schon oft gesehen hatte, aber fast immer waren es junge Gesichter gewesen. Teal hatte darüber hinaus den glatten, flüssigen Tonfall der gehobenen Klasse. Er trug einen makellos sauberen weißen Pullover und duftete nach *Aphrodisia* von Faberge. »Wir werden hier wohl anscheinend alle verfolgt?«

»Wir verfolgen keinen Menschen, Mr. Teal.«

»Nein? Dann müssen Sie sich aber sehr geändert haben. Mich haben Sie früher immer verfolgt.«

In der Annahme, daß Howard ihm freie Hand ließe, mögliche Zeugen zu befragen, wenn er es für richtig hielt, fragte Wexford: »Kannten Sie Loveday Morgan?«

»Ich kenne jeden hier«, deklamierte Teal, »die ältesten Bewohner, wie die Schiffe, die des Nachts vorüberfahren. Der ich bei Theben einst am Fuß der Mauer saß...« Er grinste plötzlich. »Apartment 1, wenn Sie mich brauchen.«

Er führte sie an die Treppe zum Kellergeschoß und ging dann, ohne ein weiteres Wort zu sagen.

»Komische alte Queen«, meinte Howard. »Fünfzehn Jahre in dieser Höhle... o Gott! Also los, hier unten ist es.«

Die Stufen waren schmal und mit dünnem, abgewetztem Haarteppich ausgelegt. Sie führten in eine geräumige, hohe Diele, die vor langer Zeit einmal dunkelrot gestrichen worden war, aber jetzt blätterte die Farbe ab und hinterließ weiße Inseln, geformt wie phantastische Kontinente, so daß die Wände Landkarten einer anderen, unbekannten Welt hätten sein können, ein kartographiertes Utopia. Möbelstücke, die aussahen, als seien sie zu groß, um die Treppe hinaufzugehen, obwohl sie ja auch irgendwie heruntergekommen sein mußten, eine Anrichte, ein riesiges Bücherregal, vollgestopft mit staubigen Büchern, nahmen den größten Teil des Raumes ein. Es gab drei geschlossene Türen, vor jeder ein überquellender Mülleimer, und der ganze Raum stank nach gärendem Abfall.

So etwas wie dies hatte Wexford noch nie in seinem Leben gesehen, das Intericur des Apartment 15 dagegen war ihm schon vertrauter. Es erinnerte ihn an gewisse Wohnungen in Kingsmarkham, in denen er gewesen war. Hier herrschte die typische Verwahrlosung, die immer dann entsteht, wenn

Eßbares und Waschbares durcheinandergewürfelt werden: offene Konservendosen zwischen schmutzigen Socken, dazu einer jener schäbigen alten Kinderwagen mit einem Baby darin, dessen Gesicht von Essensresten verschmiert war, wie Stadt und Land sie gleichermaßen produzieren. Es war natürlich bedauernswert, daß diese junge Frau und ihr Kind in so einer unterirdischen Höhle leben mußten, beständig bei künstlichem Licht; andererseits hätte grelles Tageslicht die kaputten Sessel und den grauenhaften Teppich noch viel unbarmherziger bloßgestellt. In gewisser Weise war er eigentlich ein Kunstgegenstand, so geschickt hatte irgendein weibliches Familienmitglied des Vermieters ihn repariert. Wexford konnte nicht erkennen, ob es ein blauer Teppich war, der mit Rot gestopft worden war, oder ein rotes Gewebe, dem man Flicken eines blauen Axminsterteppichs aufgesetzt hatte. Das Ganze war übersät mit Flecken, festgetretenen Essensresten und den ausgekämmten Haaren der Hausmeisterin.

Sie allein unter dem ganzen Inventar des Zimmers hätte dem entlarvenden Tageslicht standhalten können. Ihre Kleidung war entsetzlich schmutzig und zerschlissen wie die Bezüge der Sessel, und in ihrem fettigen schwarzen Haar klebte der Staub, aber sie war schön. Sie war mit Abstand die schönste Frau, die er gesehen hatte, seit er in London war. Sie strahlte jene Lieblichkeit aus, die ihn an die Filmstars seiner Jugendzeit erinnerte, aus den Tagen, als die Filmschauspielerinnen noch nicht aussahen wie gewöhnliche Frauen. In ihrem makellosen Gesicht fand er Züge einer Carole Lombard, einer Loretta Young. So mißmutig und schmutzig sie war, er konnte seinen Blick nicht von ihr abwenden.

Howard und Clements schienen völlig unbeeindruckt

von ihr. Natürlich, sie waren zu jung, um seine Erinnerungen zu haben. Vielleicht waren sie auch zu zielstrebig, um durch Schönheit abgelenkt zu werden. Und das Benehmen der jungen Frau hatte auch wahrlich nichts mit ihrem Aussehen gemein. Sie saß auf der Lehne eines Sessels, kaute an den Nägeln und starrte sie stumpf und mürrisch an.

»Nur ein paar Fragen, bitte, Mrs. Pope«, sagte Howard.

»Miss Pope, ich bin nicht verheiratet.« Ihre Stimme war rauh und tief. »Was wollen Sie wissen? Ich hab nicht viel Zeit, ich muß diese Mülltonnen raufschleppen, wenn Johnny nicht rechtzeitig wiederkommt.«

»Johnny?«

»Mein Freund, mit dem ich zusammenlebe.« Sie zeigte mit dem Daumen zu dem Baby hinüber. »Ihr Vater. Er hat gesagt, er kommt gleich wieder und hilft mir, wenn er seine Sozialhilfe abgeholt hat; aber an Müllabfuhrtagen macht der sich immer rar. Ach Gott, ich weiß auch nicht, warum ich nie auf ordentliche Leute treffe, immer diese Nichtstuer.«

»Loveday Morgan war aber keine Nichtstuerin.«

»Sie wollen damit sagen, die hatte einen Job.« Das Baby hatte angefangen zu plärren. Peggy Pope hob einen Schnuller vom Boden auf, wischte ihn an ihrer Strickjacke ab und schob ihn dem Kind in den Mund. »Möchte mal wissen, wie sie's geschafft hat, den zu behalten, die war nämlich vielleicht bescheuert! Konnte mit dem Gaszähler nicht fertig werden und mußte zu mir runterkommen, um zu fragen, wo sie eine Glühbirne kaufen könnte. Als sie hier ankam, mußte ich ihr sogar zeigen, wie man mit dem Telefon umgeht. Na ja, sie nützen mich ja alle aus hier, aber doch nicht so wie die. Und dann hatte sie auch noch den Nerv und versuchte, mir Johnny auszuspannen.«

»Tatsächlich?« fragte Howard ermunternd. »Ich meine, das sollten Sie uns mal genauer erzählen, Mrs. Pope.«

»Miss Pope. Also wissen Sie, ich muß jetzt wirklich diese Kübel raufbringen. Außerdem ist auch gar nichts dabei rausgekommen, jedenfalls nicht von Johnnys Seite. Aber Loveday hat den vielleicht angemacht, sag ich Ihnen. Dauernd ist sie hier runtergekommen, um mit ihm zu reden, wenn ich weg war, und das wurde während der letzten zwei Wochen immer schlimmer. Jedesmal, wenn ich zurückkam, saß sie hier und glotzte ihn an oder tat so, als ob sie sich aus dem Baby was machte. Ich hab ihn gefragt, worauf die es eigentlich abgesehen hätte. ›Worüber unterhaltet ihr euch denn bloß, Menschenskind?‹ hab ich gefragt. ›Ach, nix‹, hat er gesagt, ›sie macht ja kaum den Mund auf.‹ Mann, die war so 'ne verdammt jämmerliche Type!« Peggy Pope seufzte, als habe sie, die Seele von Witz und Charme, schließlich ein Anrecht auf gleichwertige, geistsprühende Gesprächspartner.

»Wissen Sie, weshalb sie so jämmerlich war?«

»Na, das Geld natürlich, wie bei den meisten. Sie reden doch alle bloß darüber. Als ob ich mich in der Knete wälze! Sie hat mich gefragt, ob ich ihr nicht ein billigeres Zimmer verschaffen könnte, aber ich hab gesagt, nee, kann ich nicht. Wir haben hier eben keine Apartments unter sieben die Woche. Ich hab gedacht, die fängt an zu heulen. Mensch, hab ich gedacht, warum wirst du nicht endlich erwachsen?«

»Können wir mal auf letzten Freitag zu sprechen kommen, Mrs. Pope?« warf Howard ein.

»Miss Pope. Wenn ich 'ne Mrs. werden will, dann such ich mir erst mal einen Mann, der einen Job hat und mir was Besseres bieten kann zum Leben als diese Erdhöhle, das kann ich Ihnen sagen. Über letzten Freitag weiß ich überhaupt nichts. Ich sah sie reinkommen, ungefähr zehn nach eins, und dann wieder weggehen gegen zehn vor zwei. Oh, und sie hat telefoniert. Mehr weiß ich darüber nicht.«

Wexford verständigte sich durch einen Blick mit Howard und beugte sich vor. »Miss Pope«, sagte er, »wir möchten gern, daß Sie uns das mal in allen Einzelheiten erzählen. Erklären Sie uns mal genau, was Sie getan haben, wo Sie sie gesehen haben, was sie gesagt hat, einfach alles.«

»Okay, ich versuch's.« Peggy Pope nahm ihren Daumennagel aus dem Mund und betrachtete ihn angewidert. »Aber wenn ich das getan hab, dann müssen Sie mich endlich die Mülleimer raufbringen lassen.«

Das Zimmer war ziemlich kalt. Sie legte den oberen Hebel an dem elektrischen Ofen um, und eine zweite Heizspirale begann zu glimmen. Sie wurde offensichtlich selten benutzt, denn als sie rotglühend war, verbreitete sie den Geruch verbrannten Staubs.

»Es war kurz nach eins, vielleicht zehn nach«, begann sie. »Johnny war unterwegs, wie gewöhnlich, auf Arbeitsuche, sagt er, aber ich nehme an, er saß im *Grand Duke*. Ich war in der Diele und hab da so 'n bißchen saubergemacht, da kam Loveday rein. Sie sagte hallo oder so was, und ich sagte auch hallo, und dann ist sie die Treppe rauf. Ich holte gerade den Staubsauger raus, da kam sie wieder runter und fragte, ob ich zehn Pence wechseln könnte, sie brauchte zwei Pence, um zu telefonieren. Die hätte ja wohl wissen können, daß ich kein Geld mit mir rumschleppe, wenn ich das Haus saubermache, aber na ja, ich hab gesagt, ich würde mal nachsehen, und ich bin hier reingegangen und hab meine Tasche geholt. Geld zum Wechseln hatte ich nicht, aber ich hatte ein Zwei-Pence-Stück, das hab ich ihr gegeben, und sie ging in die Telefonzelle.«

»Wo ist die?«

»Unter der Treppe. Sie sind dran vorbeigegangen, als Sie runterkamen.«

»Wissen Sie, wen sie angerufen hat?«

Sie wärmte ihre zernagten Finger am Feuer und zerfurchte ihr schönes Gesicht zu einer wütenden Grimasse. »Wie denn wohl, hä? Die Zelle hat ja schließlich 'ne Tür. Und sie hat auch nicht gesagt, sie ruft mal eben ihre Mutter an oder ihren Freund, falls Sie das meinen. Loveday hat nie viel gesagt. Das muß ich ihr lassen, sie hat nie getratscht. Also, sie kam wieder raus und ging wieder nach oben, und ich bin runtergegangen, um nachzusehen, ob mit dem Baby alles in Ordnung ist, und als ich dann mit dem Kinderwagen wieder raufkam, um mit der Wäsche zum Waschsalon zu gehen, da ging sie gerade zur Haustür raus, fein aufgetakelt in einem grünen Hosenanzug. Das fiel mir auf, weil es das einzige anständige Stück war, was sie besaß. Gesagt hat sie nichts. So, kann ich jetzt weitermachen mit meiner Arbeit?«

Howard nickte, und nachdem er sich kurz bedankt hatte, wandten er und Clements sich zur Treppe. Wexford zögerte. Er sah, wie das Mädchen – sie hatte runde Schultern und war ziemlich dünn – eine der stinkenden Mülltonnen aufhob, und da sagte er: »Ich helf Ihnen.«

Sie schien erstaunt, aber die Welt, in der sie lebte, hatte sie nicht gelehrt, Hilfe dankbar anzunehmen. Sie zuckte nur mit den Schultern und verzog den Mund zu einem häßlichen Flunsch.

»Die sollten hier einen Mann anstellen, der das macht.«

»Möglich, aber das tun sie nicht. Welcher Mann würde denn auch diesen Saustall hier übernehmen und all die Scheißarbeit machen wollen, für acht Pfund die Woche und das Zimmer? Sie vielleicht?«

»Wenn ich's vermeiden könnte, nicht. Können Sie denn nicht einen besseren Job finden?«

»Ja, sehen Sie mal, mein Guter, da ist doch das Kind. Ich muß einen Job haben, wo ich für das Kind sorgen kann. Aber keine Bange, eines Tages kommt mein Prinz, und dann bin ich hier auf und davon und überlaß Johnny die Mülltonnen!« Sie lächelte zum erstenmal, ein überirdisches, sieghaftes Lächeln, das in ihm Erinnerungen an dunkle Kinos und helle Leinwände wachrief.

»Na, vielen Dank auch. Alles geschafft!«

»Gern geschehen«, sagte Wexford.

Die ungewohnte Anstrengung hatte ihm das Blut in den Kopf getrieben. Es war ja auch dämlich gewesen, so etwas zu machen, und das Pochen in seinen Schläfen beunruhigte ihn. Howard und der Sergeant waren nirgends zu sehen, deshalb ging er, um den Kopf klar zu kriegen, während er auf sie wartete, die paar Schritte zum Ende der Garmisch Terrace hinunter. Inzwischen hatte ein dünner Nieselregen eingesetzt. Er stieß auf etwas, das zu Hause als eine Art Hauptstraße gegolten hätte. Es war ein schäbiges Einkaufszentrum, und eingeklemmt zwischen einer Kneipe und einem Friseurgeschäft entdeckte er eine kleine, billige Boutique mit dem Namen LOVEDAY. Hier also war sie auf den Namen gekommen. Sie hatte in Wirklichkeit einen anderen gehabt, einen langweiligeren, aber vielleicht passenderen oder sogar einen peinlichen, den sie hatte vertuschen wollen...

»Na, bißchen frische Luft geschnappt?« meinte der Sergeant, als er sich wieder zu ihnen gesellte. »Oder das, was hier in der Gegend dafür gehalten wird? Mann Gottes, diese Mülltonnen stanken ja zum Himmel!«

Howard grinste. »Wir bringen jetzt den Sergeant zum Revier zurück, und dann möchte ich dir noch was anderes zeigen. Du sollst hier nicht die Flucht ergreifen in dem Glauben, ganz Kenbourne Vale sei so wie diese Rattenlöcher.«

Sie ließen Clements am Revier aussteigen, einem schwarz verfärbten Gebäudekomplex in der Kenbourne Vale Highstreet, dessen blaue Lampe in der Mitte eines Bogens hing, der sich über einer breiten Treppe wölbte. Dann bog Howard, der den Wagen selbst steuerte, ab in ein Slumgebiet mit gewundenen Straßen, in denen Eckläden und kleine Kneipen abwechselten mit unbebauten Flächen, einstmals wohl Parzellen einer Gartenkolonie, jetzt jedoch mit Drahtgitter eingezäunt wie Tennisplätze und übersät mit kaputten Fahrrädern und rostigen Ölfässern.

»Da oben wohnt Clements.« Howard zeigte nach oben, quasi durch das Dach des Wagens, und als Wexford den Kopf verdrehte und aus dem Fenster schaute, sah er einen Wohnblock, ein Hochhaus, schwindelnde dreißig Stockwerke hoch. »Muß ein toller Blick sein von da oben, kann ich mir denken. Er kann an klaren Tagen bestimmt den Fluß sehen und ein gut Teil des Mündungsgebiets.«

Jetzt wuchsen die Wohntürme dicht und dichter um sie herum, ein Wald aus Monolithen, der aus einem verkommenen, sterbenden Dschungel sproß. Wexford überlegte gerade, ob dieses der Kontrast sei, den er bewundern sollte, da beförderte eine Kurve in der Straße sie plötzlich in eine offene Landschaft. Der Wechsel war nahezu ein Schock. Noch vor einer Sekunde war Wexford in einer der trostlosesten Regionen gewesen, die er je zu Gesicht bekommen hatte, und jetzt, wie bei einem blitzschnellen Szenenwechsel auf der Bühne, sah er ein weites grünes Dreieck vor sich, Platanen, verstreute georgianische Häuser... Das war eben London, nahm er an, immerfort anders, immer überraschend.

Howard hielt vor dem größten dieser Häuser, einem cremefarbenen mit hohen, blitzenden Fenstern und kannelierten Säulen, die das Dach der Vorhalle trugen. Da gab es Blumenbeete, kunstvoll arrangierte Zypressengruppen zu beiden Seiten des Hauses und sorgfältig beschnittene Hecken. Auf einem Schild an der Wand stand: VALE PARC, PRIVATGRUNDSTÜCK. PARKEN NUR FÜR BEWOHNER GESTATTET. NOTBOURNE PROPERTIES LTD.

»Das alte Montfort-Haus«, erklärte Howard, »jetzt Eigentum der Gesellschaft, bei der Loveday sich um einen Job beworben hat.«

»Der Pfad des Ruhms«, deklamierte sein Onkel, »führte nur ins Grab. – Was ist eigentlich aus den Montforts geworden, außer daß sie im Grab endeten?«

»Weiß ich nicht. Der Mann, der es uns erzählen könnte, wäre Stephen Dearborn, Präsident von NOTBOURNE PROPERTIES. Von ihm heißt es, er sei ein großer Kenner von Kenbourne Vale und seiner Geschichte. Die Gesellschaft hat eine Menge Häuser in Kenbourne Vale aufgekauft, und sie haben wirklich gute Arbeit geleistet, sie zu verschönern.«

Ein Jammer, dachte Wexford, daß sie nicht auch das Polizeirevier von Kenbourne Vale verschönert hatten. Das hatte eine Renovierung dringend nötig, einen helleren Anstrich vor allem, um die Düsterkeit der flaschengrünen Wände und der Mahagonitäfelung in den dunklen Korridoren aufzuhellen. Einer dieser überwölbten Korridore führte zu Howards Büro, einem riesigen Zimmer mit dunkelrotem Teppich, Aktenschränken aus Metall und der Aussicht auf eine Brauerei. Das einzig Erfreuliche in diesem Raum war menschlicher Natur und obendrein weiblich, nämlich ein Mädchen mit kastanienrotem Haar und sicherlich den längsten Beinen von London.

Sie blickte aus der Akte auf, die sie gerade las, als die beiden eintraten und sagte: »Mrs. Fortune hat für Sie angerufen, Sir. Sie sagt, Sie möchten gleich zurückrufen, es sei sehr dringend.«

»Dringend, Pamela? Was ist denn los?« Howard griff hastig nach dem Telefon.

»Anscheinend Ihr...« Das Mädchen stockte. »Ihr Onkel, der bei Ihnen wohnt, ist verschwunden. Er ist vor fünf Stunden weggegangen und nicht zurückgekommen. Mrs. Fortune klang sehr besorgt.«

»Mein Gott«, sagte Wexford, »ich wollte doch zur Victoria Station! Jetzt sitz ich ganz schön in der Patsche.«

»Du und ich, wir beide«, sagte Howard, und dann fing er an zu lachen.

5

Vielmehr hören sie auch gern den jungen Leuten zu, ja, sie fordern sie absichtlich zum Reden heraus...

»Tante Dora hat sich hingelegt«, sagte Denise eisig. »Wenn ihre Kopfschmerzen besser sind, gehen wir zu meinem Bruder und spielen Bridge.«

Wexford versuchte noch einmal, sie zu besänftigen. »Es tut mir wirklich sehr leid. Ich hatte doch nicht die Absicht, euch aufzuregen, aber es war mir glatt entfallen.«

»Meinetwegen brauchst du dir da keine Sorgen zu machen. Es ist Tante Dora, die sich aufgeregt hat.«

»Männer müssen arbeiten, Frauen müssen weinen«, mischte sich Howard ziemlich unfreundlich ein. »Gut, wo ist mein Abendessen und sein Diäthäppchen?«

»Tut mir leid, ich habe nun gar nichts Besonderes für Onkel Reg vorbereitet. Weißt du, wir dachten, wenn er sowieso alle Warnungen seines Arztes in den Wind schlägt...«

»Dann bestraft ihr ihn eben, indem ihr ihm eine anständige Mahlzeit vorsetzt? Armer alter Reg. Sieht aus, als müßten wir dich behandeln, wie Thomas More mit den Kindern von Utopia verfuhr, indem er sie bei Tisch stehen ließ, auf daß sie von ihres Meisters Teller gefüttert würden.«

Dora benahm sich gekränkt und geistesabwesend, als sie herunterkam, aber der Chief Inspector war seit dreißig Jahren verheiratet und hatte sich selten in die Rolle des Pantoffelhelden gefügt.

Als sie den entschlossenen Ausdruck in seinen Augen sah, begnügte sie sich denn auch mit einem mitleidheischenden: »Ach, Liebling, wie konntest du!«, bevor sie sich auf den Weg machte zu ihrem Bridgespiel.

»Laß uns in mein Arbeitszimmer gehen«, sagte Howard, als sie ihr Pilaf gegessen hatten. »Ich möchte mit dir über diese Telefongespräche reden.«

Das Arbeitszimmer war bei weitem angenehmer als Howards Büro in Kenbourne Vale, und die Einrichtung bei weitem weniger empfindlich als die in den übrigen, von den Frauen beherrschten Regionen des Hauses. Wexford setzte sich in die Nähe des Fensters, aus dem man durch einen schmalen Spalt zwischen den Rückseiten der Häuser hindurch unablässig die Scheinwerfer des Autostroms aufblitzen sah, der die King's Road entlangfloß. Er war nicht daran gewöhnt, an einem Ort zu leben, wo es nie ganz dunkel wurde und wo der Himmel die ganze Nacht hindurch ein dunkelrotes Glühen beibehielt.

»Du siehst viel besser aus, Reg«, sagte Howard lächelnd. »Darf ich dir sagen, daß glatt zehn Jahre von dir abgefallen sind, und das in der Zeitspanne eines einzigen Nachmittags?«

»Das kannst du allerdings behaupten. Man nimmt eben nicht gern auf den Hinterbänken Platz und lebt sozusagen stellvertretend.« Wexford seufzte. »Die Tragödie des Altwerdens ist nicht, daß man alt ist, sondern daß man jung ist.«

»Ich habe *›Dorian Gray‹* immer für ein sehr törichtes Buch gehalten, und dieses Epigramm für eine seiner versöhnlichen Passagen. Und das kommt fast auf der letzten Seite.«

»Literarischer Schnickschnack, Howard?«

Sein Neffe lachte. »Kein Wort weiter!« beteuerte er. »Also jetzt zu dem Telefonanruf, den Loveday von der Garmisch Terrace aus tätigte...«

»Sie rief bei Sytansound an, stimmt's? Du hast gesagt, sie habe dort angerufen, um zu sagen, daß sie krank sei.«

»Richtig, aber der Anruf erfolgte um zwei Uhr und der von der Garmisch Terrace aus um ein Uhr fünfzehn. Wen also hat sie da angerufen?«

»Ihre Mutter vielleicht? Eine alte Tante? Eine Freundin? Vielleicht hat sie sich auch auf eins dieser Inserate beworben.« Als Howard den Kopf schüttelte, meinte Wexford: »Bist du überzeugt, daß der Anruf bei Sytansound nicht früher stattfand?«

»Der Manager selbst nahm ihn entgegen, ein Mann namens Gold, und der ist ganz sicher, daß Loveday nicht vor zwei angerufen hat. Sie sollte um zwei zurück sein, und er fing schon an, sich zu wundern, wo sie blieb, als das Telefon klingelte.«

»Sie führte das eine Gespräch von zu Hause, das andere aber von einer Telefonzelle aus. Warum wohl?«

»Ach, sicher, weil sie kein Kleingeld mehr hatte. Weißt du nicht mehr, diese Mrs. Pope sagte doch, Loveday hätte sie um Kleingeld gebeten, aber alles, was sie hatte, war ein Zwei-Pence-Stück? Loveday muß sich draußen Wechselgeld besorgt haben, hat vielleicht Zigaretten oder einen Riegel Schokolade gekauft und ist dann in eine Telefonzelle gegangen.«

»Ja, der erste Anruf war also der entscheidende, der wichtige. Davon, was dabei herauskam, hing es ab, ob sie wieder zur Arbeit ging oder nicht. Er galt ihrem Mörder.« Wexford rieb sein Auge, ertappte sich dabei, daß er es tat, und entspannte sich. Es war ein Leichtes, sich zu entspannen, jetzt, wo er sozusagen zum innersten Kern von Howards Haus zugelassen war und – noch besser als das – zum innersten Kern seiner Gedanken. »Erzähl mir von den Sytansound-Leuten«, sagte er.

In der Annahme, die Lichter von draußen störten seinen Onkel, zog Howard die Vorhänge zu und fing an. »Gold ist ein Mann von sechzig Jahren«, sagte er. »Er hat eine Wohnung über dem Laden, und er war den ganzen Freitagnachmittag unten im Geschäft. Um halb sechs schaltete er das Telefon auf Kundendienst und ging nach oben, wo er den ganzen Abend blieb. Das alles ist geprüft und bestätigt. Außerdem gibt es bei Sytansound zwei Vertreter und zwei Techniker. Die zwei Vertreter und ein Techniker sind verheiratet und wohnen außerhalb von Kenbourne. Der andere ist ein Junge von einundzwanzig Jahren. Jeden ihrer Schritte haben wir überprüft, und wenn wir davon ausgehen, daß derjenige, dem Lovedays Anruf galt, auch ihr Mörder war, so war es keiner von den Älteren. Sie waren alle in *Lammas Arms*, von eins bis zehn Minuten vor zwei, und keiner hat den Tisch verlassen, um einen Telefonanruf entgegenzunehmen. Der Einundzwanzigjährige war in einem Haus in der Copeland Road und setzte eine neue Röhre in einen Fernsehapparat. Man könnte immerhin nachprüfen, ob irgend jemand dieses Haus angerufen hat, während er sich dort aufhielt, aber das ist wenig wahrscheinlich. Soweit wir wissen, hat Loveday kaum je mit den Vertretern und den Technikern gesprochen. Hör mal zu, dies ist Golds Aussage.«

Howard hatte seine Aktentasche mit ins Arbeitszimmer gebracht. Er öffnete sie, blätterte in einer Akte und zog ein Blatt heraus. »Sie war sehr ruhig und höflich. Sie war bei den Kunden beliebt, weil sie immer höflich und geduldig war. Man konnte nicht sagen, daß sie zu den Mädchen gehörte, die jemals von sich aus aufbegehrt hätten. Sie war altmodisch. Als sie zuerst hier war, trug sie kein Make-up; ich mußte es ihr erst nahelegen.« Anscheinend hatte er ihr auch nahegelegt, ihre Röcke ein bißchen zu kürzen und nicht jeden Tag dasselbe anzuziehen.

»Was für ein Gehalt zahlte er ihr?«

»Zwölf Pfund die Woche. Nicht viel, wenn man bedenkt, daß sie sieben allein für das Zimmer bezahlen mußte. Aber es war auch ein sehr anspruchsloser Job. Alles, was sie zu tun hatte, war, den Leuten zwei oder drei verschiedene Typen von Fernsehern zu zeigen und Namen und Adressen zu notieren. Die Leihverträge ausfertigen und das Geld kassieren war die Aufgabe der Vertreter.«

Wexford biß sich auf die Lippen. Ihn bekümmerte die Vorstellung, daß dieses ruhige und höfliche Mädchen, ein Kind in seinen Augen, zwischen den Peggy Popes dieser Welt gelebt und mehr als die Hälfte seines Gehalts für ein Zimmer in der Garmisch Terrace gezahlt hatte. Er fragte sich, wie sie wohl ihre Abende ausgefüllt hatte, was sie gemacht hatte, wenn sie nach der Arbeit durch die unheimlichen Gefilde des Friedhofs nach Hause gegangen und in ihr Zimmer gekommen war, in eine Zelle von vielleicht vier mal vier Metern – die private Gruft für ein Leben? Keine Freunde, kein Geld zum Ausgeben, kein netter Liebhaber, keine hübschen Kleider...

»Was war alles in ihrem Zimmer?« fragte er.

»Sehr wenig. Zwei Pullover, ein Paar Jeans, ein Kleid, ein Mantel. Ich glaube, ich bin noch nie in einem Zimmer gewesen, das von einem Mädchen bewohnt wurde und so wenig danach aussah, daß es von einem Mädchen bewohnt wurde. Das bißchen, was sie an Make-up-Stiften hatte, war in ihrer Handtasche. Im Zimmer fand sich bloß ein Stück Seife, eine Flasche Shampoo, zwei oder drei Frauenzeitschriften und eine Bibel.«

»Eine *Bibel*?«

Howard hob die Schultern. »Es ist vielleicht nicht ihre gewesen, Reg. Es stand kein Name darin, und das Zimmer war möbliert – angeblich, wie Clements sagen würde. Möglich, daß die Bibel von einem Vormieter zurückgelassen worden war oder daß sie irgendwie aus alten Buchbeständen dort hingeraten ist. Da stand doch so ein Bücherregal im Keller, falls du es gesehen hast. Peggy Pope wußte auch nicht, ob es ihre war oder wessen sonst.«

»Wirst du versuchen, ihre Eltern ausfindig zu machen?«

»Wir sind schon dabei. Natürlich haben wir kein ordentliches Foto von ihr, aber in sämtlichen Zeitungen wurden detaillierte Beschreibungen abgedruckt. Sie müßten eigentlich in den nächsten Tagen in Erscheinung treten, wenn sie noch leben, aber warum sollten sie das nicht tun? Die sind doch wahrscheinlich erst zwischen vierzig und fünfzig.«

Wexford fragte vorsichtig: »Hast du was dagegen, wenn ich morgen mal so 'n bißchen rumschnüffle in der Garmisch Terrace, so mit den Leuten rede und so?«

»Schnüffle, so viel du magst«, sagte Howard herzlich. »Ich brauch deine Hilfe, Reg.«

Wexford war schon um halb acht auf, eisern gewillt, mit Howard im Wagen wegzufahren, und dieser offene Widerstand versetzte die beiden Frauen in helle Aufregung. Dora war eben erst heruntergekommen, und es war noch keine Zeit gewesen, ein Extrafrühstück für ihn vorzubereiten.

»Koch mir einfach ein Ei, meine Liebe«, sagte er ein wenig arrogant zu Denise, »und dazu eine Tasse Kaffee.«

»Wenn du uns gestern nicht so zu Tode erschreckt hättest, wären wir ja gegangen und hätten dir was von diesem österreichischen Müsli mit den getrockneten Früchten und den zusätzlichen Vitaminen besorgt.«

Wexford schüttelte sich und nahm sich verstohlen eine Scheibe Weißbrot.

»Deine Pillen«, sagte seine Frau und versuchte, kühl zu klingen. »O Reg«, jammerte sie plötzlich, »nimm sie mit, und bitte, bitte, vergiß nicht, sie einzunehmen!«

»Bestimmt nicht«, versicherte Wexford und steckte die Flasche in die Tasche.

Der Berufsverkehr war dicht, und es vergingen fast vierzig Minuten, ehe Howard ihn vor der Garmisch Terrace 22 aussteigen ließ. Das Straßenpflaster war feucht und schimmerte dunkel. Als er die Wagentür zuknallte, sah er eine Gestalt im schwarzen Cape aus der Kirche kommen und zu den Läden hinüberhuschen.

Die einzige lebende Kreatur außer einer Katze, die durch einen Gullyrost in die Tiefen der Kanalisation starrte, war ein junger Mann, der auf der obersten Stufe von Nummer 22 saß und ein Exemplar der Zeitschrift *The Stage* las.

»Der Summer funktioniert nicht«, sagte er, als Wexford herankam.

»Ich weiß.«

»Ich laß Sie rein, wenn Sie wollen«, sagte der junge Mann mit dem müden Gleichmut eines trägen Bediensteten. Er sah aus, als sei er willens, bis morgen hier sitzen zu bleiben, wenn es keine Möglichkeit zum Hineinkommen gäbe. Aber er hatte einen Schlüssel, jedenfalls behauptete er das, und er machte sich tatsächlich daran, in allen Taschen seiner muffig riechenden, zottigen Wolljacke danach zu suchen. Im modernen Sprachgebrauch, fand Wexford, würde man ihn zu den *Beautiful People* rechnen, und da sich gleich zu gleich gesellte, mußte dies wohl Johnny sein.

»Ich glaube, Sie waren mit dem toten Mädchen befreundet?« fragte er.

»Befreundet? Nicht daß ich wüßte. Irgendwie bekannt war ich halt mit ihr. Sind Sie von der Polizei?«

Wexford nickte. »Sie heißen Johnny. Wie ist Ihr Familienname?«

»Lamont.« Johnny war nicht gerade gesprächig. Er fand seinen Schlüssel, und sie traten in die Diele, wo er stehenblieb und den Chief Inspector finster anblickte. Eine Strähne von dunklem Kastanienrot fiel ihm in die Stirn. Er war wirklich sehr attraktiv, hatte das Aussehen eines ungepflegten, unterernährten Lord Byron.

»Mit wem war sie denn befreundet hier im Haus?«

»Weiß ich doch nicht«, sagte Johnny. »Sie hat gesagt, sie hätte überhaupt keine Freunde.« Er wirkte noch mürrischer und gleichgültiger als Peggy Pope, und weit weniger gesprächsbereit. »Sie hat nie mit jemandem hier gesprochen, außer mit Peggy und mir.« Mit einer Art bekümmerter Zufriedenheit setzte er hinzu: »Hier kann Ihnen kein Mensch was sagen. Außerdem, jetzt sind die auch alle schon zur Arbeit.« Er zuckte heftig die Achseln, stopfte seine Zeitschrift in die Tasche und latschte davon in Richtung Kellertreppe.

Wexford nahm die Treppe nach oben. Johnny hatte recht gehabt mit seiner Vermutung, daß die meisten Mieter zur Arbeit wären. Er hatte angenommen, die Tür zu Lovedays Zimmer sei versiegelt, aber die Tür war nur angelehnt. Zwei Männer in Zivil und einer in Uniform standen an dem kleinen Schiebefenster und unterhielten sich mit gedämpfter Stimme. Wexford blieb stehen und schaute sich neugierig in dem Raum um. Er war sehr klein und sehr kahl, mit nichts darin als einem schmalen Bett, einer Kommode und einem Rohrstuhl. Eine Zimmerecke war mit einem schmalen Streifen gelben Kretonnes abgeteilt und diente als Kleiderschrank. Vor dem Fenster sah man nichts als eine glatte, alles verstellende Backsteinmauer, offenbar die gegenüberliegende Wand eines schmalen Schachts zwischen diesem und dem Nachbarhaus. Der Schacht wirkte wie ein Schalltrichter, und das Gurren einer Taube, die irgendwo weiter oben saß, dröhnte Wexford wie hohles, heiseres Kreischen in die Ohren.

Einer der Männer sah ihn, und da er ihn wohl für einen neugierigen Gaffer hielt, kam er energisch herüber und knallte die Tür zu. Wexford stieg weiter die Treppen hinauf. Im dritten Stock traf er zwei Mieter zu Hause an, einen Inder, dessen Zimmer nach Currygewürz und Räucherstäbchen roch, und ein Mädchen, das sagte, sie arbeite in einem Nachtclub. Keiner von beiden hatte je mit Loveday Morgan gesprochen, aber sie erinnerten sich an sie als äußerst zurückhaltend, still und traurig. Mittlerweile etwas außer Atem, erreichte er den Flur des vierten Stockwerks und begegnete dort Peggy Pope. Sie hatte ein Bündel Bettwäsche unter dem Arm und sprach mit einem Mädchen, das ein zwar wenig hübsches, aber lebhaftes Gesicht hatte.

»Ach, Sie sind das«, sagte Peggy. »Wer hat Sie reingelassen?«

»Ihr Freund Johnny.«

»O Gott, der sollte doch zur Arbeitsvermittlung. Jetzt liegt der wieder im Bett rum, bis die Kneipe aufmacht. Ich weiß einfach nicht, was seit kurzem in den gefahren ist, der geht noch völlig vor die Hunde.«

Das andere Mädchen kicherte.

»Kannten Sie Loveday Morgan?« fragte Wexford scharf.

»Ich hab ein- oder zweimal hallo zu ihr gesagt. Die war nicht so mein Typ. Das einzige Mal, wo ich richtig mit ihr geredet hab, war, als ich sie zu 'ner Party einlud, die ich gegeben hab. Stimmt doch, Peggy, oder?«

»Glaub schon.« Peggy wandte sich verärgert an Wexford. »Sie gibt jeden Samstagabend 'ne Party, und die machen vielleicht einen Krach! Meine Kleine brüllt jedesmal die halbe Nacht.«

»Nun halt mal die Luft an, Peggy. Du weißt ganz genau, du und Johnny, ihr amüsiert euch immer mächtig bei meinen Parties.«

»Hat Loveday Morgan Ihre Einladung angenommen?« fragte Wexford.

»Natürlich nicht. Sie sah ganz verstört aus, als ob ich sie zu einer Orgie eingeladen hätte. Ich meine, sie war ja sehr nett und hat gesagt, wir sollten uns wegen des Lärms bloß keine Gedanken machen, sie fände es schön zu hören, wie Leute sich amüsierten, aber ich hab gedacht, Mensch, du bist doch mehr 'ne alte Tante als ein junges Mädchen.«

»Die hatte wirklich kein bißchen Leben in sich«, sagte Peggy mit einem tiefen Seufzer.

Auf dem obersten Treppenabsatz erlebte Wexford ein ähnliches Gefühl wie kürzlich, als er aus der schmuddeligen Enge von Kenbourne plötzlich in die helle Weitläufigkeit gekommen war, die das Montfort-Haus umgab. In der Wölbung am Kopf der Treppe war eine Glastür mit einem Rahmen aus poliertem Holz eingebaut worden, und von diesem Rahmen hing, mit Haken an weißen Spaliergittern befestigt, eine Fülle verschiedener Zimmerpflanzen herab. Sie waren so hübsch arrangiert und so gut gepflegt, daß selbst Denise zufrieden gewesen wäre.

Die Luft roch hier sauberer und frischer. Wexford stand einen Augenblick still, um wieder zu Atem zu kommen, dann drückte er mit dem Finger auf den Klingelknopf über einem kleinen Schild, auf dem stand: *Chez Teal.*

6

Die religiösen Anschauungen sind nicht nur über die ganze Insel hin, sondern auch in den einzelnen Städten verschieden.

»Ich dachte mir schon, daß Sie früher oder später hier auftauchen würden«, sagte Iwan Teal. In dem Blick, mit dem er Wexford maß, lag nicht die unverhohlene Überheblichkeit wie am Tag zuvor, sondern ein leiser Spott, hinter dem sich heimliches Amüsement verbarg. »Kommen Sie herein. Sie scheinen ziemlich außer Atem zu sein. Vielleicht hatten Sie Angst, überhaupt zu atmen, um nicht womöglich etwas Schädliches zu inhalieren? Die Treppen stinken erbärmlich, nicht wahr? In all den Ritzen und Rissen müssen sehr ungewöhnliche Mikroben hausen. Ich bin überzeugt, sie wären ein Quell ewiger Faszination für einen Bakteriologen.«

Er schloß die Tür und plauderte in demselben, leicht nachsichtigen Ton weiter. »Vielleicht wundern Sie sich, warum ich hier wohne? Tatsachen hin, Tatsachen her, es hat auch seine Vorteile. Da ist zum Beispiel die Aussicht. Und dann habe ich eine Menge Platz für eine niedrige Miete. Außerdem werden Sie mir zugeben, daß ich mir die Wohnung einigermaßen hübsch gemacht habe.«

Sie wäre in jeder Umgebung hübsch gewesen, hier war sie wie ein Juwel im Schweinestall. Außer daß sie makellos sauber war, hatte er die Wohnung mit dem Geschmack eines Künstlers dekoriert, in leuchtenden, klaren Farben, die Teppiche in dunklen Tönen. An den Wänden hingen hier und da abstrakte Gemälde. Wexford trat vor Teal in einen Wohnraum, der die ganze rückwärtige Breite des Hauses einnahm. Die kleinen Schiebefenster waren entfernt und durch ein nahezu vier Meter langes Panoramafenster ersetzt worden, durch das man einen atemberaubenden, beinahe taktlosen Ausblick auf den gesamten Friedhof von Kenbourne hatte, über den ein heftiger Wind fuhr. Wexford trat verwirrt zurück und sah, wie es um Teals Lippen zuckte.

»Unsere Gäste finden, wir hätten einen ungesunden Hang zum Makabren«, sagte er. »Ja, mein Kind, vielleicht sollten wir uns doch lieber niedliche kleine Spitzengardinen anschaffen?«

Wexford war so beeindruckt gewesen von dem Fenster, daß er den Jungen nicht bemerkt hatte, der neben einem wohlbestückten Bücherregal, das die volle Länge der Wand einnahm, am Boden kniete. Als Teal ihn ansprach, erhob er sich, stand linkisch da und nestelte verlegen am Gürtel seines Bademantels herum. Er war vielleicht einundzwanzig Jahre alt, schlank, blond und mit großen, ziemlich leeren Augen.

»Darf ich Ihnen Philip Chell vorstellen, den zweiten mündigen Erwachsenen in dieser Behausung?« Teals spöttisch zuckende Lippen verzogen sich zu einem Grinsen. »Sie glauben gar nicht, was für ein Vergnügen es ist, das in aller Offenheit zu einem Polizisten zu sagen.«

»Oh, Iwan!« sagte der Junge.

»Oh, Iwan!« mokierte sich Teal. »Kein Grund zur Angst. Wir tun doch nichts Unrechtes. Du in deinem Alter kannst dich bestimmt kaum daran erinnern, wie es war, als es noch Unrecht war.« Immer noch lächelnd, aber durchaus weniger liebenswürdig, sagte er zu Wexford: »Im Gegensatz zu mir, der ich sehr viel Böses von Polizisten habe aushalten müssen.« Er wandte sich wieder an den Jungen und meinte achselzuckend: »Aber wir müssen Vergangenes vergangen sein lassen und ihm einen Kaffee anbieten. Los, geh und hol uns welchen, mein Kind.«

Philip Chell zog mit einem Flunsch ab.

Teal blickte auf den Friedhof hinaus, den Kopf leicht zur Seite geneigt. »Ich versteh da ziemlich wenig Spaß, was? Soll ich Ihnen mal einen Witz erzählen? Er ist durch und durch anständig, auch wenn man es nicht glaubt, so wie er anfängt.« Er heftete seine blaßblauen, hochmütigen Augen auf Wexfords Gesicht. »Also: drei Männer, ein Engländer, ein Franzose und ein Russe. Jeder erzählt den anderen, was ihm das größte Vergnügen bereitet. Der Engländer sagt, Kricket auf dem Rasen vom Stadtpark an einem schönen Samstagnachmittag im Juni. Eine Terrine Bouillabaisse, zubereitet von *une vraie Marseillaise,* sagt der Franzose. Also es ist Nacht, sagt der Russe, und ich bin in meiner Wohnung. Plötzlich ein Klopfen an meiner Tür, und draußen steht Geheimpolizei, weiche Hüte, Regenmäntel, unter denen die Pistolen versteckt sind. Und mein größtes Vergnügen erlebe ich dann, wenn sie nach Iwan Iwanowitsch fragen und ich ihnen sagen kann, daß Iwan Iwanowitsch nebenan wohnt.«

Wexford lachte.

»Aber sehen Sie, mein Freund, ich war nicht imstande, das zu sagen, denn Iwan wohnte hier. Und bei zwei solcher Gelegenheiten mußte ich mit ihnen gehen.« Sein Tonfall änderte sich, und er meinte leichthin: »Jetzt ist es mein Vergnügen, Polizisten zum Kaffee einzuladen. Wissen Sie, *ein* Vorteil, den der Normale gegenüber dem Schwulen hat, ist ja, daß der eine Frau im Haus hat, und Frauen sind besser für die Hausarbeit geeignet. Dieser Junge hier ist jedenfalls hoffnungslos. Bitte machen Sie es sich bequem, ich gehe mal hin und rette ihn.«

Die Bücherregale enthielten Proust, Gide und Wilde, wie man es hätte erwarten können, und noch viele andere, die man nicht erwartet hätte. Wenn Teal all diese Bücher gelesen hatte, dann war er ein gebildeter Mann. Wexford griff nach einem ledergebundenen Buch, und noch während er es tat, meinte die Stimme seines Besitzers hinter ihm:

»John Addington Symonds? Ist das nicht ein ziemlich

alter Hut? Armer Kerl, Swinburne nannte ihn Mr. Sodomiton Symonds, wußten Sie das?«

»Nein, wußte ich nicht«, meinte Wexford lachend, »und ich wollte auch gar nicht Symonds. Ich sehe, Sie haben die Robinsonsche Übersetzung von der ›*Utopia*‹.«

»Wollen Sie sie sich ausleihen?« Teal nahm das Buch heraus und gab es Wexford. »Nehmen Sie Sahne zum Kaffee? Nein? Mein Freund hat sich ins Schlafzimmer zurückgezogen. Ich glaube, er hat Angst, ich könnte mich Ihnen gegenüber zu allen möglichen Enthüllungen hinreißen lassen.«

»Das hoffe ich doch stark, Mr. Teal, wenn auch nicht zu solchen, die Mr. Chell verlegen machen könnten. Ich möchte Sie bitten, mir von Loveday Morgan zu erzählen.«

Teal setzte sich ans Fenster und stützte einen Arm auf die Fensterbank. Im Sitzen konnte Wexford den Friedhof nicht mehr sehen. Teals Gesicht, eins jener glatten braunen Gesichter, die beides sind, ohne Jugend und ohne Alter, hob sich gegen den milchigen Himmel ab. »Ich kannte sie nur sehr flüchtig«, begann er. »Sie war ein merkwürdig verklemmtes Kind, im Aussehen und Verhalten wie ein Mensch, der von sehr strengen, altmodischen Eltern aufgezogen worden ist. Ein- oder zweimal sah ich sie am Sonntagmorgen zur Kirche gehen, eigentlich eher schleichen, als tue sie etwas, das nicht nur verboten, sondern auch unwiderstehlich wäre.«

»Zur *Kirche*?« Plötzlich fiel ihm die Bibel ein. Es war also ihre eigene gewesen.

»Und warum nicht, bitte schön?« ereiferte sich Teal mit lauter, ungeduldiger Stimme. »Manche Leute gehen eben immer noch zur Kirche, sogar in diesen aufgeklärten Zeiten!«

»Und in welche Kirche?«

»In die da oben am Ende der Straße natürlich. Ich hätte ja schließlich nicht gewußt, daß sie zur Kirche geht, wenn sie zum Beispiel in die St. Paul's Cathedral geschlichen wäre, oder?«

»Sie brauchen sich nicht so aufzuregen«, besänftigte Wexford ihn. »Gehört die zur Church of England? Nein, wohl eher nicht, glaube ich.«

»Die nennen sich *Kinder der Offenbarung* und sind wohl ziemlich ähnlich wie die *Exclusives* oder die *Plymouth Bretheren*. Da gibt es einmal diese Kirche hier – Tempel nennen sie sie –, dann eine weitere irgendwo weiter oben im Norden und noch eine im Süden Londons. Sie als Polizist werden sich bestimmt an den Skandal vor ein oder zwei Jahren erinnern, als einer ihrer Priester vor Gericht gestellt wurde wegen irgendwelcher Unanständigkeiten. Armes Schwein, es stand *alles* in den Zeitungen.« Gedankenvoll setzte er hinzu: »Das tut es ja immer.«

»War Loveday denn so ein – äh, Kind der Offenbarung?«

»Wohl kaum. Sie arbeitete doch in so einem Fernsehladen, und für diese Leute sind Fernsehen, Zeitungen und Filme Synonyme für die Sünde schlechthin. Wahrscheinlich ging sie einfach dorthin, weil es die am nächsten gelegene Kirche ist und sie Trost brauchte. Darüber habe ich mit ihr nie gesprochen.«

»Über was haben Sie denn mit ihr gesprochen, Mr. Teal?«

»Darauf komme ich gleich. Noch etwas Kaffee?« Er füllte Wexfords Tasse nach, dann streckte er seine Beine aus und gähnte. »Sie war ein äußerst stilles und trauriges Mädchen, wie Sie vermutlich schon erfahren haben. Ich glaube, ich habe sie nie lächeln oder auch nur fröhlich gesehen, bis zu dem Tag vor etwa zwei Wochen. Es war der 14. Februar, wenn Ihnen das was nützt. Ich weiß es so genau, weil –« er lächelte säuerlich – »weil diesem idiotischen Kind, diesem Philip, doch tatsächlich nichts Besseres einfiel, als mir zum Valentinstag Blumen schicken zu lassen, und deswegen kriegten wir Krach. So ein sentimentaler Quatsch! Also gut, statt mit ihm auszugehen, wie wir es vorhatten, ging ich allein auf einen geruhsamen Drink ins *Queens Arms*, und da traf ich Loveday, die kam den Queen's Lane runter – das ist die Straße hier am Ende, falls Sie es nicht wissen –, und sie sah aus, als hätte sie ein Vermögen gewonnen. Es war kurz vor sechs, sie kam von der Arbeit und war auf dem Heimweg. Ich hab sie nie zuvor so gesehen wie an dem Abend. Sie lachte fast los, einfach so, wie ein Kind lacht, vor Freude, wissen Sie.«

Wexford nickte. »Weiter bitte.«

»Sie rannte mich beinahe um. Sie wußte kaum, wo sie eigentlich ging. Ich fragte sie, ob alles in Ordnung sei, und sie blieb stehen, lächelnd, und plötzlich sah sie mich entgeistert an. Ich dachte einen Moment, sie würde in Ohnmacht fallen. ›Ist alles in Ordnung?‹ fragte ich sie noch mal. ›Ich weiß nicht‹, meinte sie, ›ich fühl mich so komisch. Ich weiß selbst nicht, was ich fühle, Mr. Teal. Aber ich würde mich gern hinsetzen.‹ Das Ende vom Lied war, daß ich sie mitnahm ins *Queens Arms* und ihr einen Brandy besorgte. Sie zierte sich ziemlich deswegen, aber sie hatte wohl nicht mehr viel Widerstandskraft übrig. Ich glaube nicht, daß sie schon jemals Brandy getrunken hatte. Aber ihr Gesicht bekam wieder Farbe, soweit man bei ihr von Farbe reden konnte, und ich dachte, jetzt würde sie mir ihr Herz ausschütten.«

»Aber sie tat es nicht?«

»Nein. Sie sah zwar aus, als würde sie's gern tun. Aber sie konnte einfach nicht. Jahrelange Unterdrückung oder Verdrängung hatten es ihr wohl unmöglich gemacht, sich jemandem anzuvertrauen. Statt dessen fing sie an, mich nach Johnny und Peggy auszufragen. Ob die vertrauenswürdig seien? Ob ich glaubte, daß Johnny bei Peggy bleiben würde? Ich konnte es ihr nicht sagen. Die waren ja erst seit vier Monaten hier, nicht viel länger als Loveday selbst. In welcher Hinsicht vertrauenswürdig, fragte ich sie, aber sie sagte bloß: ›Ach, weiß nicht.‹ Dann brachte ich sie hierher zurück, und das einzige andere Mal, daß ich mit ihr gesprochen habe, war letzte Woche, als sie mich nochmals wegen Johnny und Peggy befragte. Sie wollte wissen, ob die beiden sehr arm seien.«

»Merkwürdige Frage. Sie hätte ihnen doch finanziell jedenfalls nicht helfen können.«

»Bestimmt nicht. Sie hatte überhaupt kein Geld.«

»Wie verdient Lamont seinen Lebensunterhalt?«

»Peggy hat mir erzählt, daß er von Beruf Maurer ist, aber diese Art Arbeit verdirbt die Hände, bitte schön, und unser Johnny hat den Ehrgeiz, Schauspieler zu werden. Er hat mal irgendwie ein bißchen als Modell gearbeitet, und seitdem hat er grandiose Ideen, was seine Zukunft betrifft. Er hat zwar Angst, daß Peggy ihn verläßt und das Baby mitnimmt, aber doch nicht genug Angst, um sich auf einen Job einzulassen, der mit Arbeit verbunden ist. Ich nehme an, Loveday hatte sich ein bißchen in ihn verliebt, aber er hat sie gar nicht weiter beachtet. Peggy ist ja auch umwerfend schön, finden Sie nicht, trotz des Drecks?«

Das fand Wexford auch; dann dankte er Teal für den Kaffee und die Informationen, obgleich sie wenig Licht in das Dunkel gebracht hatten.

Die Schlafzimmertür bewegte sich sachte, als sie in die Diele hinaustraten.

»Sie hatte keine Freunde, niemanden, der sie besuchte?« fragte Wexford.

»Das weiß ich nicht.« Teal betrachtete mit zusammengekniffenen Augen die Tür und riß sie plötzlich auf. »Komm mal raus, mein Kind! Warum lauschst du?«

»Ich hab nicht gelauscht, Iwan.« Der Junge hatte sich in der Zwischenzeit einen scharlachroten Pullover und eine Samthose angezogen. Er sah hübsch aus und roch nach Eau de Toilette. »Und ich *wohne* hier doch, du kannst mich nicht immer einfach von allem ausschließen!«

»Vielleicht kann Mr. Chell uns helfen?« Wexford hatte Mühe, nicht zu lachen.

»Jawohl, vielleicht kann ich das wirklich.« Chell machte eine kokette Schulterbewegung in Teals Richtung und wandte sich mit gewinnendem Lächeln an Wexford. »Ich hab ein Mädchen gesehen, das Loveday besucht hat.«

»Wann war das, Mr. Chell?«

»Oh, ich weiß nicht. Ist noch nicht sehr lange her. Sie war jung. Sie kam mit einem Wagen, einem roten Mini. Ich ging gerade aus, und dieses Mädchen stand an der Haustreppe und sah die Klingeln an. Sie sagte, sie hätte bei Apartment 8 geklingelt, aber die junge Dame sei wohl nicht da. Komisch, wenn ein junges Mädchen ein anderes so nennt, nicht wahr? Die junge Dame! Dann kam aber Loveday gerade die Straße entlang und begrüßte sie und nahm sie mit nach oben.«

Teal war pikiert. Er fühlte sich ausgepunktet, weil Chell Wexford so viel erzählt hatte und er nur so wenig.

»Na, dann beschreib das Mädchen doch mal, Kind«, sagte er gereizt, »los, beschreib sie. Sie müssen wissen, Mr. Wexford, hier haben wir es mit einem äußerst präzisen Beobachter zu tun, der die Taten der Menschen total durchschaut.«

Wexford ignorierte ihn. »Wie sah sie aus?«

»Nicht so richtig ›in‹, wenn Sie verstehen, was ich meine.« Der Junge kicherte. »Sie hatte kurze Haare, und sie trug so was wie einen dunkelblauen Mantel. Oh, und *Handschuhe*«, fügte er hinzu, als seien letztere nahezu unbekannte Ausrüstungsgegenstände der menschlichen Spezies.

»Ein vollkommenes und detailliertes Porträt«, giftete Teal. »Kommt ja auch nicht drauf an, welche Farbe ihre Augen hatten oder ob sie einsfünfundsechzig oder einsneunzig groß war, nicht wahr? Sie trug ja Handschuhe! Alles, was Sie jetzt noch tun müssen, ist, eine konventionelle junge Dame ausfindig zu machen, die Handschuhe trägt, und schon haben Sie Ihren Mörder! Los, *presto*, troll dich wieder zu deinem Spiegel! Sei ein liebes Kind und überlasse es anderen, schlau zu sein, ja?«

Erst als Wexford schon wieder auf der Straße war, merkte er, daß er die ›*Utopia*‹ auf Teals Tisch liegengelassen hatte. Mochte sie da liegenbleiben! Der Gedanke, die ganzen Stufen nochmals hochzuklettern und sie zu holen, paßte ihm gar nicht, zumal er dabei bestimmt mitten in den Riesenkrach hineingeplatzt wäre, der, wie er annahm, zwischen den beiden Männern ausgebrochen war. Statt dessen ging er zum Ende der Sackgasse hinunter, wo zwei dicke Steinpfosten aus dem Straßenpflaster ragten, und sah sich die merkwürdige, häßliche Kirche an.

Ähnlich wie bei Peggy Popes Kleidung war jedes Detail dieses unattraktiven Gebildes mit unfehlbarem Sinn für Scheußlichkeiten ausgewählt worden. Welcher Mann oder welches Team von Männern, fragte er sich, hatte denn bloß dieses Bauwerk entworfen und es obendrein noch für tauglich befunden, darin ihren Gott zu verehren? Schwer zu sagen, wann es erbaut worden war. Nirgends war eine Spur von Klassik oder Gotik in der Architektur zu entdecken, keine Analogie zu irgendeinem bekannten Baustil. Das Ding wirkte einfach nur gedrungen, schäbig und vulgär. Vielleicht gab es ja in irgendwelchen verborgenen Tiefen Fenster, hier an der Frontseite jedoch war nur eine einzige Rosette aus rotem Glas, nicht viel größer als ein Fahrradreifen, die saß unter einem gewölbten Giebel aus rotbraunem Backstein. Und über die ganze Fassade zog sich ein wirres Kästchenmuster aus schwarzen und ockerfarbenen Ziegeln zwischen den terracottafarbenen Steinen.

Die Tür war klein und hätte zu einem Gartenschuppen gehören können. Wexford versuchte, sie zu öffnen, aber sie war verschlossen. Er bückte sich ein wenig, um zu lesen, was auf der Granitplatte neben der Tür stand: TEMPEL DER OFFENBARUNG. DIE AUSERWÄHLTEN SOLLEN GERETTET WERDEN. Die Hand, die mit hartem Schlag auf seiner Schulter landete, ließ ihn herumfahren.

»Gehen Sie weg«, sagte der bärtige Mann in Schwarz. »Für Unbefugte verboten!«

»Würden Sie bitte Ihre Hand von meinem Mantel nehmen!« fuhr Wexford ihn an.

Überrascht vielleicht durch den ungewohnten Widerspruch, tat der Mann, wie ihm geheißen. Er funkelte Wexford an, mit hellen, fanatischen Augen. »Ich kenne Sie nicht.«

»Das gibt Ihnen nicht das Recht, mich anzugreifen. Dafür kenne ich Sie. Sie sind hier der Priester.«

»Der Hirte. Was wünschen Sie?«

»Ich bin Polizeibeamter und ermittle im Mordfall Loveday Morgan.«

Der Hirte verbarg seine Hände unter dem schwarzen Cape. »Mordfall? Ich weiß von keinem Mordfall. Wir lesen keine Zeitungen. Wir halten uns fern von allem.«

»Sehr christlich ohne Zweifel«, entgegnete Wexford. »Das Mädchen besuchte Ihre Kirche. Sie kennen sie.«

»Nein.« Der Hirte schüttelte den Kopf. Er sah böse und gekränkt aus. »Ich war gar nicht da, ich war krank, und jemand anders hat vertretungsweise meine Herde übernommen. Vielleicht hat sie sich eingeschlichen, vielleicht hat er sie in seiner Unwissenheit für eine der Fünfhundert gehalten.«

»Fünfhundert?«

»Das ist unsere Anzahl, die Anzahl der Auserwählten auf dem Antlitz der Erde. Wir wollen keine Konvertiten. Um ein *Kind der Offenbarung* zu sein, muß man von Eltern geboren werden, die beide ihrerseits *Kinder* sind, und so steigt die Anzahl und vermindert sich wieder durch den Tod. Fünfhundert«, sagte er und fügte weniger erhaben hinzu: »Ein bißchen mehr, ein bißchen weniger...« Und indem er die weiten Falten seines Capes raffte, murmelte er: »Ich habe zu tun. Guten Tag.« Damit entschritt er in Richtung Queen's Lane.

Wexford schlug den Weg zum nördlichen Eingang des Friedhofs ein. Dieser Bereich war den katholischen Grabstellen vorbehalten. Offenbar hatte am Tag zuvor eine Beerdigung stattgefunden, und die Blumen, die die Trauernden zurückgelassen hatten, welkten im Märzwind. Er nahm aufs Geratewohl einen Weg, der zwischen Mausoleen entlangführte, in denen Angehörige des griechisch-orthodoxen Glaubens bestattet waren, und er entdeckte sogar das Epitaph einer russischen Prinzessin. Ihr Tauf- und Vatersname erinnerten ihn an die Romane von Tolstoi mit den Listen der dramatis personae. Er versuchte gerade, die kyrillischen Buchstaben zu entziffern, da fiel ein Schatten auf das Grabgemäuer, und eine Stimme sagte:

»Tatjana Alexandrowna Kratow.«

Zum zweitenmal an diesem Tag war er überrascht worden, während er eine Inschrift las. Wer war es diesmal? Wieder ein ungehobelter Priester, darauf aus, ihn zu korrigieren und ihm Unwissenheit zu bescheinigen? Diesmal wandte er sich langsam um, und sein Blick begegnete den Augen eines großen Mannes in einer Schaffelljacke, der die Hände in den Taschen vergraben hatte und ihn wohlmeinend anlächelte.

»Wissen Sie, wer sie war?« fragte Wexford, »und weshalb sie hier begraben wurde?«

Der Mann nickte. »Es gibt nicht viel, was ich über diesen Friedhof nicht weiß«, sagte er, »oder auch über Kenbourne insgesamt, genauer gesagt.« Sein jungenhafter Enthusiasmus nahm den nächsten Worten die Arroganz: »Ich bin nämlich Experte, was Kenbourne Vale betrifft, ein wandelndes Lexikon.« Er klopfte sich seitlich an den Kopf. »Hier drinnen stecken ungeschriebene Geschichts- und Geographiebücher.«

»Dann müssen Sie...« Wie war doch der Name, den Howard ihm genannt hatte? »Sie sind NOTBOURNE PROPERTIES«, sagte er reichlich einfältig.

»Na ja, der Präsident.« Wexfords Hand wurde mit festem Griff gepackt. »Stephen Dearborn. Wie geht es Ihnen?«

7

Er bildet sich so viel Weisheit ein, daß er den Rat eines anderen nicht gutheißen will.

Sie waren auf eine kleine Lichtung hinausgetreten, über die der Wind hinwegwehte und jetzt, da er ihn genauer betrachtete, sah Wexford, daß sein neuer Bekannter ein wohlhabender Mann war. Dearborns Anzug entstammte einer Preisklasse, zu der sich Wexford nie würde aufschwingen können, seine Schuhe sahen handgearbeitet aus, und sein Uhrenarmband bestand aus breiten goldenen Kettengliedern.

»Sie sind hier fremd, nicht wahr?« fragte Dearborn.

»Ich befinde mich in Urlaub.«

»Und Sie gedachten sich mal die Szenerie eines kürzlich stattgehabten Verbrechens anzusehen?«

Dearborns Stimme war durchaus noch freundlich und angenehm, aber Wexford glaubte doch darin jenen verächtlichen Unterton herauszuhören, wie er oft in seiner eigenen Stimme mitschwang, wenn er mit sensationslüsternen Gaffern sprach. »Natürlich habe ich von dem Mord gehört«, sagte er, »aber der Friedhof ist ja schon für sich genommen faszinierend genug.«

»Sie wären also nicht einverstanden mit den Leuten, die es darauf abgesehen haben, dieses Gebiet zu säkularisieren und es als Bauland zu benutzen?«

»Ich wußte gar nicht, daß es solche Bestrebungen gibt.« Wexford sah, daß das Gesicht des anderen sich verfinsterte. »Sie sind gegen das Bauen?« fragte er. »Gegen die Sanierung des Distrikts?«

»Ganz und gar nicht«, sagte Dearborn mit Nachdruck.

»Ich bin sogar weitgehend verantwortlich für den baulichen Aufschwung von Kenbourne Vale. Ich weiß nicht, wie viel Sie von dem Bezirk hier gesehen haben, aber die Veränderungen im Copeland Square zum Beispiel, das ist alles mein Werk. Und das alte Montfort-Haus. Das Ziel meiner Gesellschaft ist es, so viel wie möglich an georgianischer und früher viktorianischer Bausubstanz zu erhalten und vor der brutalen Demolierung zu retten, die jetzt im Gange ist. Was ich verhindern möchte, ist, daß jeder Platz von einigem Interesse, etwa wie dieser Friedhof hier, schlichtweg eingeebnet wird, um...« Er breitete die Arme aus und fuhr mit noch größerem Elan fort: »...charakterlose Betonwüsten entstehen zu lassen!«

»Sie wohnen in Kenbourne Vale?« fragte Wexford, während sie gemeinsam den Weg zum Petersdom und zum Haupteingang entlanggingen.

»Ich bin hier geboren. Ich liebe jeden Fußbreit des Distrikts, aber ich wohne in Chelsea, am Laysbrook Place. Kenbourne Vale gefällt meiner Frau nicht. Aber eines Tages, wenn ich hier fertig bin, dann wird es ihr gefallen. Ich werde ein neues Hampstead daraus machen, es wird die Nachfolge des vornehmen Chelsea antreten. Und ich *kann* das!« Wieder machte Dearborn eine ausladende Armbewegung, schlug dabei gegen einen Stechpalmenzweig und löste einen Sprühregen staubbeladener Regentropfen aus. »Ich will den Leuten zeigen, was wirklich hier drinsteckt, unter dem Bodensatz eines Jahrhunderts, all die wunderschönen Fassaden, die großartigen Plätze. Ich würde Ihnen auch gern den Friedhof genauer zeigen, bloß, ich fürchte, Sie haben keine Zeit, und dann – nun ja, mir ist nicht so...«

»Der Mordfall«, meinte Wexford intuitiv, »hat Ihnen vorübergehend die Freude daran verdorben?«

»In gewisser Weise ja, das stimmt.« Er blickte Wexford anerkennend an. »Klug von Ihnen, daß Sie darauf gekommen sind. Wissen Sie, das Vertrackte daran ist, daß ausgerechnet dieses Mädchen wegen eines Jobs bei mir gewesen ist. Ich habe selbst ein Vorstellungsgespräch mit ihr geführt. Ihre Leiche in dieses Mausoleum zu schleppen, es kam mir wie eine Entweihung vor.« Er hob die Schultern. »Reden wir nicht weiter davon. Was halten Sie denn von diesem Bauwerk?« fuhr er fort und zeigte auf den Sandsteindom. »Achtzehnhundertfünfundfünfzig, und keine Spur von Gotik, aber um die Zeit hatte man die Kunst, die Klassik nachzuahmen, bereits vergessen und experimentierte mit dem Byzantinischen. Sehen Sie sich mal die Länge dieser Säulen an...« Er legte seine große Hand auf Wexfords Arm und erging sich in einer Lektion über Architekturstile, gespickt mit so obskuren Wendungen und Worten, daß sie für Wexford nahezu bedeutungslos waren. Als ob ihm die leise Verwirrung seines Zuhörers intuitiv bewußt würde, stockte Dearborn plötzlich und meinte: »Aber ich langweile Sie.«

»Nein, das tun Sie nicht. Ich fürchte bloß, ich bin ein ziemlicher Ignorant. Ich finde diese Gegend faszinierend.«

»Wirklich?« Der Präsident von NOTBOURNE PROPERTIES war offensichtlich nicht an eine interessierte Zuhörerschaft gewöhnt. »Also«, bemühte er sich eifrig weiter, »warum kommen Sie nicht einfach mal abends bei uns vorbei? Laysbrook House. Ich könnte Ihnen Karten und Pläne des Distrikts zeigen, wie er vor hundertfünfzig Jahren gewesen ist. Ich besitze noch Unterlagen von einigen dieser alten Häuser, die würden Sie bestimmt interessieren. Was halten Sie davon?«

»Das würde ich sehr gern tun.«

»Warten Sie mal... Heute ist Donnerstag. Wie wär's mit

Samstag abend? Kommen Sie gegen halb neun, dann nehmen wir einen Drink und sehen uns gemeinsam die alten Karten an. Und jetzt – kann ich Sie irgendwohin mitnehmen?«

Aber Wexford schlug das Angebot aus. Der Mann war so freundschaftlich und offen gewesen. Wenn er sich jetzt als Polizist zu erkennen gab, noch dazu zuständig für das Revier Kenbourne Vale, dann sah Dearborn womöglich einen verkappten Spion in ihm.

Statt zur Station zurückzugehen, ging er in östlicher Richtung den Lammas Grove hinunter auf der Suche nach Sytansound. Noch ehe er die Ladenschilder gelesen hatte, sah er an einem parkenden Polizeiwagen, wo es war. Sergeant Clements saß hinter dem Steuer. Er begrüßte den Chief Inspector mit einem vergnügten: »Hatten Sie schon Lunch, Sir?«

»Nein,ich dachte, ich könnte mal Ihre Kantine ausprobieren«, erwiderte Wexford, als er sich neben ihn setzte. »Können Sie sie empfehlen?«

»Ich fahr gewöhnlich schnell nach Hause, wenn ich kann. Ich wohne ja bloß um die Ecke. Ich versuche eben, meinen Jungen zu sehen, so oft ich kann. Wenn ich abends nach Hause komme, ist er ja schon im Bett.«

»Ihr Sohn?«

Clements antwortete nicht gleich. Er beobachtete angestrengt einen jungen Mann, der aus einem Sytansound-Lieferwagen etwas auslud, aber Wexford hatte das sichere Gefühl, daß er sein Interesse nur vortäuschte, deshalb wiederholte er seine Frage. Der Sergeant wandte sich um und blickte ihn an. Die kräftige Farbe seiner Wangen hatte sich in Dunkelrot verwandelt, und er mußte sich mehrfach räuspern.

»Genau gesagt«, meinte er, »wir adoptieren ihn. Wir haben ihn drei Monate auf Probe bekommen, aber die Mutter hat ihre Einwilligungserklärung bereits unterschrieben, und innerhalb der nächsten Woche müßte die Adoption perfekt werden. Morgen in einer Woche!« Er ließ die Hände langsam um das Lenkrad gleiten. »Wenn die Mutter jetzt noch ihre Absicht ändert, ich glaube, das würde meine Frau umbringen.«

Jetzt war es an Wexford, seiner Verwirrung und Verlegenheit Herr zu werden, nur wußte er nicht recht, wie. »Aber wenn sie doch eingewilligt hat...?«

»Ja, Sir, natürlich. Das sag ich ja meiner Frau auch andauernd. Wir haben's zu neunundneunzig Prozent geschafft. Es ist alles seinen richtigen und legalen Weg gegangen, aber man weiß, daß die leiblichen Mütter oft in letzter Minute ihre Absicht ändern, und das Gericht schützt immer die Mutter, auch wenn sie ihre Einwilligung schon schriftlich gegeben hat.«

»Kennen Sie die Mutter?«

»Nein, Sir. Und sie kennt uns auch nicht. Für sie sind wir nur eine Codeziffer. Das läuft alles über eine sogenannte Adoptionspflegerin, eine Fürsorgebeamtin. Wenn es endlich soweit ist, dann gehen meine Frau und ich zum Gericht, und meine Frau sitzt dann da mit dem Jungen auf dem Schoß – ich seh das vor mir, wissen Sie –, und dann wird die Urkunde ausgestellt, und dann... dann gehört er uns, für immer. Gerade so, als wäre es unser eigener.« Clements Stimme wurde unsicher, und seine Lippen zitterten. »Aber man kann eben nicht anders, als immer an dieses eine Prozent zu denken, daß doch noch was schiefgeht.«

Es tat Wexford schon leid, daß er das Thema überhaupt berührt hatte. Das Lenkrad, das Clements' Hände umklammert hielten, war naß von Schweiß, und in seiner linken Schläfe konnte er eine Ader pochen sehen. Und bei seinen letzten Worten hatte es ausgesehen, als würde er allen Ernstes in Tränen ausbrechen.

»Ich nehme an, Mr. Fortune ist da drinnen im Geschäft?« versuchte er, das Thema zu wechseln. »Wer ist der Junge mit dem Lieferwagen?«

»Das ist Brian Gregson, Sir. Sie haben schon von ihm gehört, nehme ich an. Das ist der mit all den Freunden, die darauf brennen, ihm ein Alibi zu bescheinigen.« Clements war jetzt ruhiger, nachdem er seine Aufmerksamkeit von den persönlichen Problemen abgewandt und wieder auf den anhängigen Fall konzentriert hatte. »Er ist einer von den Technikern bei Sytansound, der junge, unverheiratete.«

Wexford erinnerte sich jetzt, daß Howard Brian Gregson erwähnt hatte, aber nur beiläufig und nicht namentlich. »Was ist das mit dem Alibi?« fragte er. »Wozu braucht er überhaupt eins?«

»Er ist so ziemlich der einzige Mann, der mit der sogenannten Loveday Morgan Kontakt hatte. Tripper – das ist dieser Friedhofsheini – hat ihn gesehen, wie er sie eines Abends in seinem Lieferwagen mitgenommen hat. Und einer von den Vertretern sagt, Gregson hätte manchmal im Geschäft auf sie eingeredet.«

»Ein bißchen dünn, was?« wandte Wexford ein.

»Na ja, aber sein Alibi für den Freitagabend ist auch ziemlich dünn. Er *sagt*, er wäre im *Psyche Club* in Notting Hill gewesen, das ist so 'ne Art Getränkebar, Sir. Weiß Gott, was da sonst noch alles läuft – und vier von diesen sauberen Typen dort sagen, er sei von sieben bis elf mit ihnen zusammengewesen. Aber drei von denen haben schon was auf dem Kerbholz, denen kann man nicht über den Weg trauen. Und sehen Sie sich den doch an, Sir. Sieht er nicht aus, als ob er was zu verbergen hätte?«

Es war ein schmächtiger, blonder Junge, er wirkte viel jünger als einundzwanzig Jahre, die er laut Howard auf dem Buckel hatte. Seine dünnen Schuljungenarme wirkten viel zu zerbrechlich für die Kisten, die er vom Lieferwagen in den Laden schleppte. Wexford hatte das Gefühl, er benahm sich wie jemand, der glaubt, wenn er bei seinem Job nur möglichst eifrig arbeitet und den Eindruck ungeheuren Engagements erweckt, dann käme er unbehelligt davon und entzöge sich dem Auge des Gesetzes. Einerlei, ob es diese Hoffnung war, die ihn so anspornte, mit seinen Kisten hin- und herzuflitzen, seine Arbeit wurde dennoch unterbrochen. Als er sich eben wieder an der Rückseite des Lieferwagens zu schaffen machte, wobei er es eisern vermied, seine Blicke zu dem Polizeiwagen abschweifen zu lassen, kam ein rothaariger Mann mit scharfen Gesichtszügen aus dem Geschäft, nickte zu ihm herüber und rief:

»Gregson! Kommen Sie doch mal eben!«

»Das ist Inspector Baker, Sir«, sagte Clements. »Der wird den mal tüchtig in die Mangel nehmen und ihm ein paar Sachen sagen, die sein Vater ihm schon vor Jahren hätte sagen sollen.«

Wexford seufzte in sich hinein, denn er ahnte, was jetzt kommen würde, und er wußte auch, daß er dagegen machtlos war.

»Durch und durch verdorben, diese jungen Leute heutzutage«, legte Clements los. »Nehmen Sie doch bloß diese Mädchen, die uneheliche Kinder kriegen. Die haben kein bißchen mehr Verantwortungsbewußtsein als... als Kaninchen.« In dem letzten Wort klang leiser Triumph über den gelungenen Einfall mit, in der Annahme vielleicht, daß der

Chief Inspector mit seiner ländlichen Herkunft sich sicherlich mit dem Verhalten kleinerer Säugetiere auskenne.

»Aber für sie sorgen, das können sie nicht«, fuhr er fort. »Sie hätten mal unseren Jungen sehen sollen, als er zu uns kam – mager, blaß und mit ewig laufender Nase. Ich glaube, der war nie an der frischen Luft gewesen, seit er geboren war. Das ist doch nicht fair!« Clements' Stimme überschlug sich fast vor Leidenschaftlichkeit. »Sie wollen sie ja auch gar nicht, sie würden eigentlich lieber abtreiben, aber dann warten sie, bis es zu spät ist... und eine anständige, sauber lebende Frau, eine religiöse Frau wie meine, die hat eine Fehlgeburt nach der anderen und verzehrt sich jahrelang vor Kummer und Sehnsucht. Ach, ich könnte die alle einsperren, allesamt, ich würde am liebsten...«

»Kommen Sie, Sergeant...« Wexford wußte überhaupt nicht, was er sagen sollte, um ihn zu beruhigen. Er suchte in seinem Gehirn nach tröstlichen Platitüden, aber noch ehe er ein Wort sagen konnte, hatte sich die Wagentür geöffnet, und Howard machte ihn mit Inspector Baker bekannt.

Vom ersten Moment an, als sie im *Grand Duke* zusammensaßen, war Wexford sich darüber klar, daß Inspector Baker zu den Leuten gehörte, die, wie gewisse fanatische Philosophen und Wissenschaftler, eine Theorie aufstellen und dann die Fakten zwingen hineinzupassen. Alles, was nicht in ihr Denkmuster paßte, wie wichtig es auch immer war, wurde über Bord geworfen, während unbedeutende Details gewaltig aufgebläht wurden. Wexford stellte diese Betrachtungen schweigend an und sagte nichts, denn des Inspectors Schlußfolgerungen waren auch nicht an ihn gerichtet. Nach dem ersten obligatorischen Händeschütteln und ein paar gemurmelten Höflichkeitsfloskeln hatte Baker alles darangesetzt, ihn von der Diskussion auszuschließen, allein schon, indem er ihn geschickt ans untere Ende des Tisches placiert hatte, während er und Howard sich am anderen Ende gegenübersaßen.

Natürlich war Gregson Bakers Kandidat für den Morgan-Mord, eine Hypothese, die er außer mit den Vorstrafen des Mannes – eine einzige wegen Diebstahls – mit dessen Freunden begründete sowie mit dem, was er die »Freundschaft« zwischen dem jungen Mann und Loveday Morgan nannte.

»Er ist im Laden um sie rumgeschlichen, Sir. Und in seinem Lieferwagen hat er sie mitgenommen.«

»*Einmal* hat er sie mitgenommen, soweit wir wissen«, wandte Howard ein.

Baker hatte eine scharfe, unangenehme Stimme. Die mangelhafte Grammatik seiner Cockney-Kindheit hatte er inzwischen abgelegt, aber der Tonfall war geblieben. Alles, was er sagte, klang verbittert. »Wir können nicht erwarten, daß wir für jedes Mal, wo sie zusammen waren, Zeugen finden. Sie waren immerhin die einzigen jungen Leute in dem Laden. Sie können mir doch nicht erzählen, daß ein Mädchen wie diese Morgan ihn nicht ermutigt hätte.«

Wexford blickte auf seinen Teller. Er konnte es nicht leiden, wenn Frauen nur mit ihrem Familiennamen erwähnt wurden, weder mit Vornamen noch als Mrs. oder Miss, er mochte es nicht, nicht mal, wenn es Prostituierte, nicht mal, wenn es Kriminelle waren. Loveday war keine von beiden gewesen. Er blickte kurz auf, als Howard fragte: »Und wie steht es mit dem Motiv?«

Baker hob die Schultern. »Die Morgan ermutigte ihn zuerst, und dann zeigte sie ihm die kalte Schulter.«

Wexford hatte nicht die Absicht, das Gespräch zu unterbrechen, aber er konnte einfach nicht an sich halten. »Auf einem Friedhof?« fragte er.

Der Inspector reagierte ähnlich wie victorianische Eltern, deren Gespräch am Mittagstisch von einem Kind unterbrochen wird, einem jener Wesen, die man zwar sehen, aber nicht hören sollte. Er sah aber aus, als zöge er es vor, Wexford auch nicht zu sehen. Er warf ihm einen durchdringenden, strafenden Blick zu und forderte ihn auf zu wiederholen, was er gefragt hätte.

Wexford tat es. »Betreiben die Leute Beischlaf auf einem Friedhof?«

Einen Augenblick sah es so aus, als wolle Baker, ähnlich wie Clements, behaupten, »die« machten eben überall alles. Ganz offensichtlich gefiel ihm Wexfords Bemerkung nicht, aber er zeigte es nicht direkt. »Zweifellos haben *Sie* bessere Vorschläge«, sagte er bloß.

»Ich hätte erst mal ein paar Fragen«, meinte Wexford zögernd. »Ich habe gehört, der Friedhof schließt um sechs Uhr. Was hat Gregson den ganzen Nachmittag über gemacht?«

Howard, der anscheinend verärgert war über Bakers Verhalten, versuchte seinem Onkel gegenüber das wettzumachen durch besondere Zuvorkommenheit bei Tisch, etwa das Nachfüllen seines Glases aus der Apfelsaftflasche. Jetzt sagte er schnell: »Bis etwa gegen halb zwei war er bei Mrs. Kirby in der Copeland Road, und dann wieder bei Sytansound. Danach fuhr er zu einem Haus in der Monmouth Street – das ist in der Nähe des Vale Park, Reg – und darauf wieder hatte er eine langwierige Reparatur im Queen's Lane, die ihn bis halb sechs beschäftigte, und danach fuhr er nach Hause zu seinen Eltern in Shepherd's Bush.«

»Dann versteh ich nicht ganz...«

Baker hatte mit der Miene eines Mannes, der mit seinen

eigenen Gedanken beschäftigt ist, ein Brötchen zu kleinen Kügelchen zerkrümelt. Jetzt hob er den Kopf und sagte in einem Ton, der gewöhnlich als geduldig beschrieben wird, der jedoch in Wirklichkeit kaum verhohlene Gereiztheit offenbart: »Daß der Friedhof um sechs schließt, bedeutet ja nicht, daß dort niemand hinein oder hinaus kann. In der Mauer sind überall Breschen, eine der schlimmsten am Ende der Lammas Road, und diese Vandalen machen sie immer schlimmer. Das ganze verdammte Terrain sollte man unterpflügen und Häuser drauf bauen.« Nachdem er sich mit diesem Statement, so völlig konträr zu Dearborns Ansicht, Luft gemacht hatte, schlürfte er seinen Gin und hüstelte ein bißchen. »Aber das nur nebenbei. Sie werden wohl zugeben, Mr. Wexford, daß Sie diesen Distrikt nicht so kennen wie wir, und so einfach während eines Morgenspaziergangs läßt sich das auch nicht nachholen.«

»Nun kommen Sie, Michael«, sagte Howard ärgerlich. »Mr. Wexford möchte sich ja bloß informieren. Deshalb hat er gefragt.«

Wexford war entsetzt, als er hörte, daß sein neuer Bekannter – oder wohl eher sein Gegner – denselben Vornamen trug wie Burden, und er mußte daran denken, wie anders die Antwort seines eigenen Inspectors ausgefallen wäre. Aber er sagte nichts. Baker schien Howards milde Zurechtweisung kaum registriert zu haben; er zuckte bloß leicht die Achseln. »Gregson hätte in den Friedhof ebenso leicht rein- und rauskommen können, wie Sie dieses Zeug da in ihrem Glas schlucken, was immer das nun ist.«

Wexford nahm einen Schluck von dem »Zeug« und versuchte es noch einmal, wild entschlossen, vor Howard nicht gekränkt zu wirken: »Liegt schon ein medizinisches Gutachten vor?«

»Darauf kommen wir gleich. Gregson traf sich also um halb sechs mit ihr in der Queen's Lane, und sie gingen auf ein verborgenes Plätzchen auf dem Friedhof. Da bekam sie es mit der Angst, schrie vielleicht auch, und er strangulierte sie, um sie zum Schweigen zu bringen.«

Warum waren sie dann nicht in ihr Zimmer gegangen? fragte sich Wexford im stillen. Warum nicht einfach in ihr Zimmer, in einem Haus, wo keine Fragen gestellt wurden? Und warum hatte sie sich den Nachmittag freigenommen, wenn sie sich mit Gregson doch erst nach der Arbeit treffen wollte? Das waren Fragen, die er Howard stellen konnte, wenn sie beide allein waren, aber nicht jetzt. Er sah ja, Baker war ein Mann, dessen Konzept einer Diskussion darin bestand, daß es ihm erlaubt wäre, seine Ansichten auszubreiten, während die übrigen sogenannten Gesprächsteilnehmer ihn bewunderten, zum Weiterreden ermunterten und ihm zustimmten. Nachdem er seine eigene, reichlich begrenzte Rekonstruktion des Falls zum besten gegeben hatte, wandte er sich erneut an Howard und versuchte, sich mit ihm kaum hörbar über die Ereignisse des gerichtsmedizinischen Gutachtens zu unterhalten.

Aber Howard hatte nicht die Absicht, seinen Onkel auszuschließen. Und da er wußte, daß dieser im Ausforschen verschrobener Charaktere ein kleines Renommee besaß, drängte er Wexford, von seinen morgendlichen Erkundungen zu erzählen.

»Sie war ein sehr unschuldiges Mädchen«, begann Wexford. Er fühlte sich jetzt auf sicherem Terrain, denn Baker würde schwerlich behaupten können, mit der Persönlichkeit des toten Mädchens ebenso vertraut zu sein wie mit der Geographie von Kenbourne Vale. »Sie war sehr schüchtern«, sagte er, »hatte Angst, auf Parties zu gehen, und höchstwahrscheinlich ist sie nur ein einziges Mal in ihrem Leben in einem Lokal gewesen.« Es schmeichelte ihm, ein Lächeln auf Bakers Gesicht zu sehen, das Zustimmung bedeuten konnte. Es ermunterte ihn, kühner zu werden, eine Frage zu stellen, die sich auf die Theorie des Inspectors bezog. »Würde ein solches Mädchen einen Mann verführen, würde es allein mit einem relativ Fremden an einen einsamen Ort gehen? Dazu wäre sie doch wohl zu ängstlich.«

Baker lächelte immer noch verkniffen.

»Es gibt noch etwas, das mir auffiel...«

»Raus damit, Reg. Vielleicht hilft es uns weiter.«

»Dienstag war der 29. Februar. Ich frage mich, ob der Mörder sie in das Montfort-Mausoleum gebracht hat, weil er wußte, daß es immer nur am letzten Dienstag des Monats inspiziert wird, und dieser Dienstag, dachte er, sei bereits vorüber.«

Baker blickte verständnislos drein, aber Howards Augen wurden schmal. »Du meinst, er hat vergessen, daß es in diesem Jahr ein Schaltjahr, einen zusätzlichen Dienstag im Monat gab?«

»Immerhin eine Möglichkeit, nicht wahr? Ich glaube aber nicht, daß ein Junge wie Gregson über die Gruft und diese Treuhandregelung Bescheid wußte. Ich meine jedoch, daß der Mann, der sie umbrachte, es sehr wohl wußte, und daß er sie dort verborgen hat, weil Loveday etwas wußte, von dem er nicht wollte, daß es bekannt würde, ehe nicht ein paar Wochen verstrichen wären.«

»Interessant«, meinte Howard. »Was sagen Sie dazu, Michael?«

Der Mann, der nicht Burden war, der mit Burden nur den Taufnamen und eine gewisse scharfgeschnittene Hellhäutigkeit gemein hatte, hob die Augenbrauen und knurrte:

»Zu der Ansicht Ihres... äh, Ihres Onkels, Sir?« Es war schlau, dieses kleine Zögern, das er einlegte, ehe er das Wort »Onkel« aussprach, genügte es doch, den Hintergedanken an Vetternwirtschaft zu beschwören. Aber er war ein bißchen zu weit gegangen. Seine Bemerkung bewirkte, daß sich Howards gewöhnlich so freundliches Gesicht verfinsterte und er anfing, mit den Fingern gegen sein Weinglas zu trommeln. Und Baker begriff, daß er verwarnt wurde. Er zuckte die Achseln, lächelte und sagte mit kühler Höflichkeit:

»Sie nannten die Morgan unschuldig und schüchtern, Mr. Wexford, aber ich bin überzeugt, Sie wissen selbst, wie irreführend äußere Anzeichen sein können. Post mortem festgestellte Fakten dagegen sind nicht irreführend. Würde es Sie sehr überraschen zu hören, daß sie dem gerichtsmedizinischen Gutachten zufolge während des letzten Jahres ein Kind bekommen hat?«

8

Sie müssen auswandern, sage ich, aus der vertrauten und gewohnten Heimstätte und finden nichts, da sie ihr Haupt niederlegen könnten.

Nach Howards Freundlichkeiten und dem wohlmeinend nüchternen Empfang, der ihm von Howards Truppe entgegengebracht worden war, empfand er Bakers Feindseligkeit als besonders schmerzlich. Er war seltsam entmutigt. Dabei hatte sein erster Tag hier als »Privatdetektiv« so vielversprechend begonnen. Bakers Intervention war wie eine schwarze Wolke, die sich vor die Sonne geschoben hatte.

Er wußte, wenn er körperlich fit und völlig in Ordnung, wenn sein Selbstvertrauen nicht erschüttert gewesen wäre, weil sein alter, zäher Körper ihn plötzlich im Stich ließ, dann hätte er dieses Hindernis auf dem Parcours leicht überwunden. Schließlich war er ja kein Kind, das sich von seinem Lieblingsspiel verdrängen ließ, bloß weil ein anderes, stärkeres und gesünderes Kind daherkam und ihm vormachen wollte, wie man Klötzchen stapelt. Jetzt aber fühlte er sich innerlich wirklich fast wie ein Kind, nachdem seine stolze, erwachsene Identität neuerlich erschüttert worden war. Wenn er jetzt auf seine Unternehmungen dieses Morgens zurückblickte, so kamen sie ihm reichlich amateurhaft vor. Und der entsetzliche Gedanke, daß Howard ihn bloß auf seine kleine Privatjagd entsandt hatte, um ihn zu beschäftigen und bei Laune zu halten, war auch nicht mehr von der Hand zu weisen.

Da konnte ihn auch das private Büro nicht sonderlich trösten, das Howard ihm zur Verfügung gestellt hatte und in das Detective Constable Dinehart ihn soeben führte. Wie alle Räume, die Wexford in diesem Polizeirevier gesehen hatte, war es düster und beklemmend und hatte eine enorm hohe Decke. In diesem lag ein Stück grauer Teppich, die Stühle hatten blankgewetzte braune Lederbezüge, und als Ausblick aus dem Fenster bot sich die Frontalansicht der Gaswerke von Kenbourne dar. Er konnte nicht umhin, sehnsüchtig an sein Büro in Kingsmarkham zu denken, das so hell und modern war, und besonders angesichts des von Löchern und Kratzern übersäten Kiefernholzmonstrums vor ihm an seinen geliebten Rosenholzschreibtisch, sanft rötlichbraun und stets beladen mit seinem persönlichen Krimskrams.

Er setzte sich hin und fragte sich energisch, was eigentlich mit ihm los sei? Howards Haus war ihm zu großartig, dieses Büro hier zu schäbig. Was erwartete er denn? Daß London ein Kingsmarkham aus ›*Utopia*‹ wäre und daß sämtliche Londoner Polizisten den roten Teppich vor ihm ausrollten?

Er starrte auf den Gasometer und überlegte, wie er den Nachmittag herumbringen sollte. »Schnüffle herum, soviel du magst«, hatte Howard zu ihm gesagt, aber *wo* sollte er herumschnüffeln, und wieviel Autorität hatte er eigentlich? Gerade überlegte er, ob es wohl aufdringlich oder protokollwidrig wäre, wenn er Howard aufsuchte, da klopfte sein Neffe an die Tür und trat ein.

Howard sah müde aus. Er hatte ein Gesicht, auf dem sich Erschöpfung und Verschleiß leicht zeigten. Die grauen Augen hatten ihren Glanz verloren, und die Hautpartien darunter waren geschwollen.

»Wie gefällt dir dein Büro?«

»Sehr schön, danke.«

»Grauenhafte Aussicht, was? Aber wir haben nur die Wahl zwischen dieser oder der Brauerei oder der Bushaltestelle. Ich möchte mich entschuldigen – für Baker.«

»Aber ich bitte dich, Howard«, sagte Wexford.

»Nein, nein, die Art, wie er dich behandelt hat, war schon unverschämt, wenn auch nicht unentschuldbar. Man muß bei Baker Zugeständnisse machen. Er hat in letzter Zeit sehr unter Druck gestanden. Er hatte nämlich eine Frau geheiratet, die halb so alt war wie er. Sie wurde schwanger, was ihn sehr glücklich machte, bis sie ihm erzählte, das Kind sei von einem anderen Mann, und sie werde ihn wegen dieses anderen verlassen. Seit dem Moment hat er sein Selbstvertrauen verloren, mißtraut allen Leuten und hat chronische Angst, seinem Beruf nicht mehr gerecht zu werden.«

»Ich verstehe. Eine schreckliche Geschichte.«

Sie schwiegen beide eine Weile. Wexford ertappte sich dabei, daß er verzweifelt hoffte, Howard möge jetzt nicht weggehen und ihn mit dem Gaswerk und seinen trüben Gedanken allein lassen. Um ihn ein bißchen aufzuhalten, sagte er: »Übrigens, dieses Kind von Loveday Morgan...«

»Das ist der eigentliche Grund, weshalb ich mit dir reden wollte«, sagte Howard. »Ich weiß einfach nicht, was ich davon halten soll. Ich weiß nicht mal, ob es für den Fall von Bedeutung ist. Ich brauche jemanden, mit dem ich drüber reden kann. Mit dir zum Beispiel.«

Wexford merkte, wie er sich erleichtert entspannte. Sein Neffe klang ehrlich. Möglich natürlich, daß... »Das Kind könnte vielleicht bei den Großeltern leben?« überlegte er laut, und während er sprach, spürte er, wie »der Fall« alles Selbstmitleid aus seinen Gedanken verscheuchte. »Ihr habt noch nichts von ihnen gehört?«

»Wir haben alles nur Mögliche unternommen, um sie ausfindig zu machen. Vor allem muß man sie finden, ehe das Mädchen beerdigt wird, aber allmählich glaube ich, die müssen tot sein. Oh, ich weiß, daß Mädchen heutzutage immer Differenzen mit ihren Eltern haben, daß sie von zu Hause fortziehen und so, aber das macht die Eltern doch oft nur um so besorgter um sie. Was für Leute also müssen das sein, die eine vermißte oder doch wenigstens abwesende einundzwanzigjährige Tochter haben und all diese Zeitungsartikel lesen, die in den letzten paar Tagen erschienen sind, ohne sich mit uns in Verbindung zu setzen?«

»Sehr simple, phantasielose Menschen vielleicht, Howard. Oder Leute, die ihre Tochter nicht mit Loveday Morgan in Verbindung bringen, einfach, weil das nicht ihr richtiger Name ist und weil sie nicht wissen, daß ihre Tochter in Kenbourne Vale wohnte.«

Howard hob die Schultern. »Es ist schlichtweg so, als sei sie vom Himmel gefallen, Reg, einfach vor zwei Monaten in Kenbourne Vale aufgetaucht, ohne Vergangenheit. Laß mich dich noch ein bißchen genauer ins Bild setzen. Also, wie du weißt, gibt es bei uns keine hieb- und stichfesten Identitätsnachweise, wie andere europäische Nationen sie in Form von Personalausweisen haben, aber bei uns hat doch jeder seine Karte der staatlichen Gesundheitsfürsorge und seine Krankenversicherungsnummer. In Loveday Morgans Zimmer war aber keine solche Karte zu finden, und sie war auch in keiner Patientenkartei der hiesigen Ärzte. Es ist doch unvorstellbar, daß sie bei irgendeinem Arzt Privatpatientin gewesen ist? Aber gut, vielleicht war sie so gesund, daß sie nie ärztliche Hilfe brauchte. Nur, sie hat ein *Kind* gekriegt, Reg. Wo? Und wer half ihr bei der Geburt?

Als sie bei Sytansound anfing, fragte Gold sie nach ihrer staatlichen Versicherungskarte. Sie erklärte ihm, sie hätte keine, und er schickte sie zum Gesundheitsamt, um sich eine zu besorgen, was sie auch tat – auf den Namen Loveday Morgan.«

»Moment mal, Howard«, unterbrach ihn sein Onkel. »Das bedeutet doch, daß sie vorher noch nie gearbeitet hat. Ein zwanzigjähriges Mädchen aus der Arbeiterklasse, das noch nie gearbeitet hat...«

»Sie kann sehr wohl schon vorher gearbeitet haben – mit einer Versicherungskarte auf ihren wirklichen Namen. Die fragen ja nicht nach der Geburtsurkunde, weißt du, sie fragen einfach nach dem Namen, wo man geboren ist und so weiter. Ich glaube wirklich, man kann niemanden daran hindern, sich ein halbes Dutzend Karten zu verschaffen und auf betrügerische Weise beliebig Krankengeld und Arbeitslosenversicherung zu kassieren, bloß, daß sie einem eines

Tages eben auf die Schliche kommen. Außerdem gibt es ja auch gewisse Jobs, wo du überhaupt keine Karte brauchst. Die meisten Putzfrauen haben keine. Prostituierte ebenfalls nicht. Und natürlich auch die Leute nicht, die ihren Lebensunterhalt mit Verbrechen oder Drogenhandel bestreiten. Aber ganz gewiß gehörte doch Loveday Morgan zu keiner dieser Gruppen?«

Wexford schüttelte den Kopf. »Das war nun wirklich die letzte, der man ein illegitimes Kind zugetraut hätte.«

»Du weißt doch, man sagt, es sind immer die anständigen Mädchen, die die Babies kriegen. Nun gut, wir bemühen uns also nicht bloß, ihre Eltern ausfindig zu machen, sondern auch ihr Kind. In Kenbourne Vale lebt es jedenfalls nicht, das haben wir festgestellt. Aber es kann überall sonst sein. Weißt du, was ich am unbegreiflichsten finde, Reg?«

Wexford blickte ihn fragend an.

»Ich kann ja verstehen, daß sie vielleicht Gründe hatte, ihre Spuren zu verwischen und anonym leben zu wollen. Sie könnte zum Beispiel sehr besitzergreifende Eltern gehabt haben, die ihr nicht ihr eigenes Leben zugestehen wollten. Sie könnte sich vor irgendeinem Mann versteckt haben, der sie bedrohte – ein wichtiger Punkt übrigens, das muß ich mir merken. Aber ich kann mir beim besten Willen nicht erklären, warum sie das offenbar schon *seit Jahren* getan hat. Es sieht fast so aus, als ob sie es seit Jahren schon vermieden hätte, zu einem Arzt zu gehen oder sich eine Versicherungskarte zu besorgen, so daß eines Tages – nämlich jetzt, da sie eines gewaltsamen Todes gestorben ist – der Anschein entstehen mußte, als sei sie wirklich von einem anderen Planeten herabgefallen.«

»Was ist mit dieser Adresse in Fulham?« fragte Wexford.

»Die, die sie Peggy Pope angegeben hat? Das ist ein Haus

in der Belgrade Road, wie ich dir schon sagte, aber sie ist dort nie gewesen.«

»Die Eigentümer des Hauses...«

»Die *könnten* natürlich lügen und womöglich ihr eigenes verborgenes Spiel dabei spielen, aber die Nachbarn doch nicht. Ich vermute eher, Loveday ist eines Tages mit dem Bus durch die Belgrade Road gefahren, und der Name blieb ihr im Gedächtnis haften. Mir ist natürlich klar, wenn man eine falsche Adresse angibt – außer, man denkt sich einfach einen Namen aus –, dann handelt es sich dabei sicherlich um eine Straße, die man gesehen oder von der man gehört hat, der man also eine gewisse Bedeutung beimißt und die man deshalb im Gedächtnis behalten hat. Aber das Gedächtnis ist so eine komplexe Sache, Reg, und sie lebt ja nicht mehr, daß man das alles analysieren könnte. Und wenn, dann säßen wir ja auch nicht hier und stellten solche Überlegungen an.«

»Ich dachte gerade – ob sie vielleicht in dieser Belgrade Road jemanden gekannt hat?«

»Meinst du etwa, wir sollten auf diese winzige Chance hin eine Befragung von Haus zu Haus veranstalten?«

»Na ja, das könnte *ich* ja machen«, meinte Wexford.

Er stellte sich auf die Waage, bevor er ins Bett ging und entdeckte, daß er über vier Pfund abgenommen hatte. Aber anstatt darüber am nächsten Morgen gehobener Stimmung zu sein, wachte er deprimiert auf. Es regnete. Wie ein bescheidener Volontär würde er nun im Regen durch Fulham trotteln müssen. Und wo lag überhaupt Fulham?

Denise hatte ein ziemlich aufregendes Blumenarrangement auf das Treppenpodest gestellt, eine Kombination, die in der floralen Dekorationskunst etwa das sein mußte, was

Dali in der Malerei war. Er verfing sich in einem Stechpalmenzweig, und als er sich davon befreite, geriet seine Hand in unliebsame Berührung mit einer Spinnenpflanze.

»Wo ist Fulham?« fragte er, während er seine ungesüßte Pampelmuse aß. »Nicht meilenweit entfernt, hoffe ich?«

Denise sagte: »Es ist bloß hier die Straße runter.« Und voller Trauer setzte sie hinzu: »Manche Leute nennen sogar dies hier Fulham.«

Sie fragte nicht, warum er es wissen wollte. Sie und Dora dachten, er mache sich auf seinen Lieblingsspaziergang am Damm entlang. Sie begriffen nicht, daß er den Fluß haßte, wenn er unruhig unterm Nieselregen dahinfloß. Mittlerweile war ein handfester Dauerregen daraus geworden, kein Landregen, der alles sauberwusch und erfrischte und einen grünen Duft mit sich brachte, sondern Londoner Regen, schmutzig und nach Ruß riechend. Er ging nach Westen, über die Stamford Bridge hinüber und am Eingang des Fußballplatzes vorbei. An den Sportsouvenir-Kiosken kauften Fans CHELSEA-Abzeichen und -Halstücher. Junge Pärchen begutachteten verdrossen altes Mobiliar, schäbige dreiteilige Sitzgarnituren, die regenfeucht auf dem Bürgersteig standen. In der North End Road zwängte sich der Verkehr zwischen den kleinen offenen Läden hindurch und bespritzte die einkaufenden Menschen. Aber es war doch eher eine Umgebung, die er gewohnt war, es war ähnlich wie Stowerton etwa. Hier war nichts von der desillusionierten, düsteren Weltklugheit von Kenbourne Vale zu spüren. Die Nebenstraßen wirkten schon fast vorstädtisch. Die Häuser hatten Gärten, und Familien wohnten darin. Hier gingen Hausfrauen mit soliden Henkelkörben einkaufen, und fast jeder, dem er begegnete, gehörte zu einer Gesellschaftsordnung, die ihm vertraut war.

Er mußte über sich selbst lachen, weil er so ein konservativer alter Greis war, und dann sah er die Belgrade Road vor sich, die im rechten Winkel von der Hauptstraße abbog. Die Häuser dort waren drei Stockwerke hoch, sechzig oder siebzig Jahre alt, eine Reihensiedlung. Am Ende stand, genau wie in der Garmisch Terrace, eine Kirche, aber grau und mit einem Turm, wie es sich für eine Kirche gehörte. Er klappte den Regenschirm, den er trug, zusammen und begann mit seiner Haus-zu-Haus-Befragung.

Es gab einhundertundzwei Häuser in der Belgrade Road. Zuerst ging er zu dem, in welchem Loveday angeblich gewohnt hatte, ein gepflegtes Haus, das erst kürzlich frisch gestrichen worden war. Selbst die Backsteinsimse waren überstrichen worden, und es war eine reichlich kuriose Farbe, die man hier gewählt hatte für ein englisches Haus in einer düsteren Straße: ein leuchtendes Rosarot. Nummer siebzig. Mit dem Namen ROSE BANK; weiß auf rosa gemalt; das Schild pendelte im Regen. Hatte sie sich das Haus wegen der Nummer ausgesucht? Oder wegen des Namens? Hatte sie es überhaupt gesehen?

Ein Ehepaar wohne dort, hatte Howard gesagt, und es war denn auch eine junge Frau, die auf sein Läuten öffnete. Es war ihm ein wenig unangenehm, als er nach einem Mädchen mit blondem Haar fragte, sehr still und reserviert, einem Mädchen, das womöglich ein Baby bei sich gehabt hätte, denn diese junge Frau war ebenfalls blond, und sie trug ein kleines Kind auf dem Arm, das sie seitlich auf der Hüfte abstützte.

»Hier ist doch schon mal jemand gewesen und hat gefragt«, antwortete sie, »ich habe denen bereits gesagt, wir vermieten niemals Zimmer oder eine Wohnung.« Stolz fügte sie hinzu: »Wir bewohnen das *ganze* Haus.«

Er versuchte es bei den unmittelbaren Nachbarn, arbeitete sich dann bis zur Hauptstraße zurück, von der diese abzweigte, und dann auf der anderen Seite wieder rückwärts in Richtung auf die Kirche. Eine Menge Leute in der Belgrade Road vermieteten Zimmer, und er sprach mit einem halben Dutzend Zimmerwirtinnen, die ihn wieder zu anderen Zimmerwirtinnen schickten. Einmal glaubte er, auf etwas gestoßen zu sein. Ein dunkelhäutiger Krankenpfleger, der nachts arbeitete, jedoch keinerlei Verärgerung darüber zeigte, daß er aus dem Schlaf gerissen wurde, erinnerte sich an die junge Mrs. Maitland, die im obersten Stock von Nummer 59 gewohnt und deren Mann sie und ihr Baby im Dezember verlassen hatte. Ein paar Wochen später war sie dann weggezogen.

Also ging Wexford noch einmal zurück zu Nummer 59, wo er vor kurzem der mürrischen Unfreundlichkeit der Eigentümerin begegnet war. Diesmal war es giftige Grobheit. »Ich hab Ihnen doch schon gesagt, meine Tochter hat hier gewohnt, wie oft soll ich das denn noch sagen, möchte ich mal wissen! Also bitte gehen Sie jetzt, damit ich mit dem Kochen weiterkomme. Sie ist im Dezember weggezogen, und sie wohnt jetzt irgendwo in Shepherd's Bush. Ich hab sie gestern abend gesehen, und da war sie nicht tot. Reicht Ihnen das?«

Entmutigt ging er weiter. Es hatte gar keinen Zweck, ihren Namen zu nennen. Er war sicher, sie hatte sich erst Loveday Morgan genannt, als sie in die Garmisch Terrace übersiedelte. Alles, was er tun konnte, war, immer aufs neue ihre Beschreibung zu wiederholen und zu fragen, ob man ein Mädchen kenne, das Ende letzten Jahres hier weggezogen sei? Der Regen war noch stärker geworden. Was für eine dämliche Erfindung ein Regenschirm doch war, nahezu zwecklos für einen Job wie diesen! Aber er spannte ihn doch wieder auf und kippte ihn nach hinten, während er unter den triefenden Vordächern stand.

Gegenüber des rosaroten Hauses und an der Ecke der einzigen Seitenstraße, die von der Belgrade Road abzweigte, war ein kleiner Laden, ein Tante-Emma-Laden, sehr ähnlich jenen, die man in den Dörfern rings um Kingsmarkham fand. Wexford war erfreut, so ein Lädchen hier, keine hundert Meter von einem großen Einkaufszentrum entfernt, anzutreffen; und noch erfreuter war er, als er feststellte, daß es einen florierenden Handel betrieb. Nur eine einzige Verkäuferin bediente die Schlange, eine dürftige kleine Frau mit einem Muttermal seitlich an der Nase, und er stellte seine Fragen knapp und präzise, um sie nicht so lange von der Arbeit abzuhalten. Sie hatte eine merkwürdig akzentfreie Sprache, ohne jedes Cockney, und sie war sehr geduldig mit ihm, aber weder sie noch die Frau, die hinter ihm in der Schlange stand – eine Bewohnerin der Seitenstraße – konnten sich auf ein Mädchen besinnen, auf das seine Beschreibung paßte und das im Dezember weggezogen war.

Noch zwanzig Häuser mußte er besuchen. Er klapperte sie alle ab. Ihm war mittlerweile jämmerlich kalt, und er fragte sich, wie er Dora erklären sollte, weshalb er bis auf die Haut durchnäßt war. Die schaffen es noch, einen Hypochonder aus mir zu machen, dachte er, und er wurde nervös bei der Überlegung, wie sich diese ganze Herumrennerei und das Naßwerden auf seine Gesundheit auswirkte. Crokker würde einen Schlag kriegen, wenn er ihn jetzt sähe, wie ihm das Wasser aus den Haaren den Hals hinunterlief, als er unter dem letzten Haustürdach hervortauchte. Na ja, Crokker wußte eben nicht alles, und für den Rest des Tages bis zum Abend würde er es halt sachte angehen lassen.

Er blieb stehen, wandte sich um und überblickte die Straße noch einmal ihrer ganzen Länge nach. Durch den silbrig strömenden Regen unter den massigen Wolken, die von der Kirche her über den Himmel fegten, sah die Belgrade Road außerordentlich vulgär aus. Durch nichts außer der Kirche und dem rosaroten Haus unterschied sie sich von einer ganz ähnlichen Straße, die in entgegengesetzter Richtung von der Hauptstraße abzweigte. Letztere war womöglich sogar noch ein wenig interessanter und erinnerungswürdiger, denn Busse fuhren hindurch, und an sonnigen Tagen lagen beide Häuserseiten für ein paar Stunden in der Sonne. Weshalb also hatte sich Loveday ausgerechnet die Belgrade Road ausgesucht?

Er versuchte sich vorzustellen, er selbst wolle eine falsche Adresse in London angeben. Was für eine Straße würde er wählen? Jedenfalls keine, die er gut kannte oder in der er gewohnt hatte, denn das konnte zu leicht zur Entdeckung führen. Wie wär's mit Lammas Grove, W 15? Nummer 43 zum Beispiel? Sofort fragte er sich, wieso er gerade darauf käme, und ihm fiel ein, daß er sich die Straße gemerkt hatte, weil er mit Clements dort vor dem Sytansound-Laden im Auto gesessen hatte. Die Nummer war eine beliebige Ziffer, die ihm bloß eben so eingefallen war...

So also mußte es geschehen sein. Es war Howards Vermutung gewesen, daß es so zustande käme, und er hatte wieder einmal recht gehabt. Demnach war es ziemlich hoffnungslos, Lovedays Spur mit diesen Mitteln aufzufinden. Er mußte die Sache von einer anderen Seite her angehen.

9

Darin ziehen sie Wein, Obst, Küchenkräuter und Blumen von solcher Pracht und Kultur, wie ich es nirgends üppiger, nirgends zierlicher gesehen habe.

Abends auszugehen, das war einer der Exzesse, die Crocker mit striktem Verbot belegt hatte. Und wenn Wexfords Glauben an seinen Arzt auch ein wenig erschüttert war, der seiner Frau war es nicht. Sie war nur durch das Versprechen zu trösten, sich ein Taxi zum Laysbrook Place zu nehmen, sich aller harten Getränke zu enthalten und nicht zu lange fortzubleiben.

Er freute sich auf diesen Besuch. Mit ein paar ausgeklügelten Fragen konnte man Dearborn vielleicht weitere Informationen über den Friedhof entlocken. War es zum Beispiel wirklich so leicht, dort hinein- oder herauszukommen, wie Baker es behauptete? Und bevor Tripper und seine Kollegen abends nach Hause gingen – machten sie da eine Art Inspektionsrunde? Oder war Loveday vor sechs Uhr gestorben? Wenn das zutraf, dann war Gregson, der bis dahin noch bei der Arbeit gewesen war, außer Verdacht. Und ob nicht Dearborn auch über Loveday selbst etwas wußte? Er hatte immerhin dieses Vorstellungsgespräch mit ihr geführt. Es war doch möglich, daß sie ihm bei diesem Gespräch etwas über ihre Vergangenheit erzählt hatte.

Laysbrook Place war einer jener ländlichen Winkel Londons, wo die Luft süßer roch, wo manchmal Vögel sangen und wo außer Platanen auch andere Bäume wuchsen. Ein Rundbogen, überwuchert von einer bräunlichen Kletterpflanze, die Wexford für eine Glyzinie hielt, verbarg das meiste der schmalen Gasse, die vom Laysbrook Square abzweigte. Wexford ging hindurch und sah im Licht zweier Laternen, die auf Wandarmen saßen, ein alleinstehendes Haus vor sich, wie es auch in der High Street von Kingsmarkham hätte stehen können. Es war kein altes Haus, aber alte Ziegelsteine und altes Holz waren bei seinem Bau verwendet worden, und es war anders als alle Häuser, die Wexford gesehen hatte. Vor allem war es ziemlich niedrig, und es strotzte nur so von kleinen Giebeln und Sprossenfenstern; darüber hinaus war es von einem richtigen Garten mit Apfelbäumen umgeben und von hohen Sträuchern, die wahrscheinlich Fliederbüsche waren. Jetzt im März leuchteten Forsythien gelb und üppig durch die von Lampenlicht erhellte Dunkelheit, und als er die Pforte öffnete, sah er die dichten Büschel Schneeglöckchen, so dicht und weiß wie echter Schnee.

Die Haustür öffnete sich, ehe er sie erreicht hatte, und Stephen Dearborn kam die Stufen herunter.

»Was für ein schönes Plätzchen«, sagte Wexford.

»Sie würden also meiner Frau zustimmen, daß es hier besser ist als in Kenbourne?«

Wexford lächelte und seufzte in sich hinein, weil er sich so schmerzlich an zu Hause erinnert fühlte. Auf einmal wurde er sich des Friedens und der Stille bewußt, die hier herrschten. Nicht einmal in Howards Haus hatte er dem ewigen Verkehrslärm entrinnen können, hier aber war nichts weiter zu hören als ein fernes Pulsieren, das »Schwirren«, wie die Londoner eines in City und Vororten allgegenwärtiges Geräusch nannten, und selbst das war manchmal so entfernt, daß man es für ein Summen im eigenen Kopf halten konnte.

»Meine Frau ist oben bei unserer Tochter«, sagte Dearborn. »Sie konnte nicht einschlafen, und es hat gar keinen

Sinn, daß ich bei ihr bleibe. Ich möchte doch am liebsten immer mit ihr herumschmusen oder -spielen.«

Drinnen war es warm, aber luftig; warm genug, um die Märzkühle zu vertreiben, aber ohne daß man nach Atem rang. Das Haus war ganz offensichtlich die Residenz eines reichen Mannes, obwohl Wexford nirgends Anzeichen von Protzerei entdeckte oder dafür, daß hier Geld ausgegeben worden war in der Absicht zu imponieren. Es war nicht einmal sehr ordentlich. Unter einem Teetisch lagen Krümel verstreut, und ein elfenbeinerner Kauring lag auf einer Wolldecke mitten auf dem Teppich.

»Was möchten Sie trinken?«

Wexford hatte es satt, dauernd die Aufmerksamkeit auf seine Krankheit und seine Diät zu lenken. »Haben Sie Bier?« fragte er.

»Aber sicher. Ich selbst käme am Wochenende ohne Bier nicht aus, nach all den harten Sachen, die ich in der übrigen Zeit trinken muß. Ich trink es einfach aus der Dose.« Dearborn setzte ein lausbubenhaftes Lächeln auf. »Aber wir nehmen uns wohl besser Gläser, sonst bringt meine Frau mich um, wenn Sie gegangen sind.«

Das Bier wurde in einem holzverkleideten Kühlschrank aufbewahrt, den Wexford auf den ersten Blick für einen Gläserschrank gehalten hatte. »Mein schönstes Spielzeug«, sagte Dearborn. »Wenn Alexandra erst ein bißchen größer ist, dann stopfe ich ihn voll mit Eiscreme und Coca-Cola.« Noch immer lächelnd, füllte er ihre Gläser. »Ich bin recht spät in meinem Leben in den Stand der Vaterschaft gelangt, Mr. Wexford – ich bin am letzten Dienstag dreiundvierzig geworden –, und meine Frau behauptet, es hätte mich total närrisch gemacht. Ich würde meiner Tochter am liebsten den Mond und die Sterne vom Himmel holen, und da das nicht möglich ist, soll sie statt dessen alle guten Dinge dieser Welt kriegen.«

»Haben Sie nicht Angst, daß Sie sie verwöhnen?«

»Ich habe vor vielen Dingen Angst, Mr. Wexford.« Das Lächeln erstarb, und er wurde tiefernst. »Etwa davor, zu nachgiebig oder zu besitzergreifend zu sein. Ich predige mir immer wieder, daß sie nicht mir gehört, daß sie sich selbst gehört. Ach, es ist nicht einfach, ein Vater zu sein.«

»Nein, das ist nicht einfach. Und es ist ganz gut, daß die Leute das nicht wissen, sonst würden sie sich womöglich nicht trauen, Kinder zu kriegen.«

Dearborn schüttelte den Kopf. »So hab ich das nie empfunden. Ich bin ein glücklicher Mann. Mit meiner Ehe habe ich Glück gehabt, und Sie wissen ja, man sagt, glücklich der Mann, der mit seinem Hobby seinen Lebensunterhalt bestreiten kann. Aber trotz alledem habe ich nicht gewußt, was richtiges Glücklichsein ist, bis ich Alexandra bekam. Wenn ich sie verlöre, ich... ich würde mich umbringen.«

»Na, na, na, so was dürfen Sie nicht sagen.«

»Es ist wahr. Ich meine es ganz ernst. Sie glauben mir das nicht?«

Aber Wexford, der schon oft Menschen derartige Drohungen hatte aussprechen hören, ohne sie sehr ernst zu nehmen, glaubte ihm. Das ganze Wesen dieses Mannes schien von einer Art untergründiger Verzweiflung bestimmt, und er war richtig erleichtert, als Mrs. Dearborn eintrat und die Spannung sich löste.

Sie sagte, es freue sie, ihn kennenzulernen. »Solange Sie Stephen nicht ermuntern, uns allesamt in irgendein Slumgebiet zu verfrachten«, meinte sie. »An Orten, die er nicht mehr verschönern kann, hält er es nie lange aus.«

»Und es wäre ja wirklich schwierig, Laysbrook House noch zu verschönern«, erwiderte Wexford höflich.

Sie war keine schöne Frau, und sie hatte auch keinen Versuch unternommen, jünger auszusehen als ihre vierzig Jahre. Ihr nußbraunes Haar war von grauen Fäden durchzogen, der Hals schon leicht faltig. Er überlegte, worin ihre Anziehungskraft wohl lag. War es die schlanke Leichtigkeit, mit der sie sich bewegte – denn sie war sehr schlank –, oder die Gesten ihrer langen, feinen Hände, oder ihre extreme Weiblichkeit? Letzteres wohl, fand er. Ihre Nägel waren lakkiert, ihr Rock kurz, sie nahm sich gerade eine Zigarette aus dem Zedernholzkästchen, aber trotz alldem hatte sie die altmodische, weibliche Grazie einer Dame aus einem Roman von Trollope – eine Aristokratin, eine Schloßherrin.

Daß Dearborn in sie verliebt war, sah man sofort an der Art, wie er ihr mit den Augen folgte, als sie sich in einem Sessel niederließ, und wie seine Blicke sie auch weiterhin umfingen, während sie sich zurechtsetzte und ihren Rock über den gekreuzten Beinen glattstrich. Es war fast, als ob diese streichelnden Hände für einen Augenblick zu seinen eigenen geworden wären und gleichsam stellvertretend die Sanftheit der Seide und des Fleisches spürten.

Wexford überlegte gerade, wie er das Gespräch auf den Friedhof von Kenbourne bringen konnte, da verkündete Dearborn, es sei jetzt Zeit, die alten Karten herauszuholen.

»Langweilig für dich, Liebling«, sagte er. »Du hast das alles schon so oft gehört.«

»Ich halt das schon aus; ich werde eben stricken.«

»Ja, tu das. Ich sehe so gern, wenn du strickst. Merkwürdige Sache, was, Mr. Wexford, die Vorzüge, von denen die Frauen glauben, sie zögen uns an, und die Vorzüge, die es tatsächlich tun? Ich könnte einer Miss World beim Striptease zusehen, und es würde mich kaltlassen, aber wenn ich einer Frau in einer sauberen Schürze zusehe, wie sie Teig ausrollt, dann verliebe ich mich in sie, noch ehe sie die Küchentür zumachen kann.«

Mrs. Dearborn lachte. »Ja, das ist wahr«, sagte sie, »das hast du getan.«

So also waren sie zusammengekommen, dachte Wexford. So etwas passierte tatsächlich, und allzu lange her konnte es auch noch nicht sein. Es mußte sich in einem holländischen Interieur zugetragen haben: Der Mann, der das Haus zum erstenmal als Gast besucht, die Küchentür steht halb offen, und dahinter diese braunhaarige Frau, die mit ihrem süßen Gesicht aufblickt, erhitzt vom Kochen, und verlegen, weil sie in der Schürze und mehligen Armen überrascht wird...

Mrs. Dearborn schien zu spüren, was in seinem Kopf vorging, denn ihre Blicke begegneten sich flüchtig. Sie schürzte die Lippen und unterdrückte ein Lächeln. Dann holte sie aus einer Tasche eine Menge Wolle und ein halbfertiges Strickzeug, genauso weiß und flaumig wie Mehl, und fing an zu stricken.

Es war seltsam beruhigend, ihr zuzusehen. Jeder gehetzte Geschäftsmann, dachte er, sollte ein Aquarium mit tropischen Fischen an einem Ende seines Büros haben und eine strickende Frau am anderen. Ermüdet, wie er jetzt war, hätte er ihr den ganzen Abend zuschauen können, aber er mußte seine Aufmerksamkeit den Karten, Fotos und alten Urkunden zuwenden, die Dearborn ins Zimmer gebracht hatte und nun vor ihm ausbreitete.

Der Fanatismus des Kreuzfahrers hatte sich Dearborns bemächtigt, und ein Leuchten erschien in seinen Augen, während er redete. Dies war Kenbourne, wie es zu Zeiten Georgs IV. gewesen war; hier hatte das Herrenhaus gestanden, das ein Herzog und Mitglied des königlichen Hauses für seine Mätresse gemietet hatte; hier an der Südseite des Lammas Grove hatte eine Reihe riesiger Ulmen gestanden. Warum sollte man dieses Stück Land nicht wieder freimachen und neue Bäume anpflanzen? Warum sollte man nicht überhaupt diese ganze ungenutzte Fläche zu Sport- und Spielplätzen machen? Nach dem Friedhof brauchte Wexford erst gar nicht zu fragen. Ehe er dazu Gelegenheit hatte, erfuhr er bereits seine Ausmaße, die Geschichte sämtlicher interessanten Menschen, die dort begraben lagen, und auch, daß der Zustand der Außenmauer auf der Ostseite so schlecht sei, daß demnächst irgendwelche Gewalttäter einfach dort eindringen und nach Lust und Laune plündern und zerstören konnten.

Ein Punkt also für Baker. Wexford bemühte sich, entspannt und aufnahmebereit zu bleiben, aber er fühlte sich überfordert. Es beschlich ihn ein Gefühl, das er schon oft verspürt hatte, wenn er dem Redeschwall eines Besessenen zuhörte: Es war alles zuviel. So etwas sollte in kleinen Etappen erfolgen, aber das kann ein Besessener nicht einsehen. Tag und Nacht hatte er seiner Leidenschaft gelebt, nur, wenn es gilt, den Neuling zu begeistern, so ist er dazu nicht fähig, weil er nicht gelernt hat zu lehren, einen einfachen Hintergrund zu erstellen, Interesse zu erwecken und die komplexeren Details für eine spätere Gelegenheit aufzuheben. Unzusammenhängende Fakten, historische Anekdoten, Beispiele von Bilderstürmerei purzelten bunt durcheinander von Dearborns Lippen. Dabei griff er nach jenen Karten, um dieses, nach diesen Urkunden, um jenes zu beweisen, bis Wexford der Kopf dröhnte.

Es war eine Erlösung, als es Zeit wurde, sein Glas neu zu füllen und er sich kurz zurücklehnen konnte, um mit Mrs.

Dearborn ein Lächeln auszutauschen. Aber als er zu ihr hinüberblickte in der Erwartung, durch den Anblick jener sich rhythmisch bewegenden Finger ruhiger zu werden, da sah er, daß sie ihre Arbeit in den Schoß gelegt hatte und ihre Augen starren Blickes auf einen entfernten Punkt des Raumes geheftet waren. Dabei zupfte sie unentwegt krampfhaft an dem Schnurbesatz ihrer Sessellehne herum.

Der Schnurbesatz war bereits so zerfleddert, daß darunter an beiden Armlehnen die Nähte, die er kaschierte, offen zutage lagen. Das war nicht das Resultat eines einzigen Abends unter nervöser Spannung, sondern sicherlich vieler. Und als er mit raschem Blick die fünf oder sechs Sessel des Zimmers wie auch das Sofa ansah, da stellte er fest, daß sie – obwohl sonst makellos – sämtlich in demselben Zustand waren. Heraushängende Fäden, die aus der zerschlissenen Litze stammten, an jeder Armlehne.

Der Anblick irritierte ihn aufs höchste, denn er zerstörte das Bild traulichen Glücks, das er von diesem Paar hatte. Er empfand eine plötzliche Hochspannung. Drüben an dem Tablett mit den Getränken stand Dearborn und beobachtete seine Frau, das Gesicht mitleidvoll, aber auch leicht gereizt.

Niemand sprach. Mitten in die Stille hinein schrillte das Telefon und ließ sie zusammenfahren, am heftigsten jedoch Mrs. Dearborn. Sie war schon beim zweiten Klingeln aus ihrem Sessel hoch, und ihr scharfes: »*Ich* geh ran!« war fast wie ein Schrei. Ihre Grazie war wie fortgeblasen. Sie war jetzt wie ein Medium, das, aus einer seltsamen, unirdischen Gemeinschaft auftauchend, erst wieder die Fäden in die Hand bekommen mußte, die sie an die Realität banden, und indem sie sie sammelte, unerträgliche seelische Qualen erlitt.

Das Telefon stand am entlegenen Ende des Raumes auf einem Tisch unterhalb des Punktes, auf den Mrs. Dearborns Augen so lange fixiert gewesen waren. Sie nahm den Hörer und sagte flüsternd hallo, dann räusperte sie sich, um das Wort noch einmal mit vernehmlicher Stimme zu wiederholen. Daß sie den Anruf herbeigesehnt hatte und ihn nicht fürchtete, war ersichtlich; daß die falsche Person anrief, zeigte sich an dem plötzlichen Absinken ihrer Schultern.

»Schon gut«, sagte sie in die Sprechmuschel, und zu ihrem Mann gewandt: »Bloß eine falsche Nummer.«

»Das passiert so oft«, sagte Dearborn, als müsse er sich für einen eigenen Fehler entschuldigen. »Du bist müde, Melanie. Komm, ich gebe dir einen Drink.«

»Ach ja«, sagte sie, »ja, danke.« Sie wischte hastig eine Haarsträhne aus der Stirn, und Wexford sah, wie schmal ihre Handgelenke waren. »Es geht um meine Tochter«, erklärte sie, ganz höfliche Gastgeberin, die wußte, daß man einem Gast keine peinlichen Heimlichkeiten zumuten durfte. »Ich mache mir solche Sorgen um sie. Kinder sind schon ein Grund zu dauernder Besorgnis heutzutage, nicht wahr? Man weiß nie, in welchem Ärger sie vielleicht gerade stecken. Aber ich will Sie nicht langweilen.« Sie nahm den Whisky, den ihr Mann ihr reichte. »Dank dir, Liebling.« Sie seufzte.

Mann und Frau standen einander gegenüber, ein flüchtiger Händedruck... Wexford tappte mehr im dunkeln als vorher. Was hatte sie gemeint: Ihre Tochter, und sie wisse nicht, in welchem Ärger sie vielleicht stecke? Ein Baby, noch so klein, daß es einen Zahnring brauchte, ein Baby, das die Mutter vor einer Stunde oben allein gelassen hatte, schlief doch sicherlich friedlich in seiner Wiege. Außer, sie erwartete vielleicht den Anruf eines Arztes, weil das Kind krank gewesen war...

Er trank mit leisem Schuldgefühl sein zweites Bier. Der ungewohnte Alkohol machte ihn lethargisch und benommen, und er war froh, als Dearborn seine Papiere zusammenpackte und meinte, das sei nun genug für einen Abend.

»Sie müssen wiederkommen. Oder, noch besser, ich mache mit Ihnen eine Besichtigungstour zu einigen der Plätze, über die wir gesprochen haben. Und Alexandra nehme ich mit nach Kenbourne Vale.« Er sprach ganz ernsthaft. »Sie ist natürlich noch nicht alt genug, um es zu verstehen, aber man sieht ihren Augen an, daß sie anfängt, sich zu interessieren. Sie ist ein sehr intelligentes Kind. Sind Sie länger in London?«

»Nur bis nächsten Samstag leider. Dann geht's zurück nach Sussex und wieder an die Arbeit.«

»Was für Arbeit?«

»Ich bin Polizist.«

»Wie interessant. Aber bestimmt kein gewöhnlicher Polizist.«

»Detective Chief Inspector.«

Ihr Gesicht wurde scharf. Sie sah zu ihrem Mann hinüber und blickte dann weg. Man hätte von Dearborn erwarten können, daß er nun den Mord erwähnte, aber er tat es nicht. »Da werden wir unsere Tour verschieben müssen. Sie fahren nach Hause, und ich habe Ende der Woche einen Architektenkongreß in Yorkshire. Vielleicht nächstes Mal, wenn Sie nach London kommen?«

Wexford nickte, aber ein weiteres Gespräch wurde unterbunden durch jammervolles Geschrei von oben. Das angebetete, sorgenmachende, frühreife, superintelligente Kind war wieder aufgewacht.

Melanie Dearborn, die durch die Telefonklingel wie elektrisiert gewesen war, benahm sich jetzt wie eine Frau, die sechs Kinder großgezogen hatte. Mit einem: »Ach, schon wieder Alexandra«, erhob sie sich gemächlich aus ihrem Sessel. Es war Dearborn, der sich aufregte.

Ob das Kind krank war? Ob man den Arzt rufen sollte? Dieser Hautausschlag auf ihrem Gesicht hatte ihm gar nicht gefallen, obwohl seine Frau ja meinte, das seien bloß die Zähne.

Wexford nahm diese kleine Auseinandersetzung zum Anlaß, sich zu verabschieden, nachdem er ihnen Howards Telefonnummer gegeben und sich für den angenehmen Abend bedankt hatte. Mrs. Dearborn begleitete ihn hinaus. Ihr Mann war bereits oben und rief dem Baby zu, Daddy käme ja schon, und nun würde doch alles wieder gut.

10

Gewiß läßt sich Liebe oft durch bloße Schönheit gewinnen, aber ohne Tugend und Gehorsam ist keine auf Dauer festzuhalten.

Während Wexford bei den Dearborns war und Howard zu Hause Bridge spielte, fand in Kenbourne Vale ein Einbruch statt. Er gehörte zu einer ganzen Einbruchsserie, bei der es sich stets um Diebstähle von Silber, Schmuck und Geld handelte, und sie alle ereigneten sich stets am Freitag- oder Samstagabend.

»Dein neuer Freund ist dabei in gewisser Weise mitverantwortlich«, meinte Howard am Montag morgen.

»Dearborn?«

»Ja, weißt du, es geht eben aufwärts mit Kenbourne, Reg.

Ich bin ja sehr für Verbesserungen, dafür, daß diese alten Slums saniert werden und so, aber es besteht doch kein Zweifel, daß man, wenn man hier Geld hineinbringt, auch das Verbrechen nachzieht. Vor zehn Jahren noch gab es, abgesehen von den Ladeninhabern, kaum einen Einwohner von Kenbourne, der irgend etwas Stehlenswertes besaß. Jetzt haben wir in den besseren Gegenden Firmenbosse mit ihren Erbstücken und mit diesen Safes, die ein Kind knakken könnte. Bis jetzt war keins der Häuser aus dem Besitz von NOTBOURNE PROPERTIES von den Einbrüchen betroffen, aber wenn mich nicht alles täuscht, werden sie sich demnächst Vale Parc vornehmen.«

»Habt ihr 'ne Ahnung, wer ›sie‹ sind?«

»Hat man doch immer, das weißt du ja selbst«, sagte Howard bitter. »Ich hab den Großteil des gestrigen Tages damit zugebracht, einen Mann namens Winter zu verhören – der natürlich ein hieb- und stichfestes Alibi hat. Und was glaubst du, wer es ihm verschafft hat? Kein anderer als unser alter Freund Harry Slade.«

Wexford blickte verdutzt drein. »Kein alter Freund von mir.«

»Ach, das tut mir leid, Reg, haben wir dir das nicht erzählt? Harry Slade ist einer der Burschen, der behauptet, Gregson sei an diesem Freitag abend, dem 25. Februar, mit ihm im *Psyche Club* gewesen. Er ist uns noch nicht einschlägig bekannt geworden, aber ich glaube allmählich, er ist ein professioneller Alibivermittler.«

»Aber sicherlich...?«

»Du meinst, dessen Aussage zählt sowieso nicht? Nicht für den Richter, Reg. Er ist schließlich ein unbescholtener Bürger, auch noch ein Milchmann, rein und sauber wie die Waren, mit denen er handelt, und der sagt, Winter habe den

Samstag abend mit ihm, seiner lieben alten Mutter und seiner Verlobten, einer Stenotypistin, verbracht, und das auch noch in der Wohnung seiner Mutter!«

»Das verschafft euch wenigstens einen Anklagepunkt mehr gegen Gregson«, sagte Wexford, als Baker den Raum betrat. Er sagte es tröstend, denn ihm tat jeder Mensch leid, der fürchtete, daß ihm die Dinge aus der Hand glitten. Aber Baker sah ihn nur flüchtig an, mit frostiger Höflichkeit. Er hatte das Gesicht eines Leoparden, dachte Wexford unwillkürlich, nichts als Nase und kleiner, scharfer Mund, dazu die fliehende Stirn und das rötliche Haar, das ihm als Bartkoteletten bis tief in die Wangen wuchs.

»Falls Sie jetzt zu Sytansound runterfahren, Michael«, meinte Howard, »könnten Sie meinen Onkel mitnehmen.«

»Nichts, was ich lieber täte, Sir«, erwiderte Baker, »aber ich nehme schon Sergeant Nolan mit, und dann habe ich bereits dem jungen Dinehart versprochen, ihn mal vor Ort mit unseren Schlichen vertraut zu machen. Und sähe das nicht auch aus, als ginge man mit einem Vorschlaghammer auf eine Fliege los?«

Es fiel Wexford schwer, seinen Zorn zu bändigen, zu lächeln und Howard mit der Bemerkung zu Hilfe zu kommen, daß er ganz zufrieden sei mit der Rolle des Zuschauers, der sowieso das meiste vom Spiel sähe. Er besann sich auf Bakers unglückselige Geschichte mit der grausamen jungen Frau und dem Kind, das nicht seines war. *Tout compendre, c'est tout pardonner.* Aber was sollte er mit dem Rest des Tages beginnen? Mit Howard schwätzen und ihn von der Arbeit abhalten? In Kenbourne umhertrödeln? Er fing an zu begreifen, worauf Howards freundliche Geste, ihn ehrenhalber seiner Truppe einzuverleiben, hinauslief: Er richtete ja keinen Schaden an, er schien sich dabei zu amüsieren, er lieferte Ideen, die Spezialisten dann ad absurdum führen konnten; er war, fand er, wie ein Arbeiter, mit dessen Verwendbarkeit es vorbei war, der einfach überflüssig war, für den jedoch ein freundlicher Chef eine Aufgabe gefunden hatte, die sehr viel effizienter durch einen Computer erledigt werden konnte, wenn sie denn überhaupt getan werden mußte.

Er konnte wirklich ebensogut nach Hause zurückkehren und mit Dora ins Kino gehen. In der Eingangshalle begegnete er Sergeant Clements.

»Hatten Sie ein schönes Wochenende, Sir?«

»Sehr schön, danke. Wie geht's Ihrem kleinen Jungen?«

»Dem geht's super, Sir. Hat meine Frau die ganze Nacht auf Trab gehalten, hat sich fast die Kehle aus dem Leib gebrüllt. Aber wenn sie dann zu ihm reinging, dann wollte er nichts als spielen. Und die Art, wie er dann lacht! Er fängt jetzt an zu krabbeln. Der läuft, ehe er ein Jahr alt ist, sag ich Ihnen.«

Diese Väter! »Wie werden Sie ihn denn nennen?«

»Na ja, Sir, ich glaube, die leibliche Mutter war so eine von der romantischen Sorte, die es mit ausgefallenen Namen hatte. Sie nannte ihn Barnabas, aber meine Frau und ich, wir mögen lieber was Einfacheres, deshalb haben wir uns auf James geeinigt, nach meinem Vater. Sobald wir diese Adoptionssache perfekt haben, feiern wir eine anständige Taufe.«

»Nur noch vier Tage, stimmt's?«

Clements nickte. Seine Fröhlichkeit war wie weggeblasen bei der Erinnerung an die kurze Zeitspanne – diese quälend kurze, quälend lange Zeit –, welche die probeweise Vaterschaft noch von der echten trennte. Oder die ihn womöglich jeder Vaterschaft berauben konnte? Wenn Wexford sich das wettergegerbte rote Gesicht des Mannes ansah, das bei aller vermeintlichen Weltklugheit so unreif und schuljungenhaft wirkte, dann dachte er mit Besorgnis und leisem Schaudern an den kommenden Freitag. Angenommen, die junge Frau, dieses romantische Mädchen, das seinem Kind einen so phantasievollen Namen gegeben hatte, änderte seine Meinung und erschiene vor Gericht, um es zurückzufordern? Wie sähe das Leben dann aus für Clements und seine gute, geduldige Frau, einsam und verzweifelt dort oben in ihrem Turm? Schön und gut, dieses Gesetz, das in erster Linie die Belange der leiblichen Mutter und ihres Kindes schützte, aber es war ein grausames Gesetz für die Unfruchtbaren, die da warteten und hofften und beteten.

»Sie haben so viel Interesse an unserem Jungen gezeigt, Sir«, sagte Clements und lächelte wieder, »da haben meine Frau und ich uns gedacht, ob Sie nicht mal eines Tages bei uns vorbeikommen möchten, zum Lunch vielleicht, und... na ja, um den kleinen James kennenzulernen? Sagen wir morgen oder Mittwoch? Es wäre uns eine Ehre.«

Wexford war gerührt. »Morgen wäre prima«, sagte er und überlegte dabei, daß ihm das helfen würde, die Zeit zu vertreiben. Einem Impuls folgend, klopfte er dem Sergeant auf die Schulter.

Denise und Dora waren gerade mit ihrem Lunch fertig. Keine von beiden zeigte sich erstaunt, ihn zu sehen, oder erleichtert, daß er noch am Leben war. In den Augen seiner Frau lag ein Ausdruck, den er seit vielen Jahren nicht mehr gesehen hatte.

»Na, was stellst du denn so alles an, Onkel Reg?« fragte Denise, und dabei blickte sie ihn zum erstenmal, seit sie sich kannten, an wie einen Mann statt wie einen alten Invaliden.

»Ich? Wieso?« fragte Wexford perplex. »Was meinst du damit?« Verrückt, dachte er, wie leicht einem Unschuldigen Schuldgefühle aufgedrückt werden konnten. Mit dem Telegramm: »Sofort fliehen! Alles ist entdeckt!« konnte man wahrscheinlich die halbe Erdbevölkerung aufscheuchen und dazu bringen, den Koffer zu packen und zum nächsten Flughafen zu hasten. »Was meinst du damit – ›anstellen‹?«

»Nun ja, eine Frau hat für dich angerufen, eine Melanie Sowieso, den Nachnamen habe ich nicht verstanden. Sie bat, ob du vorbeikommen und sie besuchen könntest, aber bitte während des Tages, *solange ihr Mann nicht da ist*. Du sollst sie wieder anrufen. Sie sagt, die Nummer weißt du.«

Wexford war sprachlos, aber dann brach er in Gelächter aus.

»Wer ist sie, Reg?« fragte Dora, nicht direkt überzeugt, betrogen zu werden, aber auch nicht sonderlich glücklich.

»Melanie?« meinte er gedehnt. »Oh, *Melanie*! Bloß so eine Frau, mit der ich gerade eine glühende Affäre hab. Denk mal an all die Zeiten, wo du glaubtest, ich sei mit Howard in Kenbourne. Also gut – in Wirklichkeit bin ich mit ihr zusammengewesen. Es gibt eben manch ein schönes Lied, das man aus einer alten Fiedel noch rausholen kann, meine Liebe.« Er hielt inne und suchte den Blick seiner Frau. Der war warnend, aber auch leise verzweifelt. »Dora!« sagte er. »Sieh mich an. Sieh mich doch an! Welche Frau bei vollem Verstand würde denn *mich* wollen?«

»Ich.«

»Ach, *du*.« Er war so verdammt gerührt. Er küßte sie. »Das ist die Blindheit der Liebe«, sagte er. »Entschuldigt mich. Ich will nur eben mal meine Geliebte anrufen.«

Dearborn stand im Telefonbuch, Stephen T., mit noch ein

paar Buchstaben dahinter, die, wie Wexford annahm, irgendwelche Architektenqualifikationen bedeuteten. Er wählte die Nummer, und Melanie Dearborn antwortete nach dem zweiten Läuten. Tat sie das immer? Hatte sie neben dem Telefon gesessen, um wie von der Tarantel gestochen aufzuspringen, wenn es klingelte?

»Es tut mir sehr leid, Sie zu stören, Mr. Wexford. Ich... ich... Wäre es eine große Zumutung, wenn ich Sie fragte, ob Sie wohl herkommen und mich besuchen könnten?«

»Jetzt gleich, Mrs. Dearborn?«

»Na ja... Ja, bitte, jetzt gleich.«

»Können Sie mir ungefähr sagen, worum es sich handelt?«

»Darf ich das aufschieben, bis Sie hier sind?«

Ziemlich verwirrt antwortete Wexford: »Geben Sie mir zehn Minuten«, und legte den Hörer auf. Er erklärte es Denise und Dora, vielmehr, er gab die Erklärung, die er geben konnte, denn er wußte ja ebensowenig wie sie, weshalb Melanie Dearborn ihn in Abwesenheit ihres Mannes sprechen wollte. Könnte es sein, daß sie echt besorgt war wegen Dearborns Besessenheit, was die Veränderungen von Kenbourne Vale betraf, weil diese Leidenschaft vielleicht dazu führte, daß er sie oder sein Geschäft vernachlässigte? Oder waren es irgendwelche Sorgen wegen Alexandras Wohlergehen, die sie verzweifeln ließen? Aber keine von diesen beiden Möglichkeiten schien sehr einleuchtend.

»Die Bibliothek hat inzwischen dein Buch bekommen, Onkel Reg«, sagte Denise. »Du kannst es ja auf dem Rückweg gleich abholen.«

Als er die Leihkarte eingesteckt und das Haus verlassen hatte, war er zu dem Schluß gekommen, daß Mrs. Dearborn nach ihm geschickt hatte, weil er Polizist war.

Das Taxi kam vor einer weißen Doppellinie zum Stehen, und auf der Vorfahrtstraße fuhr ein roter Mini an ihnen vorüber, der aus Richtung Laysbrook Square kam. Nur mit flüchtigem Blick streifte Wexford die Fahrerin, eine junge Frau in dunklem Mantel. Die Handschuhe, die sie trug, setzten zwar eine Alarmglocke in seinem Gehirn in Gang, aber da sein Gedächtnisspeicher nichts hergab, vergaß er das behandschuhte Mädchen wieder, als das Taxi unter dem Glyzinien-Torbogen hielt und er Melanie Dearborn an den Stufen zum Laysbrook House bereits auf sich warten sah.

Wexford brachte ein ruhiges und, wie er hoffte, ermunterndes Lächeln zustande, aber sie lächelte nicht zurück. Sie ergriff seine Hand mit beiden Händen und überschüttete ihn mit einem Schwall von Entschuldigungen, sich jemand so aufgedrängt zu haben, den sie doch nur flüchtig kenne.

Er hatte recht gehabt mit seiner Vermutung. »Es ist, weil Sie Polizist sind«, sagte sie, als sie im Haus waren, »oder vielmehr, weil Sie Kriminalbeamter sind, der zur Zeit nicht richtig im Dienst ist, wenn Sie verstehen, was ich meine.«

Nein, Wexford verstand es nicht.

»Sie können mir vielleicht sagen, was ich tun soll«, meinte sie, ließ sich in einen Sessel fallen und fing augenblicklich an, mit beiden Händen den Schnurbesatz zu bearbeiten.

»Da bin ich nicht so sicher«, verwahrte er sich. Sie war eine so nette Person und so offensichtlich in Bedrängnis, daß er sich einen Rat erlaubte, der eigentlich nur einem nahen Freund zustand. »Jetzt versuchen Sie erst mal, sich zu beruhigen«, sagte er, »Ihre Hände... Kommen Sie, ich gebe Ihnen eine Zigarette.«

Sie nickte, zog die Hände von den Sessellehnen weg und schlang sie ineinander. »Sie sind so ein beruhigender

Mensch«, meinte sie, als er ihr Feuer reichte, »jetzt fühle ich mich schon ein bißchen besser.«

»Das ist schön. Also – was ist los?«

»Meine Tochter«, sagte Melanie Dearborn. »Sie ist verschwunden. Ich weiß nicht, wo sie ist. Meinen Sie, ich sollte sie als vermißt melden?«

Wexford starrte sie an. »Das *Baby*? Wollen Sie damit sagen, jemand hat das Baby entführt?«

»O nein, nein, natürlich nicht! Alexandra ist oben. Ich rede von meiner älteren Tochter, von Louise. Sie ist einundzwanzig.« Es war rührend zu sehen, wie sie verlegen auf einen galant erstaunten Einwurf wartete. Wexford brachte ihn nicht zustande, denn heute sah Mrs. Dearborn gut und gern alt genug aus, um die Mutter einer erwachsenen Tochter zu sein. Aber Dearborn – war er der Vater? Er hätte schwören können, daß dieses Paar nicht länger als drei oder vier Jahre verheiratet wäre. »Sie ist nicht Stephens Tochter«, erklärte sie. »Ich war schon einmal verheiratet. Ich war neunzehn, als Louise geboren wurde, und mein erster Mann starb, als sie zehn war.«

»Wie kommen Sie darauf, daß sie verschwunden ist? Wohnt sie sonst hier bei Ihnen?«

»Nein, das hat sie nie getan. Sie und Stephen kommen nicht gut miteinander aus, dabei weiß ich eigentlich nicht, warum. Zuerst funktionierte es nämlich sehr gut, und genaugenommen habe ich Stephen durch Isa – so nennt sie sich – kennengelernt. Ich vermute, sie hat es übelgenommen, daß ich wieder geheiratet habe.«

Die alte Geschichte. Mutter und Tochter in inniger Beziehung zueinander, und dann der dazwischenkommende Liebhaber, der die Tochter in der Kälte stehen läßt.

»Wir haben vor drei Jahren geheiratet«, sagte sie. »Isa war

noch in der Schule und wollte ihren Abschluß machen. Sie war sogar schon für Cambridge vorgemerkt, aber als sie hörte, daß wir heiraten wollten, da schmiß sie alles hin, lief weg und zog mit einem anderen Mädchen zusammen in eine Wohnung.« Mrs. Dearborns Hände hatten das krampfhafte Zupfen an der Litze wiederaufgenommen, während ihre Zigarette auf dem Rand des Aschenbechers verglühte. »Sie hat nach dem Testament ihres Vaters ein Einkommen von tausend Pfund pro Jahr. Ich weiß nicht mal, ob sie je gearbeitet hat.«

»Hören Sie denn nie von ihr?«

»O doch, wir haben unseren Zwist in gewisser Weise beigelegt. Aber wir verstanden uns nicht mehr so gut wie früher. Sie war schon immer sehr reserviert, aber jetzt wurde sie entsetzlich verschlossen. Ich nehme an, es war meine Schuld. Ich möchte Sie nicht mit wehleidigen Enthüllungen und Selbstmitleid belästigen, Mr. Wexford, aber ich hatte in meiner ersten Ehe ziemlich viel auszustehen, und die Zeit danach war auch nicht einfach. Ich habe Isa also mehr oder weniger selbst beigebracht, nun ja, die Ohren steifzuhalten und ihre Gefühle nicht zu zeigen.«

Wexford nickte. »Aber sie blieb telefonisch oder brieflich doch mit Ihnen in Verbindung?«

»Sie rief mich von Zeit zu Zeit an, aber herkommen wollte sie nie, und sie weigerte sich auch, mir zu sagen, wo sie wohnte, nachdem sie aus der Wohnung, die sie mit dem anderen Mädchen geteilt hatte, ausgezogen war. Sie rief mich von Telefonzellen aus an. Das alles machte mich sehr unglücklich, und Stephen merkte es, und deshalb – deshalb ließ er durch einen Privatdetektiv herausfinden, wo sie war. Oh, es war entsetzlich! Isa schwor, sie werde nie wieder mit mir reden. Sie sagte, ich hätte ihr Leben ruiniert. Danach gab ich mir Mühe, Stephen nicht merken zu lassen, wie besorgt ich um sie war, und das ist auch der Grund, weshalb ich Sie bat herzukommen, während – während er fort ist.«

»Wann haben Sie zuletzt von ihr gehört?«

Sie drückte ihren glimmenden Zigarettenstummel aus und zündete sich eine neue an. »Es ist wohl besser, ich erzähle Ihnen ein bißchen mehr von alldem. Nachdem Stephen sie aufgestöbert hatte und sie mich anrief, um mir zu sagen, ich hätte ihr Leben ruiniert, hörte ich monatelang nichts von ihr. Dann, vor einem Jahr ungefähr, fing sie an, wieder regelmäßig anzurufen, aber sie wollte mir wieder nicht sagen, wo sie wohnte, und sie klang immer sehr unglücklich.«

»Darauf müssen Sie sie doch angesprochen haben?«

»Natürlich hab ich das. Sie antwortete bloß immer: ›Ach, es ist nichts. Die Welt ist eben kein besonders vergnüglicher Platz, nicht wahr? Das hast du mir doch selbst beigebracht, und es ist wahr.‹ Mr. Wexford, Sie kennen sie nicht. Sie wissen nicht, wie unmöglich es ist, sie auszufragen. Sie sagt dann einfach: ›Lassen wir das, ja?‹ Ich wollte so gern, daß sie Weihnachten herkäme, damit ich ihr etwas erzählen könnte, das...«

Er hob kaum merklich die Augenbrauen.

»Verzeihen Sie, wenn ich Ihnen nicht erzähle, was dieses ›etwas‹ war. Es kann auch nichts mit Isas Verschwinden zu tun haben. Jedenfalls, ich bat sie zu kommen, und sie kam auch wirklich. Sie kam am zweiten Weihnachtstag. Es war das erste Mal seit fast drei Jahren, daß ich meine Tochter wiedersah. Und danach kam sie auch öfter, zwei- oder dreimal, aber immer, wenn Stephen nicht da war.«

»Hat er sie am zweiten Weihnachtstag gesehen?«

Melanie Dearborn schüttelte den Kopf. »Nein, er verbrachte den Tag mit seiner Mutter. Sie lebt in einem Pflegeheim. Isa sah sehr dünn und blaß aus. Das beunruhigte mich sehr. Sie war nie sehr vital und kräftig, wenn Sie verstehen, was ich meine, aber jetzt schien alles Leben in ihr erloschen zu sein. Immerhin begann sie nun, mich regelmäßig anzurufen, ungefähr einmal in der Woche. Das letzte Mal, daß ich von ihr hörte, war – und das wollten Sie doch wissen, nicht wahr? – das letzte Mal war Freitag vor einer Woche, am Freitag, dem 25. Februar.«

Wexford spürte sein Gesicht blutleer werden. Er hoffte bloß, daß man es nicht sah. »Sie rief Sie am Freitag vor einer Woche an?«

»Ja, um die Mittagszeit. Sie weiß, daß Stephen nie zum Lunch nach Hause kommt, und sie rief immer gegen Viertel nach eins an.«

11

Die übrigen Klippen sind nicht sichtbar: sie liegen unter Wasser und bilden so eine heimtückische Gefahr.

Wexford saß ganz still. Er wußte, ihre scharf beobachtenden Augen würden jedes Unbehagen entdecken, das er zeigte. Er hörte eine Uhr im Zimmer ticken, einen Ton, den er vorher nicht wahrgenommen hatte. Dazu gesellte sich das reißende Geräusch, das Mrs. Dearborns Finger machten, während sie weitere Zentimeter des Schnurbesatzes von der Sessellehne zerrte. Fieberhaft daran zerrend, redete sie weiter.

»Isa klang so ungeheuer glücklich; es lag ein Ton in ihrer Stimme, wie ich ihn nicht mehr gehört habe, seit sie ein kleines Mädchen war. Sie fragte mich sogar, wie es mir ginge, und wie es Alexandra ginge. Dann sagte sie, sie glaube, sie hätte bald eine Neuigkeit für mich, die mir gefallen würde. Natürlich fragte ich, was für eine Neuigkeit, und sie meinte, sie dächte, das könne noch ein oder zwei Wochen warten, aber sie werde mich in ein paar Tagen wieder anrufen. Nun, ich brachte es einfach nicht fertig, das so auf sich beruhen zu lassen, und ich bettelte, sie solle es mir doch erzählen. Aber da piepste im Apparat der Signalton, daß die Sprechzeit zu Ende sei. Ich rief noch, sie solle mir ihre Nummer geben, ich würde zurückrufen, aber bevor sie es tun konnte, waren wir unterbrochen.«

Es paßte alles. Es paßte so grauenhaft. »Und sie hat nicht noch einmal angerufen?« fragte er und wußte doch die Antwort schon genau.

»Nein. Es war so eine entsetzliche Demütigung für mich. Ich wurde schier verrückt vor – nun, vor Neugierde, müßte man wohl sagen. Ich vergaß alle guten Vorsätze, sie nicht zu verfolgen und versuchte, Stephen anzurufen und ihn dazu zu bewegen, sie nochmals ausfindig zu machen, wenn er könnte … Aber er war an dem Nachmittag nicht da, und als er dann später nach Hause kam, da hatte ich mich schon wieder beruhigt und dachte, ich warte eben einfach, bis sie wieder anruft. Aber sie hat seitdem nicht wieder angerufen.«

»Was ängstigt Sie denn am meisten?«

»Ihre plötzliche Glückseligkeit.« Sie lachte ein wenig schrill. »Klingt ganz schön absurd, was? Ich frage mich halt, ob dieses Glücklichsein sie vielleicht dazu getrieben hat, irgend etwas Leichtsinniges zu tun, irgendein entsetzliches Risiko einzugehen.« Sie schauderte und fragte: »Was soll ich bloß tun? Sagen Sie mir, was ich tun soll.«

Kommen Sie mit nach Kenbourne und identifizieren Sie eine Leiche. Aber das konnte er nicht sagen. Wenn dies Kingsmarkham gewesen wäre und er zuständig für den Fall Morgan, dann hätte er so etwas Ähnliches gesagt, aber auf möglichst schonende, zart andeutende Weise. Er war aber nicht in Kingsmarkham, und bevor er etwas unternahm, mußte er mit Howard sprechen, mußte möglichst noch mehr herausfinden, ehe er selbst das tat.

Melanie Dearborn hatte während ihrer vierzig Jahre viel gelitten. Aber wenn seine augenblickliche Vermutung zutraf, dann wäre alles Leid, das sie je erduldet hatte, nichts gegen den Schmerz, den sie noch würde ertragen müssen. Das wünschte er seinen ärgsten Feinden nicht. Und dazu gehörte diese Frau nicht. Er mochte sie. Er mochte ihre Weiblichkeit und ihre Empfindsamkeit und ihre Contenance.

Was schadete es schon, sie zu trösten und die Dinge eine Weile treiben zu lassen? Er war hier nicht im Dienst, er hatte Urlaub.

»Es ist doch erst wenig mehr als eine Woche her, Mrs. Dearborn«, sagte er. »Vergessen Sie nicht, es gab eine Zeit, da hörten Sie monatelang nichts von Isa.«

»Das ist wahr.«

»Wenn ich darf, dann rufe ich Sie am Mittwoch wieder an, und wenn Sie dann immer noch nichts von ihr gehört haben, dann melden wir Ihre Tochter als vermißt.«

»Glauben Sie wirklich, ich mache aus einer Mücke einen Elefanten?«

»Ja, das tue ich«, log er. Und warum auch nicht? Immerhin konnte er unrecht haben. Nach allem, was er wußte, konnte Isa – wie war doch ihr anderer Name? – quicklebendig sein und mit irgendeinem Jungen durch Europa bummeln. So etwas Ähnliches war ihm schon mal passiert. Damals hatte er *gewußt*, daß das Mädchen tot war, alle Beweise hatten darauf hingedeutet, und dann war sie plötzlich wiederaufgetaucht, braungebrannt und lächelnd – zurück von einem Italien-Urlaub mit einem Dichter.

»Wie ist der Nachname Ihrer Tochter?« fragte er.

»Sampson«, sagte Mrs. Dearborn. »Louise Sampson, oder Isa oder Lulu oder wie immer sie sich zur Zeit gerade nennt.«

Oder Loveday? Hören Sie auf, hätte er am liebsten geschrien – er, der sich sonst immer so freute über eine positive Identifikation –, hören Sie auf, Sie machen nur alles immer schlimmer für mich, immer zutreffender.

»Ich muß jetzt gehen.«

»Und wie?« fragte sie. »Taxi? Bus?«

»Eins von beiden«, lächelte er.

»Ich fahre Sie. Sie sind so freundlich gewesen, haben mir Ihre Urlaubsstunden geopfert, und ich muß sowieso einkaufen.«

Sie stritten sich ein wenig, und Mrs. Dearborn gewann. Sie ging hinauf, um das Baby zu holen, und als sie oben an der Treppe wieder auftauchte, kam Wexford ihr entgegen, um ihr mit der Tragetasche zu helfen. Alexandra, dessen Köpfchen auf einem blaßrosa Kissen lag, blickte mit großen, ruhigen blauen Augen zu ihm auf. Es war ein ziemlich dikkes Baby, makellos sauber, und es steckte in einem teuer aussehenden, einteiligen Kleidungsstück aus rosa Angorawolle.

Mrs. Dearborn wickelte sie in eine weiße Felldecke ein. »Die letzte Extravaganz meines Mannes«, sagte sie. »Er kauft praktisch jeden Tag Geschenke für dieses Kind. Sie hat schon jetzt viel mehr zum Anziehen als ich.«

»Hallo«, sagte Wexford zu dem Baby. »Hallo, Alexandra.«

Sie benahm sich altersgerecht, indem sie ihr Gesichtchen zuerst bedrohlich verzog und es dann ganz langsam zu einem entzückenden Lächeln der Fröhlichkeit und des Vertrauens glättete.

»Schön ist sie«, sagte er ernst.

Mrs. Dearborn antwortete darauf nicht. Sie suchte am Garderobenständer der Diele zwischen den Mänteln herum. »Ich suche meinen Schal«, sagte sie halb zu ihm, halb zu sich selbst, »einen blauen Seidenschal, den ich sehr gern habe. Weiß der Himmel, wo der wieder ist. Wenn ich es recht bedenke, hab ich ihn eigentlich schon seit Wochen nicht gesehen. Ob Stephen ihn womöglich unserer alten Putzfrau geschenkt hat? Als sie hier aufhörte, bestand er darauf, ihr massenhaft Kleidungsstücke mitzugeben. Er ist ein so impulsiver Mann.« Das Baby fing an zu weinen. »O Alexandra, hör bloß auf! Sie ist wie ein Hund«, meinte Mrs. Dearborn ziemlich gereizt. »Kaum weiß sie, daß wir ausgehen, läßt sie einem keine Ruhe, bis es wirklich losgeht. Ich könnte mir eigentlich Stephens Jacke ausborgen. Mein Pelz ist in der Reinigung, und es ist doch so kalt, nicht wahr?«

Sie wickelte sich in Dearborns Schaffelljacke, die ihr viel zu groß war, und sie rannten durch einen plötzlichen Regenschauer zum Wagen. Kind und Tragetasche wurden energisch auf den Rücksitz verfrachtet, als sei es Gepäck, das man sicher verstaute und dann vergessen konnte. Wexford war einigermaßen erstaunt. Er hatte Mrs. Dearborn für eine sehr mütterliche Frau gehalten, die völlig in ihrem Mann und ihren Töchtern aufging. Sie war nicht zu alt, um ein Baby zu bekommen, aber vielleicht war sie zu alt, um den Umgang mit ihm zu genießen? Dabei war sie nicht älter als die Frau des Sergeants, die es sogar sehr genoß, mit ihrem Baby zu spielen, wenn es sie nachts aufweckte. Es mußte ihre alles absorbierende Sorge um Louise sein, die sie dem Rest ihrer Familie innerlich entzog.

»Sagen Sie mir den Namen der Freundin, mit der Isa die Wohnung geteilt hat.«

»Verity Bate. Sie waren zusammen in der Schule, und Verity ließ sich dann am St. Mark und St. John als Lehrerin ausbilden.«

»Ich nehme an, das ist in London?«

»Wir sind hier keinen halben Kilometer davon entfernt«, sagte Mrs. Dearborn. »Es ist dort, wo Sie wohnen, ganz in der Nähe, in der King's Road. Ich werde es Ihnen zeigen. Sie müßte im letzten Ausbildungsjahr sein, aber ich weiß nicht, ob sie noch in dieser Wohnung wohnt. Die liegt nahe am Holland Park, und ich habe auch schon versucht, die Nummer anzurufen, aber ich konnte kein Gespräch herstellen.«

Inzwischen hatten sie die King's Road gekreuzt und fuhren nordwärts. Auf dem Rücksitz gab Alexandra sanft gurgelnde Laute von sich. Wexford blickte über die Schulter und sah, daß sie den Regen beobachtete, der gegen die Fenster schlug. Sie reckte eine dicke kleine Hand, als könnte sie die hellen, glitzernden Tropfen fangen. Sie fuhren durch die Sydney Street und bogen in die Fulham Street ein, und als sie am Kino vorbei waren und den Teil der Straße erreichten, der eng war wie ein ländlicher Fahrweg, fragte Mrs. Dearborn, ob es ihm etwas ausmachte, ein paar Minuten zu warten.

»Ich kaufe mein Brot und Gebäck immer hier ein«, erklärte sie. »Halten Sie es aus, wenn ich Sie einen Moment mit Alexandra allein lasse?«

Wexford sagte, er hielte es mit Freuden aus. Sie stellte den Wagen an einer Parkuhr in der Gilston Road ab, bekundete laut ihre Zufriedenheit, weil der letzte Benutzer noch zehn

Minuten Parkzeit übriggelassen hatte, und ging dann zu ihrem Brotladen, ohne zum Abschied auch nur ein Wort zu der Kleinen zu sagen. Also drehte Wexford sich um und redete mit ihr. Es schien sie kein bißchen zu irritieren, mit einem Fremden allein gelassen zu werden; sie streckte sogar die Hände aus, um sein Gesicht anzufassen. Der Regen trommelte auf das Wagendach, und Alexandra lachte und strampelte die weiße Felldecke fort.

Die Zeit verging so angenehm, während er mit dem Baby spielte, daß er Mrs. Dearborn beinahe vergaß, und er war höchst verwundert, als er feststellte, daß schon zehn Minuten vergangen waren. Alexandra hatte vorübergehend das Interesse an ihm verloren und kaute an ihrer Decke. Er blickte aus dem Fenster und sah Mrs. Dearborn in ein Gespräch vertieft mit einer anderen Frau, unter deren Regenschirm sich die beiden zusammendrängten. Sie bemerkte seinen Blick, rief so etwas wie: »Komme schon!«, und die beiden Frauen kamen gemeinsam auf das Auto zu.

Anscheinend wollte Mrs. Dearborn der Freundin ihr Baby zeigen, wenn es denn ihre Freundin war. Nach allem, was Wexford durch den strömenden Regen von ihr sehen konnte, als sie ihr Gesicht an das Rückfenster preßte, schien sie keine sonderlich adäquate Bekanntschaft für die Frau eines Firmenbosses zu sein. Sie trug einen Männerregenschirm, ein billiges Ding in unauffälligem Schwarz, auch ihr schäbiger Mantel war schwarz, und darunter trug sie etwas, das wie ein Overall aussah. Ein alter Filzhut, den sie tief über den Kopf gestülpt hatte, verbarg zum Teil ihr Gesicht, nicht aber ein entstellendes Muttermal zwischen Wange und linkem Nasenflügel. Er hatte sie schon irgendwo einmal gesehen.

Er fing eben an, sich zu wundern, wie lange die beiden es

wohl noch aushielten bei ihrem Tratsch in einem Regenschauer, der sich inzwischen zu einem wahren Platzregen ausgewachsen hatte, da sprang Mrs. Dearborn in den Wagen und strich mit nassen Händen ihr nasses Haar zurück.

»Tut mir so leid, daß ich Sie habe warten lassen. Sie bedauern bestimmt schon, sich kein Taxi genommen zu haben. Aber Sie wissen ja, wie das ist, wenn man zufällig Leute trifft und es so sehr...« Sie brach abrupt ab. »So, jetzt bringen wir Sie nach Hause«, sagte sie.

»Sie wollten mir noch das St. Mark- und St. John-College zeigen.«

»Ach ja. Sehen Sie da geradeaus an der linken Seite dieses runde Gebäude? Kurz bevor man zur Stamford Bridge kommt? Das ist die St. Mark's Bibliothek. Das Grundstück des Colleges reicht bis an die King's Road. Wollen Sie mit Verity sprechen?«

»Ich denke, ja«, erwiderte Wexford, »wenigstens wird sie mir sagen können, wohin Isa gegangen ist, als sie sich von ihr trennte.«

»Das kann ich auch tun«, sagte Melanie Dearborn rasch. »Vergessen Sie nicht, daß es dort war, wo Stephen sie aufgestöbert hat. Es ist im Earls Court. Ich schreibe Ihnen die Telefonnummer auf. Ich würde ja selbst anrufen, ich würde ja versuchen, mit Verity zu reden, bloß...« Sie zauderte und fügte dann traurig hinzu: »Keine ihrer Freundinnen würde mir *irgend etwas* erzählen.«

Sie hielten vor dem Haus in der Theresa Street, und Mrs. Dearborn schrieb ihm die Nummer auf. Eine halbe Stunde lang waren ihre Gedanken abgelenkt gewesen von ihrer Tochter, aber jetzt sah er, wie die Hand, die den Stift hielt, zitterte. Sie blickte ihn nervös an und zog sorgenvoll die Augenbrauen zusammen.

»Wollen Sie wirklich versuchen, sie für mich ausfindig zu machen? Ich bin ein bißchen... ich muß immer daran denken, was passiert ist, als Stephen...«

»Ich werde sehr diskret vorgehen«, versprach Wexford. Dann verabschiedete er sich und fügte noch hinzu, er werde sich auf alle Fälle Mittwoch bei ihr melden.

Das Haus war leer. Denise hatte ihm eine Notiz hinterlassen, die gegen eine Kristallvase mit Fresien lehnte, darauf stand, sie seien ausgegangen, um einen Blackberry-Poncho zu kaufen. Er wußte nicht recht, ob das wohl etwas zum Anziehen oder zum Essen war.

Er rief die Nummer am Holland Park an, aber niemand antwortete. Jetzt also das Mädchen Nummer zwei, vielleicht eine Zeugin von Dearborns unbeholfener und taktloser Fahndungsaktion.

Die Stimme eines jungen Mannes sagte hallo.

»Wer hat vor Ihnen in Ihrer Wohnung gewohnt?« fragte Wexford, nachdem er erklärt hatte, wer er sei.

»Das weiß ich nicht. Ich bin schon seit vier Jahren hier drin.«

»Vier Jahre? Vor zwei Jahren hat doch Louise Sampson dort gewohnt.«

»Das stimmt. Mit mir zusammen. Lulu und ich haben – warten Sie mal –, wir haben so vier oder fünf Monate zusammengewohnt.«

»Ich verstehe.« Dieses war sicherlich ein Stückchen Information, das Dearborn klugerweise seiner Frau verschwiegen hatte. »Könnte ich mal kommen und mit Ihnen sprechen, Mr....?«

»Adams. Natürlich können Sie. Aber nicht heute. Sagen wir morgen – so gegen sieben?«

Wexford legte den Hörer auf und blickte auf die Uhr. Kurz nach fünf. Der Regen war wieder zu einem Nieseln geworden. Um welche Zeit machten die Collegeklassen wohl Feierabend? Wenn er Glück hatte, dann kam Verity jetzt gerade heraus, oder – was noch besser wäre – womöglich wohnte sie während ihres letzten Jahres im College.

Er fand das große Tor des Colleges, das von den Studenten »Marjohn« genannt wurde, ohne Schwierigkeiten. Auf dem Vorhof tummelten sich ein paar Jungen und Mädchen herum, angehende Lehrer, die ihm genau jene Seitenblicke zuwarfen, mit denen sonst seine Generation – er allerdings nicht – die Jungen bedachte, Blicke, die fragten: Warum trägst du diese komische Kleidung, diesen Haarschnitt, diese ganze fremdländische Aufmachung? Er war überzeugt, kein Mensch in der King's Road trug seine Art Kleidung, kein Mensch war so alt wie er. Ziemlich zaghaft betrat er die Pförtnersloge und fragte, wo er Miss Verity Bate finden könne.

»Sie haben sie gerade verpaßt. Sie ist eben hier gewesen, um zu fragen, ob Briefe für sie da wären, und dann ist sie nach Hause gegangen. Sind Sie ihr Vater?«

Wexford fühlte sich geschmeichelt. Mal angenommen, man hätte ihn gefragt, ob er der Großvater des Mädchens wäre?

»Ich werde hier eine Nachricht für sie hinterlassen«, sagte er.

Er sollte wirklich mit Howard sprechen, ehe er noch weiterermittelte. Seinem Neffen stand schließlich ein ganzer Polizeiapparat zur Verfügung, ein Apparat, für den es eine Sache von Stunden wäre, Louise Sampson ausfindig zu machen und entweder festzustellen, daß sie mit Loveday Morgan identisch war, oder aber, daß die beiden Mädchen – zwei

Mädchen waren. Aber wieviel befriedigender wäre es, wenn er ihm von sich aus ein *fait accompli* liefern könnte, bei dem sämtliche Ermittlungen und Spurenfahndungen bereits abgeschlossen wären...

12

Die Wahrheit würde leichter ans Licht gebracht... So kommt der Richter weniger gewandten Parteien gegen die Verleumdung verschlagener Gegner zu Hilfe.

»Schon wieder eins von deinen Weibern am Telefon«, sagte Denise ziemlich hämisch.

Wexford hatte eben sein Frühstück beendet. Er war froh, daß Howard, der gerade in sein Arbeitszimmer gegangen war, um seine Aktentasche zu holen, und Dora, die die Betten machte, diese Bemerkung nicht gehört hatten. Er ging ans Telefon, und eine Mädchenstimme, atemlos vor Neugierde, sagte, sie sei Verity Bate.

Es war erst Viertel nach acht. »Na, Sie haben ja keine Zeit vergeudet, Miss Bate.«

»Ich mußte gestern abend noch mal ins Marjohn zurück, um etwas zu holen, und da fand ich Ihre Notiz.« Ein wenig blasiert fuhr sie fort: »Ich vermute, es ist sehr wichtig, und da ich gesellschaftliches Bewußtsein besitze, dachte ich, ich setze mich so schnell wie möglich mit Ihnen in Verbindung.«

Konntest es wohl eher nicht abwarten zu erfahren, worum es geht, dachte Wexford. »Ich versuche jemanden zu finden, den Sie kannten.«

»Ach, wirklich? Wen denn? Ich meine, wen könnten Sie denn wohl...?«

»Wann und wo können wir uns treffen, Miss Bate?«

»Also, ich habe bis halb zwölf Unterricht. Ich wünschte wirklich, Sie würden mir sagen, wer es ist.« Zweifel an seiner Identität äußerte sie nicht. Er hätte ein krimineller Wahnsinniger sein können, der ihr nach dem Leben trachtete. »Sie könnten in meine Wohnung kommen... Nein, ich habe eine bessere Idee. Ich treffe Sie Viertel vor zwölf in *Violet's Voice*, das ist ein Café gegenüber vom Marjohn.«

Howard stellte keine Fragen, als Wexford ihm erklärte, er würde erst nach seinem Lunch bei Sergeant und Mrs. Clements ins Revier kommen. Vielleicht war er froh, daß ihm die Gesellschaft seines Onkels für den Vormittag erspart blieb, oder vielleicht vermutete er, Wexford betreibe sozusagen seine privaten Ermittlungen, oder, simpler ausgedrückt, er sei wohl mit eigenen Dingen beschäftigt.

Er war schon zehn Minuten vor der Zeit im *Violet's Voice*. Es war ein kleines, dunkles Café, und es war beinahe leer. Decke, Fußboden und Mobiliar waren von dem gleichen tiefen Rot, und die Wände waren mit wirbelnden Drogenvisionen aus Violett, Lavendelblau, Silber und Schwarz bemalt. Wexford setzte sich und bestellte einen Tee, der ihm in einem Glas serviert wurde, in welchem eine Zitronenscheibe und ein Pfefferminzblatt schwammen. Durch das Fenster konnte er das Portal vom Marjohn sehen, und noch ehe er angefangen hatte, seinen Tee zu trinken, sah er ein winziges Mädchen mit langem roten Haar aus diesem Portal kommen und die Straße überqueren. Sie kam ebenfalls zu früh.

Ohne zu zögern trat sie an seinen Tisch und sagte laut: »Es ist wegen Lou Sampson, stimmt's? Ich habe mir den Kopf zerbrochen, und es kann nur Lou sein.«

Er stand auf. »Miss Bate? Bitte setzen Sie sich und lassen Sie mich Ihnen was zum Trinken bestellen. Wieso sind Sie so sicher, daß es Louise ist?«

»Sie *wollte* verschwinden. Ich meine, wenn es irgend jemanden unter meinen Bekannten gibt, dem zuzutrauen ist, daß er in Schwierigkeiten gerät oder daß die Polizei hinter ihm her ist, dann ist das Lou.« Verity Bate setzte sich und stützte die Ellbogen auf den Tisch. »Danke, ich möchte einen Kaffee.« Sie hatte ein aggressives, ziemlich theatralisches Benehmen, ihre Stimme war schneidend, so daß jeder im Café sie hören konnte. »Ich hab nicht die leiseste Idee, wo Lou ist, und wenn ich's wüßte, dann würde ich es Ihnen nicht sagen. Ich nehme an, es ist Mrs. Sampson, die wieder mal hinter ihr her ist? Mrs. Dearborn, wollte ich sagen. Eins muß man dieser Frau lassen, aufgeben tut die nie.«

»Sie mögen Mrs. Dearborn nicht?«

Das Mädchen war sehr jung, sehr streng und sehr intolerant. »Ich mag Verrat nicht. Wenn meine Mutter mit mir machen würde, was sie mit Lou gemacht hat, dann würde ich nie wieder mit ihr reden.«

»Darüber würde ich gern etwas hören«, sagte Wexford.

»Ich werd's Ihnen erzählen. Ist ja sowieso kein Geheimnis.« Verity Bate war einen Moment still, dann sagte sie sehr ernst: »Das verstehen Sie doch, was, daß ich's Ihnen nicht sagen würde, selbst, wenn ich *wüßte*, wo Lou ist? Ich weiß es nicht, aber wenn ich es wüßte, ich würde es Ihnen nicht sagen!«

Ebenso ernst erwiderte Wexford: »Ich weiß das zu schätzen, Miss Bate. Ihre Prinzipien in Ehren, das möchte ich von vornherein klarstellen. Sie wissen nicht, wo Louise ist, Sie haben keine Ahnung, und Sie würden es mir nicht sagen, weil es gegen Ihre Prinzipien ist.«

Sie blickte ihn unsicher an. »Das stimmt. Ich würde Mrs. Samp... Dearborn oder *ihm* nicht helfen.«

»Mr. Dearborn?«

Ihre weiße Haut wurde wohl leicht rot, jetzt jedenfalls loderte Verity flammendrot. Ernst und gekränkt sagte sie: »Er war der beste Freund meines Vaters. Sie waren Partner. Eigentlich dürfte überhaupt niemand je wieder mit ihm reden. Glauben Sie nicht auch, daß die Welt um einiges besser wäre, wenn wir uns einfach weigerten, mit Leuten zu reden, die sich schlecht benehmen? Dann würden die endlich lernen, daß sich verdammt mieses Benehmen nicht auszahlt, weil nämlich die Gesellschaft es nicht hinnimmt. Habe ich nicht recht?«

Sie wirkte eher wie fünfzehn, als wie einundzwanzig. »Wir benehmen uns alle schlecht, Miss Bate.«

»Ach, Sie sind genau wie mein Vater! Sie haben resigniert. Und bloß, weil ihr alten Leute immer Kompromisse macht, sitzen wir doch in dem Schlamassel, den wir – na ja, den wir jetzt haben. Ich will Ihnen mal was sagen: wir sollten endlich aufhören, Leute ins Gefängnis zu stecken, weil sie Sachen gestohlen haben und statt dessen die Leute ins Gefängnis stecken, die das Leben anderer Menschen zerstören. So wie der verdammte Stephen Dearborn.«

Wexford seufzte. Was für eine kleine Schwätzerin sie war! »Mir scheint er ein ganz angenehmer Mensch zu sein«, sagte er. »Aber ich nehme an, Louise mochte ihn nicht besonders?«

»Ihn *mögen*?« Verity Bate schüttelte das Haar zurück und schob ruckartig ihr Gesicht vor, bis ihre kleine, scharfe Nase und die großen blauen Augen keine zwanzig Zentimeter von ihm entfernt waren. »Ihn mögen? Sie wissen also überhaupt nichts, was? Lou betete den Mann an, sie war so verrückt nach Stephen Dearborn, das war schon gar nicht mehr wahr.«

Diese Äußerung übte auf ihn die Wirkung aus, auf die sie offenbar gehofft hatte. Er war zutiefst verblüfft, und doch, wenn er es recht bedachte, fragte er sich, weshalb er nicht selbst auf die Wahrheit gekommen war. Daß es die Wahrheit war, daran zweifelte er nicht. Kein einigermaßen vernünftiges Mädchen verläßt die Schule in einem entscheidenden Stadium ihrer Ausbildung, läßt einen Studienplatz sausen und schottet sich nahezu völlig gegen ihre Mutter ab, bloß weil ihre Mutter eine anständige und vollkommen angemessene Ehe mit einem Mann eingeht, mit dem das Mädchen selbst sie bekannt gemacht hat.

»Sie war in ihn verliebt?« fragte er.

»Natürlich war sie das!« Verity Bate schüttelte den Kopf, bis ihr Gesicht vollkommen von roten Haaren verborgen war, aber ob sie es aus neuerlicher Verwunderung über ihre Enthüllungen tat oder über Wexfords Borniertheit, war nicht zu erkennen. Das Haar flog mit einem scharfen Ruck nach hinten. »Ich erzähl Ihnen wohl besser die ganze Geschichte, und das wird auf jeden Fall ein völlig unparteiischer Bericht. Es hat gar keinen Sinn, daß Sie mit Stephen Dearborn reden, der ist solch ein Lügner. Der würde bloß sagen, er hätte doch nie in *dieser* Weise an Lou gedacht, denn das hat er ja auch schon zu meinem Vater gesagt. Oh, der ist *entsetzlich*!«

»Ist das Ihr – äh – unparteiischer Bericht, Miss Bate?«

»Ja, also, wir gingen zusammen zur Schule, Lou und ich, in Wimbledon. Da wohnen meine Eltern, und Lou und Mrs. Sampson wohnten gleich in der nächsten Straße. Stephen Dearborn wohnte in dem scheußlichen Kenbourne Vale, und Vati brachte ihn manchmal mit nach Hause, weil er doch so ein armer, einsamer Witwer war, wie er ihn nannte.«

»Er ist also früher schon einmal verheiratet gewesen?«

»Seine Frau starb, und ihr Baby auch. Das lag alles schon Jahrhunderte zurück. Von Stephen hieß es, er möge Kinder gern, und so ging er öfter mit mir aus. London Tower, Wachablösung, die ganze Leier. Ach, und er schleppte mich auch in Kenbourne Vale herum und zeigte mir eine Menge langweiliger alter Architektur. Es ist ein Wunder, daß ich mir in den Slums dort nicht irgendwas Schlimmes geholt habe. Als ich mich mit Lou anfreundete, nahm er uns beide mit.«

»Wie alt waren Sie damals?«

»Sechzehn, siebzehn. Ich mußte ihn Onkel Steve nennen. Es macht mich noch krank, wenn ich daran denke, richtig körperlich krank!« Sie zog die Mundwinkel nach unten. »Lou ist nicht so wie ich, wissen Sie. Bei ihr bleibt alles unter der Oberfläche, aber da ist es dann eben, und die Emotionen schäumen und sprudeln wie ein« – die kindische Stimme senkte sich beschwörend – »wie ein Hexenkessel! Egal, jedenfalls gingen wir zusammen aus, aber ich war die Überflüssige. Stephen und Lou – na ja, es war wie in den Tagen, als die Leute Chaperons hatten. Und diese Anstandsperson war ich für die beiden. Und dann, eines Abends, als sie bei uns blieb, erzählte sie mir, sie sei in ihn verliebt, und ob ich glaubte, daß er sie auch liebte? Es versetzte mir einen ziemlichen Schock, daß Lou mir überhaupt irgend etwas Privates erzählte. Ich wußte nicht, was ich sagen sollte, ich begriff es nicht. Ich meine, sie war doch siebzehn – vielleicht auch damals schon achtzehn –, und er war in den mittleren Jahren, wie es so schön heißt. Ein Mädchen von achtzehn, das auf einen Mann von vierzig fliegt, können Sie sich das vorstellen?«

»Das kommt vor.«

»Ich finde es ekelhaft«, sagte Miss Bate mit echt wirkendem Schaudern. »Das nächste, was sie tat, war, daß sie ihn zu sich nach Hause einlud. Damit er ihre Mutter kennenlernen würde«, fügte sie düster hinzu.

Wexford hatte fast vergessen, daß der Grund zu dieser Unterhaltung gewesen war, etwas über Louise Sampson zu erfahren. Er sah im Geiste wieder die kleine Kamee vor sich: der Fremde, der allein das Haus betritt – weil ein ungezogenes Mädchen es ihm selbst überläßt, sich einzuführen – und dann, auf der Suche nach der Mutter des Mädchens, jene halboffene Tür findet, und dahinter in der Küche die Frau mit der weißen Schürze, beschäftigt mit einer uralten weiblichen Tätigkeit. Die durchdringende Stimme des Mädchens weckte ihn aus seinem Tagtraum.

»Lou und ich hätten für unsere Prüfungen büffeln müssen, aber in der Woche, ehe sie anfingen, kam Lou nicht zur Schule. Ich rief bei ihr zu Hause an, und ihre Mutter sagte, sie sei unpäßlich. Dann kam eines Abends mein Vati rein und sagte zu Mami: ›Weißt du was? Steve wird dieses Sampson-Mädchen heiraten.‹ Natürlich dachte ich, er meinte Lou, aber das tat er nicht. Eine Frau von siebenunddreißig ›Mädchen‹ zu nennen – das muß man sich mal vorstellen! Lou hat ihr Examen nie gemacht. Sie war wirklich krank, sie hatte eine Art Nervenzusammenbruch.«

»Ein Fall von *filia pulchra, mater pulchrior*«, sagte Wexford.

»Versteh ich nicht, Latein hab ich nie gehabt. Sie schickten Lou weg zu ihrer Großmutter, und dann haben sie geheiratet. Ich verließ die Schule und fing im Marjohn an, und Vati hatte gesagt, er zahlte mir die Hälfte der Wohnungsmiete, wenn ich ein anderes Mädchen fände, mit dem ich zusammenziehen könnte. Ich war gerade am Suchen, da rief Lou mich von ihrer Großmutter aus an und sagte, sie würde nie im Leben zu den beiden nach Chelsea ziehen, und ob wir uns zusammentun könnten?«

»Wie lange hat das gedauert?«

»Ungefähr ein Jahr. Lou war verschlossener denn je. Sie war völlig am Boden zerstört. Ihre verdammte Mutter rief dauernd an und erklärte mir, es sei doch alles Unsinn, von wegen Lou in Stephen verliebt und so. Jedenfalls hatte Lou es satt, dauernd verfolgt zu werden, und sie ging weg und zog mit jemandem in Battersea zusammen. Die Adresse gebe ich Ihnen nicht, das lassen Sie sich gesagt sein.«

»Ich hätte auch nicht im Traum daran gedacht, Sie danach zu fragen, Miss Bate.«

»Danach haben wir dann ziemlich die Verbindung verloren.«

»Sie konnten es nicht mitansehen, daß jemand so litt, war es das?«

»Ganz genau.« Sie schien erleichtert über eine so simple Lösung, die es ihr vielleicht ersparte, erklären zu müssen, warum sie sich nicht die Mühe gemacht hatte, zu telefonieren oder Briefe zu schreiben. »Louise Sampson«, sagte sie dramatisch, »verschwand aus meinem Leben. Vielleicht hat sie ihr Glück gefunden, vielleicht auch nicht. Ich werde es nie erfahren.« Sie hob ihr Kinn und starrte intensiv in Richtung der Kaffeemaschine; dabei wandte sie Wexford ein zartes und ganz leicht vibrierendes Profil zu. Er fragte sich, ob sie wohl alle oder nur einige Filme der Garbo-Retrospektive gesehen hatte, die, wie er von Denise wußte, kürzlich im Kino weiter oben an der Straße stattgefunden hatte. »Das ist alles, was ich

Ihnen erzählen kann«, sagte sie, »aber auch, wenn ich mehr wüßte, würde ich darüber hinaus kein Sterbenswörtchen sagen.«

Sicherlich machte die Frau des Sergeants nicht all diesen Aufwand – mehrgängiges Menu, Leinenservietten, Beistellteller und alles das –, wenn ihr Mann auf einen Sprung heimkam, um einen Happen zu essen. Wexford war überzeugt, daß sie das nicht tat, aber er benahm sich, als sei dieses ganze Zeremoniell normal, und er vergaß sogar seine Diät.

Ihm war klar, daß der feierlichste Moment der Auftritt des Kindes sein würde, hinausgezögert bis nach dem Kaffee, nicht nur, um die Spannung zu erhöhen, sondern auch, um Mrs. Clements' Fähigkeit zu beweisen, trotz ihrer Mutterrolle eine vollendete Gastgeberin zu sein. Es war rührend, fand er, wie sie stoisch bei dem Thema ihrer Unterhaltung blieb – nämlich, unter reger Teilnahme ihres Mannes, beim allgemeinen Verfall des modernen Lebens –, während sie doch verstohlen auf jeden Pieps aus dem Nebenzimmer horchte. Und endlich, als Clements und Wexford sich erhoben hatten, an dem großen Wohnzimmerfenster standen und aus der Höhe von zwölf Stockwerken Kenbourne Vale betrachteten, trat sie wieder ins Zimmer, mit dem Baby auf dem Arm.

»Er hat schon zwei Zähne«, sagte sie, »und nicht den kleinsten Ärger, als sie kamen.«

»Ein feiner Junge«, sagte Wexford. Er nahm ihr das Kind ab und redete mit ihm, wie er mit Alexandra Dearborn geredet hatte, aber James reagierte weniger glücklich, und seine blanken schwarzen Augen wurden ängstlich. Ein adoptiertes Kind, dachte Wexford, zeigte wahrscheinlich leicht Spuren von Unsicherheit; und besonders dieses, so wie mit ihm umgegangen worden war, seit er seine leibliche Mutter verlassen hatte – von einem Fremden zum anderen. »Der macht Ihnen alle Ehre«, sagte er, und voller Scham stellte er fest, daß seine Stimme unter einer unverhofften Gefühlsregung unsicher wurde. Es war ihm nicht möglich, noch mehr zu sagen.

Aber er hatte schon genug gesagt, oder sein Gesicht hatte ausgedrückt, was er nicht sagen konnte. Mrs. Clements strahlte. »Fünfzehn Jahre habe ich *darauf* gewartet.«

Wexford gab ihr den Jungen zurück. »Und jetzt haben Sie fünfzehn Jahre harte Arbeit gekriegt.«

»Jahre des Glücks, Mr. Wexford.« Das Lächeln erstarb. Ihr volles, ziemlich leeres Gesicht schien einen Augenblick lang schmaler zu werden. »Wenn – wenn sie mir ihn lassen.«

»Sie hat doch schließlich ihr Einverständnis unterschrieben, oder?« sagte der Sergeant heftig. »Sie hat versprochen, ihn aufzugeben.«

Sie bedachte ihn mit dem Blick einer alten Ehefrau, halb Mitgefühl, halb sanfte Zurechtweisung. »Du bist doch genauso besorgt wie ich, das weißt du doch selbst, mein Lieber. Er war zuerst sogar noch besorgter als ich, Mr. Wexford. Er wollte – also, er wollte sogar rausfinden, wer sie ist und ihr ein bißchen Geld geben, wollte ihr James sozusagen abkaufen, wissen Sie.«

»Ich verstehe nicht viel von Adoptionen«, sagte Wexford, »aber es ist doch sicher gesetzwidrig, bei diesen Transaktionen Geld ins Spiel zu bringen?«

»Klar ist es das«, sagte Clements gereizt. Er sah betreten drein. »War ja auch nicht ernst gemeint.« Seine nächsten Worte straften diese Bemerkung Lügen. »Ich bin immer sparsam gewesen, kann ich wohl sagen, ich hätte 'ne ganze Menge aufbringen können auf diese oder jene Art, aber... Sie glauben doch nicht, daß ich es ernst meinte, Sir?«

Wexford lächelte. »Das wär ein bißchen zu riskant, nicht wahr?«

»Das Gesetz zu brechen, meinen Sie, Sir? Man würde zwar das Kind behalten, hätte aber immer die Angst im Nacken, daß es rauskäme?«

Clements war noch nie schnell von Begriff gewesen, mußte Wexford denken. Er sagte: »Aber würde man das Kind wirklich besitzen?«

»Natürlich, Sir. Man bekäme es von der leiblichen Mutter sozusagen auf mündliche Abmachung, obgleich es nicht sehr schön klingt, so ausgedrückt. Man bietet ihr, sagen wir mal, tausend Pfund, damit sie der Adoption ganz bestimmt nicht widerspricht.«

»Und mal angenommen, sie nimmt das Geld und stimmt zu, und dann widerspricht sie trotzdem? Was für einen Gegenwert hätten Sie dann? Überhaupt keinen. Sie könnten sie ja nicht auffordern, eine Vereinbarung zu unterschreiben oder sich durch einen Vertrag zu binden, weil im Fall einer Adoption all solche Absprachen illegal sind.«

»Daran hab ich noch nie gedacht. Dann könnte ein skrupelloses Mädchen es ja sogar so hindrehen, daß sie das Geld kriegt, um damit ihr Kind zu unterstützen.«

»Das könnte sie allerdings«, meinte Wexford.

13

In Utopia dagegen ist jeder einzelne rechtskundig.

Auch sie hatte ein Baby bekommen... Während des vergangenen Jahres hatte Loveday Morgan ein Baby bekommen. Wenn Loveday Morgan Louise Sampson war, dann hatte Louise das Baby bekommen. Ein guter Grund, außer den anderen guten Gründen, sich von ihrer Mutter bis Weihnachten nicht sehen zu lassen, bis sie sich von der Geburt vollständig erholt hatte.

Nun mußte diese Geburt ja irgendwo registriert worden sein, aber anscheinend nicht von einer Mutter namens Morgan. Sicherlich hätte sich Louise nicht getraut, das Kind unter einem falschen Namen anzumelden? Die Strafen für falsche Eintragungen waren, wie Wexford wußte, bei jedem Standesamt deutlich genug ersichtlich. Sie waren mehr als ausreichend, ein junges Mädchen einzuschüchtern. Nein, sie hätte es bestimmt unter ihrem eigenen Namen angemeldet.

Also brauchte er lediglich das nachzuprüfen, ehe er weitere Schritte unternahm. Und vielleicht brauchte er dann weiter gar nichts zu unternehmen. Aber dieser Plan war zunächst zum Aufschub verurteilt, denn kaum war er in seinem Büro angekommen, da rief Howard an und bat ihn, zu einem Haus in der Copeland Road mitzukommen.

»Mrs. Kirby?« fragte Wexford. »Wer ist das?«

»Gregson hat in der Mittagszeit des 25. Februar ihren Fernseher repariert. Sie hat eben angerufen, um zu sagen, ihr sei etwas eingefallen, was wir wissen sollten.«

»Da brauchst du *mich* doch nicht.«

Aber Howard bestand darauf, er drängte regelrecht. Als Wexford sich mit ihm am Wagen traf und Inspector Baker mit seiner verdrossenen Miene sah, war ihm alles klar. Die sanfte Erpressung hatte im Grunde Baker gegolten, nämlich hinzunehmen, daß der Chief Inspector in diesen Besuch einbezogen wurde. Dies war nun allerdings ein Riesenvorschlaghammer, um einer Fliege zu Leibe zu rücken, es sei denn, die Fliege entpuppte sich als ein weitaus größeres Insekt. Baker gefiel das offensichtlich nicht, und nicht bloß aus diesem Grunde. Er bedachte Wexford mit einem durchdringenden Blick.

Und Wexford selbst war auch verärgert. Es wäre ihm viel lieber gewesen, seine eigenen Untersuchungen voranzutreiben. Howard hatte das bloß arrangiert, um seinen Onkel nicht zu kränken, und Wexford war bloß hier, um seinen Neffen nicht zu kränken, aber alles, was sie damit erreichten, war, Baker vollständig aufzubringen. Sein Nacken, stachelig von rotblonden Stoppeln, war dunkelrot geworden vor Ärger.

Wexford dachte an Bakers Privatleben, an das einsame Dasein, das er irgendwo führen mußte, vielleicht in einem adretten Vorort in einer gepflegten Doppelhaushälfte, eigens für die junge Frau eingerichtet, die ihn dann im Stich ließ. Man konnte sich kaum eine größere Demütigung für einen Mann mittleren Alters vorstellen als die, die Baker erlitten hatte. Das mußte an den Wurzeln seiner Männlichkeit nagen und das, was in seinen Jahren eine wohlgesetzte Persönlichkeit sein müßte, vollends erschüttern.

Er saß neben dem Fahrer, Wexford mit seinem Neffen im Fond, und seit sie am Polizeirevier abgefahren waren, hatte noch keiner ein Wort gesprochen. Jetzt fragte Howard, um die Spannung ein wenig zu mildern, wann Baker aus Wimbledon wegziehen würde in die neue Wohnung, die er im Nordwesten Londons gerade gekauft hatte.

»Nächsten Monat, hoffe ich, Sir«, antwortete Baker knapp. Er wandte den Kopf nicht zurück, und wieder erschien in seinem Nacken die dunkle Röte.

Die Erwähnung Wimbledons erinnerte Wexford an Verity Bate, die gesagt hatte, daß ihre Eltern, und damals auch die Sampsons, in diesem Vorort lebten. Dort also hatte sich das Mißgeschick des Inspectors ereignet. Howard ließ sich nicht entmutigen und beharrte auf dem Thema, aber Wexford hatte den Eindruck, Baker antwortete nur, weil Howard sein Vorgesetzter war. Und als der Superintendent jetzt auf die Tage bis zum 27. Februar zu sprechen kam, jene Woche, die sich Baker freigenommen hatte, um sich mit seinem Rechtsanwalt zu beraten und die Renovierung der neuen Wohnung zu arrangieren, da war Bakers Achselzucken nahezu unverschämt.

»Ich fürchte, Sie gehören zu den Leuten, die nie richtig Urlaub machen, Michael«, meinte Howard freundlich. »Selbst, als Sie eigentlich frei gehabt hätten, hingen Sie dauernd in Kenbourne Vale herum. Ist das denn eine so attraktive Gegend?«

»Drecknest!« erwiderte Baker verächtlich. »Verstehe gar nicht, wie hier überhaupt jemand leben kann.«

Die Art, wie der Fahrer seine Schultern auf Ohrenhöhe brachte, ließ Wexford vermuten, daß er einer von denen war, die dort wohnten. Wieder so ein Beispiel, wie der Inspector die Leute gegen sich aufbrachte, diesmal im buchstäblichen Sinn des Wortes. Düsteres Schweigen breitete sich aus. Howard vermied es sorgfältig, seinen Onkel anzublicken, und Wexford schaute verlegen aus dem Fenster.

Es war ein feuchter, rauher Tag, und obgleich es erst früher Nachmittag war, schien hier und da schon Licht hinter den langen Schiebefenstern und bildete matterleuchtete Rechtecke in den grauen Fassaden. Selbst die Luft schien grau, nicht diesig genug für richtigen Nebel, aber doch gesättigt mit einer Feuchtigkeit, die das Straßenpflaster schwarz färbte. Kenbourne Vale trug die Farben eines Schneckenhauses, es schimmerte flau in den fahlen, dumpfen Farbtönen einer Schnecke, unter einem aschfarbenen Himmel, der gleichsam herabgefallen war und tief und düster auf ihr lag. Kirchtürme, ein Stadion, verstreute Fabrikgebäude tauchten vor dem Wagen auf, nahmen feste Gestalt an und lösten sich wieder auf, als sie vorüberfuhren. Nur die neuen Bürogebäude, trutzig-aufrechte Säulen aus Licht, waren in der dichter werdenden Finsternis von greifbarer Realität.

Sie kamen nach Copeland Hill, jenem Bezirk, der sich vor fast einer Woche für ihn als Einlaßpforte zu Howards Königreich erwiesen hatte. Viel war seitdem geschehen. Er überlegte, wie ihm wohl zumute gewesen wäre in jenem Bus letzte Woche, wenn er gewußt hätte, daß er heute neben Howard in einem Polizeiwagen zu einer wichtigen Zeugenvernehmung fahren würde, ehrenhalber zwar, aber von Howard ehrenvoll behandelt. Der Gedanke schmeichelte ihm, und indem er die Copeland Road mit neuerwachtem Interesse betrachtete, beschloß er, sich von Baker nicht abschrecken und in seinem Elan nicht bremsen zu lassen.

Dies war eine der Straßen, die Dearborn aufs Korn genommen hatte, und Wexford sah, daß die ganze Häuserreihe linkerhand renoviert wurde. Gerüste zogen sich an ihr entlang, von denen aus Männer die gesamte Fassadenfläche mit einem hellen, cremefarbenen Anstrich versahen, so daß die Stukkaturen über den Fenstern wieder als Girlanden und Traubenbüschel sichtbar wurden. Neue Gitter aus Schmiedeeisen lehnten an den Gerüsten und warteten darauf, als Balkonbalustraden montiert zu werden.

Das Resultat dieser halb abgeschlossenen Erneuerung war, daß die Häuser der Nachbarschaft noch schäbiger aussahen. Aber weder die Risse des Verfalls noch die unübersehbaren Zeichen, daß jedes von ihnen eher von bunt zusammengewürfelten Mietern als von wohlsituierten, ganzen Familien bewohnt wurde, konnten ihre Stattlichkeit vollends ruinieren. Garmisch Terrace war nicht erst jetzt gemein und minderwertig, sie war es schon von ihrer ganzen Konzeption her gewesen; diese Straße hier besaß dagegen eine seltsam unzerstörbare Schönheit, wie eine alte Frau, die einmal ein hübsches Mädchen gewesen war – das Knochengerüst war wohlgestaltet.

Mrs. Kirby bewohnte einen Teil des Erdgeschosses in einem Haus, dessen Putz von Rissen wie von einem Flußnetz überzogen war. Auch sie war einmal schön gewesen während ihrer Mädchenzeit in Yorkshire. Ihr Akzent ließ auf ihre Herkunft aus dem East Riding schließen, und Wexford fragte sich, welches Zusammentreffen von Umständen sie wohl nach Kenbourne Vale verschlagen hatte. Sie war um die Sechzig. Anscheinend war sie Mieterin des ganzen Hauses, wohnte jedoch in nur drei Zimmern, die sie blitzsauber und gepflegt hielt.

Er staunte über so viel Bürgerlichkeit. Die ganze Gegend hier erschien ihm so zwiespältig – die Häuser wie Felsen in der Brandung der Zeit, mit Ornamenten und Fenstern –, und er meinte, auch sie mit ihrem Herkommen müßte es so betrachten. Was mußte sie dann von diesen Menschen in ihrer exotischen Kleidung denken, von den schwarzen Gesichtern, den provozierenden Jungen und Mädchen, die zusammengepfercht über ihrem Kopf hausten? Sie führte ein Leben, als wohne sie immer noch in einem Häuschen in Yorkshire, so schien es jedenfalls auf Grund ihrer minuziösen und detaillierten Beschreibung, wie sie den 25. Februar verbracht hatte. Sie war Frühaufsteherin, darum war sie um sieben aufgestanden, hatte die Wohnung saubergemacht, hatte über den Zaun mit einer Nachbarin geschwatzt. Redselig ließ sie die drei Polizisten teilhaben an ihren Einkäufen, zählte auf, was sie sich zum Lunch bereitet hatte, und kam endlich, während Baker schon ungeduldig mit dem Fuß wippte, zu Gregsons Ankunft um genau zwölf Uhr dreißig.

»Jawohl, es war zwölf Uhr dreißig, als er kam. Ich weiß das so genau, weil ich um die Zeit immer mein kleines Mittagessen einnehme, und ich dachte so bei mir, manche Leute haben doch einfach kein Benehmen. Frag ich ihn also, wie lange brauchen Sie? Und er sagt, 'ne halbe Stunde. Also stell ich meinen Teller in den Backofen, schließlich mag man's ja nicht, wenn einem die Leute beim Essen zusehen.«

»Wann kam der Telefonanruf?« fragte Howard.

»Das muß *nach* eins gewesen sein.« Sie sagte es vorwurfsvoll. »Tja, ich weiß noch, ich dachte, du brauchst aber 'ne lange halbe Stunde, mein Bürschchen. Ich höre also das Telefon klingeln und gehe ran, und da sagt dieses Mädchen, kann ich mal Mr. Gregson sprechen. Hier ist das Geschäft.«

»Sind Sie sicher, daß es hieß – ›das Geschäft‹?«

»Nein, ganz sicher natürlich nicht. Könnte auch Sytansound geheißen haben oder wie die sich nun nennen. Ich rufe also den jungen Mann, und der redet mit ihr, sagt bloß ja und nein und tschüs. Dann macht er seinen Kram zu Ende und geht.«

»Bitte ein bißchen präziser, *wann* der Anruf war, Mrs. Kirby.«

Sie liebte es, präzise zu sein. Aber Wexford merkte – und

sah, daß Howard es merkte –, daß für sie Präzision und Akkuratesse nicht ein und dasselbe waren. Ihre Augen blinzelten unsicher. Sie wollte Eindruck schinden, wollte gelobt werden, und wenn es durch präzise Inakkuratesse sein mußte.

Baker sagte: »Wenn Sie fanden, es sei eine lange halbe Stunde gewesen, Mrs. Kirby, dann muß es eine ganze Weile nach eins gewesen sein. Fünf oder zehn Minuten?«

Wexford wünschte, es stünde in seiner Macht, wie ein Richter zum Verteidiger zu sagen: »Bitte keine Zeugenbeeinflussung, Mr. Baker!«

Die Zeugenbeeinflussung hatte ganze Arbeit geleistet. »Also, ja, eher zehn Minuten nach«, sagte Mrs. Kirby, und fügte aufs Geratewohl hinzu: »Fast schon Viertel nach.«

Baker lächelte in schweigendem Triumph. Lächle du nur, dachte Wexford. Loveday hat nicht Gregson angerufen, sie hat ihre Mutter angerufen. Jetzt sprach auch er. Unter Howards ermunterndem Blick erlaubte er sich eine Frage: »Haben Sie die Stimme des Mädchens wiedererkannt?«

»Nein, wie sollte ich denn?«

»Nun ja, vermutlich haben Sie doch selbst im Geschäft angerufen, um zu sagen, daß Ihr Fernseher repariert werden müsse?«

»Ja, das hab ich, und hab da neulich auch noch mal angerufen, aber ich hab nie mit einem Mädchen gesprochen. Es war immer der Chef selbst dran, dieser Mr. Gold.«

»Da soll der sich mal herauslügen«, meinte Baker, als sie gemeinsam den Sytansound-Laden betraten, wo auf einem Dutzend flimmernder Mattscheiben Koboldpuppen mit ihren Kapriolen für die Unterhaltung von Kleinkindern sorgten. Hinter dem Schreibtisch, an dem sonst Loveday gesessen hatte, kam eine fünfzigjährige Frau in Stiefeln und Kniehosen hervor und trat auf sie zu, gefolgt von dem schwerfälligen, dicken Mr. Gold.

»Es war an dem Freitag nach zehn vor eins gar kein Mädchen im Laden«, sagte Gold, sichtlich unglücklich über derartig häufige Begegnungen mit den Hütern des Gesetzes.

»Wo ist er?« fragte Baker.

»Da draußen beim Lieferwagen.«

Eine hohe Mauer verdunkelte den Parkplatz. Dahinter lag, wie Wexford wußte, der Friedhof. Man konnte die Bäume über die Mauer hinweg sehen. Nirgends in Kenbourne Vale konnte man diesem Friedhof entrinnen. Er war Herz und Seele der Gegend.

Gregson hatte sie kommen hören. Er lehnte mit verschränkten Armen an der Mauer und wartete auf sie. Die Pose war herausfordernd, aber in seinem Gesicht stand Angst geschrieben.

»Er sagt nichts, weißt du«, erklärte Howard wie nebenbei seinem Onkel, als Baker auf ihn zutrat. »Ich meine, er macht buchstäblich den Mund nicht auf. Er hat Baker erklärt, daß er nicht mit dem Mädchen ausgegangen sei, und wo er am Freitag abend gewesen sei, und seitdem redet er einfach nicht mehr.«

»Die beste Verteidigung. Ich frage mich bloß, wer ihm das beigebracht hat?«

»Ich wollte, ich wüßte das. Ich hoffe nur, sein Lehrer unterrichtet nicht sämtliche Spitzbuben von Kenbourne.«

Gregson ließ die Arme an den Seiten herabfallen, weil Baker es ihm befohlen hatte und entfernte sich eine Handbreit von der Mauer. Die Fragen des Inspectors beantwortete er durch bloßes Achselzucken. In seiner dünnen Drillichjacke sah er verfroren, krumm und sehr jung aus.

»Wir beide werden uns mal ein bißchen unterhalten,

mein Bürschchen«, sagte Baker, »und zwar unten im Polizeirevier.«

Gregson zuckte die Schultern.

Im Polizeirevier brachten sie ihn ins Vernehmungszimmer. Wexford ging nach oben und betrachtete in Gedanken versunken die Gaswerke. Das Gasometer war um ein gutes Stück zusammengesunken und gab den Blick auf eine Konservenfabrik, eine Kirche und ein Gebäude frei, das wahrscheinlich das Rathaus von Kenbourne war. Er dachte an Mädchen, die romantische Namen mochten, an Babies, die nicht wie ihre Eltern aussahen, und schließlich an Peggy Pope und ihren Liebhaber. Aber zu Schlußfolgerungen kam er dabei nicht.

Sein Telefon klingelte. Howards Stimme sagte: »Uns gegenüber sitzt Gregson wie erstarrt vor Angst. Wie wär's, wenn du ihn dir mal vornimmst?«

»Warum sollte er bei mir reden?«

»Weiß ich auch nicht, aber schaden könnte es doch nichts.«

Aber es half auch nichts. Gregson rauchte am laufenden Band. Er beantwortete keine von Wexfords Fragen. Wexford fragte ihn, ob er wisse, welche Sorte Mensch Harry Slade wäre, daß man sich auf sein Wort nicht verlassen könne (was nicht so ganz stimmte), ob er sich des Verdachts bewußt sei, in den er durch den Telefonanruf geraten sei, den er bei Mrs. Kirby entgegengenommen habe? Gregson sagte nichts. Es war in gewisser Weise eine eindrucksvolle Darbietung. Hartgesottene Kriminelle, zweimal so alt wie Gregson, hätten das nicht durchgestanden.

Wexford versuchte es mit Einschüchterung, obgleich es ihm gegen den Strich ging. Er stand über den Jungen gebeugt und brüllte ihm Fragen ins Ohr. Gregson roch nach Angstschweiß, aber er redete noch immer nicht. Er hatte keine Zigaretten mehr, und so klammerte er sich mit den Händen an den Tisch vor ihm.

Stoff für Märtyrergeschichten, dachte Wexford. Zu Sir Thomas' Zeiten hätte man ihn jetzt aufs Streckbett gebunden und die Daumenschrauben angesetzt. Er nahm die Stimme zurück und kam noch einmal auf den Telefonanruf zurück. Wer war das Mädchen? Er wisse doch, daß um die Zeit kein Mädchen im Laden gewesen sei, oder? Genau um dieselbe Zeit habe Loveday Morgan einen Anruf getätigt. Dieser Anruf habe ihm gegolten, nicht wahr?

Wexford lehnte sich über den Tisch. Er richtete seine Augen auf Gregson und zwang den Jungen, ihn anzublicken. Und dann – es war fast ein Schock –, dann sprach Gregson. Es war das erste Mal, daß Wexford seine Stimme hörte, ein dünnes Cockney-Näseln. »Ich will einen Anwalt«, sagte er.

Wexford ging nach draußen, rief D. C. Dinehart herein und erzählte dann Howard, was passiert war.

»Das ist ja entzückend«, meinte Baker hämisch, »genau das, was wir brauchen.«

»Wenn er einen Anwalt will, wird er wohl einen haben«, sagte Howard. »Irgend jemand muß dem ja beigebracht haben, wo's langgeht.«

»Mr. Wexford vielleicht?« Baker konnte seinen Zorn kaum beherrschen. »Hat ihn zweifellos über seine Rechte aufgeklärt.«

Wexford nahm ein Blatt aus Gregsons Akte und erwiderte nichts. Sie gingen in den Vernehmungsraum zurück, und Howard fragte den Jungen, welchen Anwalt er wolle.

»Ich habe keinen«, sagte Gregson. »Sie können mir mal das Telefonbuch bringen.«

14

Will aber einer lieber auch diese Zeit seiner Berufsarbeit widmen, so steht dem nichts im Wege.

Es war halb sechs, ehe Wexford gehen konnte. Howard war noch mit einem gewissen Mr. de Traynor beschäftigt, der von Gregson als »meinem jugendlichen Klienten hier« sprach. Gregson hatte ihn sich aus dem Telefonbuch ausgesucht, weil ihm der Klang seines Namens gefiel.

Aber an Mr. de Traynor war mehr dran als nur der Name. Seine seidigen Augenbrauen verschwanden nahezu in seinem seidigen Haar, als er hörte, daß bisher keine Anklage gegen Gregson erhoben worden war, daß im Grunde niemand recht beabsichtigte, Anklage gegen ihn zu erheben, und er setzte sich hin, um Howard über das Gesetz zu belehren.

»Verstehe ich recht, daß man meinen jugendlichen Klienten hier nicht weniger als drei geschlagene Stunden festgehalten hat...?«

Um Baker nicht zu begegnen, stahl sich Wexford aus einer Hintertür, die er entdeckt hatte. Sie führte ihn auf einen gepflasterten Durchgang. Die Wand auf der einen Seite schien zu einem Erweiterungsbau zu gehören, auf der anderen Seite standen neu erbaute Garagen für Polizeifahrzeuge verschiedener Größen. Hier war alles von weit größerem Zuschnitt als in Kingsmarkham, und noch vor ein paar Tagen hätte das eine einschüchternde, ja sogar abschreckende Wirkung auf ihn gehabt. Jetzt aber machte ihm weder die Größe des Reviers noch Bakers ungerechte Behandlung besonders zu schaffen. Die menschliche Natur war hier die gleiche wie auf dem Land, und es war mehr dem Studium dieser menschlichen Natur und deren Verhaltensmustern zuzuschreiben als der Überbewertung beweiskräftiger Umstände, daß er in der Vergangenheit seine Erfolge gehabt hatte. Er sagte sich, während er eilig in Richtung Kenbourne Vale lief, daß er Baker noch allemal eine Nasenlänge voraus sei, denn nie, weder früher noch jetzt, konstruierte er sich die Lösung eines Falls und manipulierte dann die menschliche Natur und Fakten so, daß sie damit übereinstimmten. Schade, fand er, daß er die Gelegenheit versäumt hatte, nach Somerset House zu gehen.

Um sich nicht auf einen Bus verlassen zu müssen, der ihn nach Earls Court brachte, suchte Wexford sich die U-Bahn-Station, die er vom Polizeiwagen aus gesehen hatte. Sie hieß nicht Kenbourne Vale, sondern Elm Green. Ob das etwas mit den berühmten, vor langer Zeit gefällten Bäumen zu tun hatte, von denen Dearborn berichtet hatte? Jetzt gab es hier keine Ulmen mehr, bloß weithin graues Straßenpflaster voll wimmelnder Menschen, die unter fluoreszierenden Lichtern zur U-Bahn hasteten, und drinnen ein Gewirr aus langen, gefliesten Gängen.

In Notting Hill Gate mußte er umsteigen. Er stieg in den falschen Zug, und es verging eine halbe Stunde, ehe er endlich bei Earls Court aus der Tiefe stieg. Mittlerweile kämpfte er mit seiner Klaustrophobie, und das Blut pochte ihm im Kopf. Wie hielten die Londoner das nur aus?

Nevern Gardens entpuppte sich als eine weitere dieser riesigen Siedlungen, wo hohe Häuser einander über lange Reihen von Parkuhren und Platanen hinweg anglotzten. Er fand Lewis Adams in einem dieser Häuser im dritten Stockwerk in einem absurd schmalen, absurd langen Zimmer mit einer winzigen Küche daneben, und er wunderte sich über diese merkwürdige Form, bis er feststellte, daß dies lediglich das durch eine Wand abgeteilte Segment eines ehemals riesigen Raumes war, der jetzt wohl in fünf oder sechs solcher Schuhkartons unterteilt war.

Adams aß gerade sein Abendbrot, eine chinesische Mischung aus Bohnenkeimlingen, Bambussprossen und undefinierbaren kleinen roten Würfeln, alles auf einen Suppenteller gehäuft, den er auf den Knien balancierte. Auf dem Tisch vor ihm stand ein Glas Wasser, eine Flasche Sojasauce und ein Teller mit Pfannkuchen, die aussahen wie rosa Schaumgummistücke.

Aber wenn auch seine Eßgewohnheiten die eines Bohemien waren, das Zimmer, das er mit Louise Sampson geteilt hatte, war es nicht. Ein ordentlich gesaugter Teppich bedeckte den Fußboden, tadellos aussehende Taschenbücher reihten sich in den Bücherregalen, vor dem großen Fernseher standen zwei Sessel, und vom Fenster aus blickte man auf die Wipfel der Platanen.

»Stellen Sie mir lieber Fragen«, meinte Adams. »Ich weiß ja nicht, was Sie wissen wollen.« Er sprach gezielt und sparsam. Seine Stimme war kultiviert und kontrolliert und hatte den Ton eines angehenden Rechtsanwalts oder eines Medizinstudenten, dem ein glänzendes Abschlußexamen sicher war. Aber dafür sah er zu jung aus, ähnlich jung wie Gregson, dem er auch sonst nicht unähnlich war. Er war zartgliedrig und gepflegt und hatte hellbraunes Haar, das exakt auf Höhe der Ohrläppchen geschnitten war. Er würde genau das erzählen, was er wollte, nicht mehr und nicht weniger, dachte Wexford. Hier würde es kein Wiederkäuen schwülstiger Prinzipien geben, keine jugendliche Dramatik.

»Wo haben Sie sie kennengelernt?« fragte er.

»Sie kam in das Restaurant, wo ich Kellner war.« Adams setzte weder ein verständnisheischendes Lächeln auf, noch entschuldigte er sich für seinen damaligen (vielleicht auch noch heutigen) bescheidenen sozialen Status. Er aß seine Bohnenkeimlinge auf und stellte den Teller zur Seite. »Wir unterhielten uns. Sie sagte, sie wohne mit einem Mädchen in Battersea zusammen, aber sie fühle sich dort nicht wohl, denn sie hätten bloß ein Zimmer, und das Mädchen hätte nachts ihren Freund bei sich. Ich fragte sie, ob sie mit mir zusammenziehen wolle.« Er lächelte immer noch nicht, als er hinzusetzte: »Ich fand die Miete ein bißchen hoch.«

»Und sie war einverstanden?«

»Noch am selben Tag. Sie packte ihr Zeug zusammen und zog noch am gleichen Abend hier ein.«

Wexford war einigermaßen schockiert. Machte man das wirklich so heutzutage? »Ein bißchen kaltblütig, was?«

»Kaltblütig?« Adams hatte nicht verstanden, aber schließlich war er noch schockierter, als Wexford es zuvor gewesen war. Sein Gesicht wurde eisig vor Abscheu. »Sie glauben doch nicht etwa, sie hätte mit mir geschlafen, was? *Oder*?« Er schüttelte den Kopf und tippte sich mit dem Finger gegen die Stirn. »Ich verstehe Ihre Generation nicht. Ihr beschuldigt uns der Promiskuität und der Leichtfertigkeit und so weiter, aber *ihr* seid doch diejenigen mit der schmutzigen Phantasie. Es ist mir egal, ob Sie es glauben oder nicht, aber Lulu hat vier Monate hier bei mir gewohnt, und wir waren kein Liebespaar. Nie. Ich nehme an, jetzt werden Sie fragen, warum nicht. Die Antwort ist, daß man heutzutage, einerlei, wie es zu Ihrer Zeit gewesen sein mag, mit einem Mädchen im selben Zimmer leben kann, ohne daß man mit ihr schlafen möchte, weil man nämlich nicht frustriert ist. Es hat heute niemand mehr die Macht, einen in ein unnatürliches Zölibat zu zwingen, man ist frei, die Mädchen zu lieben, die man wirklich will. Wir zogen uns gegenseitig nicht an, das ist alles, und wir waren ja beide nicht in der Position, daß wir mit jedem Hafen im Sturm vorlieb nehmen mußten.« Er hob eine Hand. »Ich bin nicht schwul. Ich hatte Freundinnen, und ich ging eben zu ihnen. Ganz bestimmt ging auch Lulu zu ihren Freunden.«

»Ich glaub's Ihnen, Mr. Adams.«

Jetzt endlich lächelte er. Wexford sah, daß er entspannt war, nachdem er ihm diese kleine Lektion erteilt hatte, und es überraschte ihn nicht, als er sagte: »Bitte nennen Sie mich nicht so. Meine Name ist Lewis. Die Leute nannten uns immer Lew und Lulu.«

»Hat Lulu gearbeitet?«

»Sie besaß selbst etwas Geld, aber manchmal arbeitete sie auch. Sie ging putzen. Warum auch nicht? Sie sind vielleicht konventionell! Das wird hier in der Gegend gut bezahlt, und was man verdient, das behält man auch. Keine Karten, keine Marken, keine Steuer.«

»Wie war sie, was für ein Typ Mädchen?«

»Ich mochte sie gern«, sagte Adams. »Sie war ruhig und sensibel und reserviert. Ich mag das. Lautstärke und Betriebsamkeit machen mich krank. Ihr Stiefvater«, fügte er hinzu, »das war so einer von der lautstarken und betriebsamen Sorte.«

»Kam der hierher?«

»Ja. Da war sie schon vier Monate hier.« Adams nahm einen Schluck aus dem Wasserglas von seinem Essenstablett. »Sie machte die Tür auf, und als sie ihn reinließ, da hörte ich sie so ein bißchen aufschreien – ich war da draußen in der Küche –, und dann sagte sie: ›Stephen, Stephen, mein Liebling, ich wußte ja, daß du eines Tages zu mir kommen würdest.‹« Er schüttelte befremdet den Kopf, wahrscheinlich nicht nur über den hysterischen Ausbruch selbst, vermutete Wexford, sondern auch über die Wiederholung von seinen eigenen Lippen. »Es paßte so gar nicht zu ihr, daß sie die Beherrschung verlor. Ich war ganz durcheinander.«

»Aber er war gekommen, um herauszufinden, wo sie steckte?«

»Er erklärte das. Sie kennen ja all diese endlosen Erklärungen, in denen die Leute sich gefallen. Ich machte mir nichts aus ihm, ein großer, protziger Mensch, völlig extrovertiert. Lulu sagte nicht viel. Hinterher erzählte sie mir, als sie ihn gesehen habe, da hätte sie wirklich geglaubt, er habe sich endlich für sie entschieden, und der Schock, zum zweitenmal erkennen zu müssen, daß es nicht so war, das war einfach zuviel für sie. Er dachte natürlich, was Sie auch dachten, nämlich, daß ich ihr Liebhaber wäre. Er veranstaltete ein Mordstheater deshalb. Ich habe nichts bestritten und mich auch nicht verteidigt. Warum hätte ich das tun sollen? Danach gab es eine sehr häßliche Szene, die man am besten vergißt, und dann ging er.«

»Was war das für eine Szene?«

Adams legte jetzt ein Verhalten an den Tag, das in krassem Gegensatz zu seiner jugendlichen Erscheinung stand. Es war, als sei aus dem jungen Anwalt ein älterer und erfolgreicher Strafverteidiger geworden, der bei der Verhandlung eines unschönen Falls zwar die nackten Tatsachen enthüllt, weil er es zum Besten seines Klienten tun muß, sich dabei jedoch peinlichst bemüht, alle unappetitlichen Details auszulassen, nicht ohne durchblicken zu lassen, *daß* er sie ausläßt.

»Was würde es Ihnen schon helfen, wenn Sie es wüßten?«

»Alles über Louise könnte helfen. Ich kann Sie nicht

zwingen, es mir zu erzählen, aber Sie sollten es wirklich tun.«

Adams hob die Schultern. »Ich nehme an, das können Sie am besten beurteilen. Dieser Stiefvater – ich besinne mich nicht auf seinen Namen, fürchte ich, Stephen Sowieso – erzählte Lulu auf sehr taktlose Weise, wie glücklich er und ihre Mutter wären, da fragte Lulu: ›Du magst doch Kinder so gern, nicht wahr, Stephen?‹ Und er sagte ja, das stimme, und er hoffe sehr auf eigene. Auf einmal machte Lulu den Eindruck eines – ja, eines Dampfkessels. Ich will die Dinge nicht dramatisieren, aber sie machte den Eindruck, als bedürfe sie einer ungeheuren Kraft, um einen wahnwitzigen inneren Druck niederzuhalten.«

Dampfkessel, dachte Wexford, Hexenkessel... Ein Mädchen zum Fürchten, beängstigend wie all jene leidenschaftlichen und turbulenten Kreaturen ohne Ventil für ihre Ausbrüche. »Hat sie etwas zu ihm gesagt?«

»O ja. Ich sagte ja schon, es war sehr häßlich. Sie sagte: ›Mit meiner Mutter kriegst du jedenfalls keine, Stephen. Sie hat doch sicherlich nicht vergessen, dir zu erzählen, daß sie eine Hysterektomie hatte, als ich fünfzehn war?‹« Adams Gesicht wurde ganz faltig vor Ekel. »Ich ließ die beiden allein und verzog mich wieder in die Küche. Der Stiefvater brüllte los und beschimpfte sie, und Lulu schrie zurück. Sie hat mir nicht erzählt, was sie sich an den Kopf geworfen haben, und eine Woche später zog sie aus.«

»Wohin?«

»Das wollte sie mir nicht sagen. Wir verstanden uns nicht mehr besonders gut, als wir uns trennten. Schade, denn wir hatten uns immer gegenseitig vertraut. Jetzt vertraute Lulu mir nicht mehr. Ich hatte ihr Vorwürfe gemacht wegen ihres Streits mit diesem Stephen. Da dachte sie, ich sympathisiere mit ihren Eltern und würde ihnen womöglich sagen, wo sie wäre, wenn sie es mir verriete.«

»Sie müssen aber doch eine Ahnung haben.«

»Aus verschiedenen ihrer Äußerungen entnahm ich, daß sie vielleicht nach Notting Hill gezogen ist. Möglicherweise zu einem Freund.«

»Sein Name?«

»Es gab da jemanden, der sie häufig anrief. Jemand, der sich John nannte. Wenn er nach ihr fragte, dann sagte er immer: ›Hier ist John.‹ «

Am nächsten Morgen bat er, alles sehen zu dürfen, was Loveday Morgan am Tag ihres Todes getragen hatte, und man zeigte ihm einen Büstenhalter und eine Strumpfhose aus einem Billigladen, schwarze Schuhe, eine schwarze Plastikhandtasche, einen zitronengelben Acrylpullover und einen blattgrünen Hosenanzug. Er sah ebenfalls den Inhalt jener Handtasche und jeden persönlichen Gegenstand, den man in ihrem Zimmer gefunden hatte.

»Kein Scheckbuch?«

»Sie wird keins gehabt haben, Sir«, meinte Sergeant Clements und setzte die nachsichtige Miene auf, die er diesem naiven alten Polizisten gegenüber für angemessen hielt, der wohl dachte, jede weibliche Leiche entstamme dem grundbesitzenden Adel. »Sie hatte ja kein Geld, abgesehen von ihrem Gehalt.«

»Ich möchte mal wissen, was aus der Geburtsurkunde des Kindes geworden ist?«

»Bei der Großmama«, meinte Clements bestimmt. »Und Großmama ist entweder blind oder in der Klapsmühle, sonst hätte sie sich mittlerweile melden müssen. Sonst noch was, was Sie sehen wollen, Sir?«

»Der Schal, mit dem sie erdrosselt wurde.«

Clements brachte ihn auf einer Art Tablett herein.

»Nimmt man an, daß sie ihn getragen hat?« fragte Wexford. »Das ist ein sehr teurer Schal; nicht gerade was für ein Mädchen, das zwölf Pfund in der Woche verdient.«

»Die haben eben ihre komischen Extravaganzen, Sir. Die verzichten glatt drei oder vier Tage auf ihr Essen und schmeißen dann ein Pfund für 'nen Schal raus.«

Vorsichtig entfaltete Wexford das seidene Quadrat, bis er das Etikett fand. »Dies ist ein Gucci-Schal, Sergeant. Der hat nicht ein Pfund gekostet, der kostet acht- oder neunmal soviel.« Clements blieb der Mund offenstehen.

Wer von allen, die mit diesem Fall zu tun hatten, besäße einen teuren Seidenschal, dachte Wexford, außer Mrs. Dearborn? Hatte sie nicht nach eben diesem Schal gesucht, als sie am Montag nachmittag ausging? Sie hatte ihn nicht finden können, weil ihre Tochter ihn bei ihrem letzten Besuch im Laysbrook House mitgenommen hatte, ohne etwas zu sagen, wie Töchter so etwas eben machten.

15

Das soll deshalb so eingerichtet sein, damit die Würde der Alten und der Respekt vor ihnen die Jüngeren von ungehörigem Reden und Benehmen zurückhält.

Howard nahm an einer Konferenz auf höchster Ebene in Scotland Yard teil, wo zweifellos diskutiert wurde, welches der nächste Schritt sein müsse, nachdem nun Gregson unter der Protektion des erfindungsreichen Mr. de Traynor davongekommen war. Wie allgewaltig Howard auch zu sein schien, Wexford wußte, daß er in Wirklichkeit immer dem Chef seiner vorgesetzten Dienststelle verantwortlich war, einem Mann, der sehr wahrscheinlich von dem Auftreten eines Chief Inspectors vom Lande nichts wußte.

Die Gaswerke blickten ihn durch einen dünnen Regenschleier finster an. Er ging gereizt auf und ab und wartete, daß Pamela anriefe und ihm sagte, wann Howard zurück sein werde. Er mußte mit Howard sprechen, ehe er zum Laysbrook House fuhr, und er hoffte halbherzig, er werde überhaupt nicht hin müssen. Seine Wünsche im Fall Louise Sampson waren merkwürdig gespalten. Er mochte Mrs. Dearborn, und der humane Mensch in ihm sah sie im Geiste natürlich viel lieber aus dem Leichenkeller kommen und vor Erleichterung weinen statt kreideweiß vor Schock. Aber er war auch Polizist, dessen Stolz auf seine Fähigkeiten kürzlich empfindliche Schläge hatte einstecken müssen. Beträchtliche Erfahrung und harte Arbeit steckten in der Annahme, das vermißte Mädchen und die Tote seien ein und dieselbe Person. Er wußte, sein Wunschdenken war gemein, aber er gestand sich ein, daß er großen Stolz empfinden würde, wenn er sich in Bakers Augen rechtfertigen könnte und wenn er Howards Augen sich verengen sähe vor Bewunderung. Und schließlich, irgend jemandes Tochter mußte sie ja sein...

Er fuhr zusammen, so wie Melanie Dearborn zusammengefahren war, als das Telefon klingelte. Aber statt Pamelas Stimme war ein Mann am Apparat, an dessen Stimme er sich nicht erinnern konnte.

»Hier spricht Philip Chell.«

Wexford brauchte ein paar Sekunden, um sich zu besinnen. »O ja, Mr. Chell?«

»Iwan sagt, ich soll Ihnen ausrichten, er hätte was für Sie.«

Das verdammte ›*Utopia*‹, dachte Wexford. Aber das war es nicht.

»Es ist etwas, das er herausgefunden hat. Er fragt, ob Sie wollen, daß er kommt, oder ob Sie hierherkommen wollen?«

»Worum handelt es sich denn?« fragte Wexford ungeduldig.

»Weiß nicht. Das wollte er nicht sagen.« Die Stimme wurde kläglich. »Er erzählt mir nie was.«

»Würde morgen vormittag passen? Gegen zehn in Ihrer Wohnung?«

»Kommen Sie lieber um elf«, sagte Chell. »Wenn er weiß, wir kriegen Besuch, dann holt er mich bei Morgengrauen aus dem Bett.«

Pamela steckte den Kopf durch die Tür. »Mr. Fortune wird um zwölf fertig sein, Sir.«

Noch eine Stunde zu warten. Warum sollte er nicht während dieser Stunde in die Garmisch Terrace fahren, statt bis morgen zu warten? Was immer Teal ihm zu sagen hatte, es konnte ein weiteres Verbindungsglied zwischen Loveday und Louise sein. Er nahm seine Hand von der Sprechmuschel und sagte: »Wie wäre es, wenn ich gleich...?« Aber Chell hatte eingehängt.

Die Haustür war offen, und er ging geradewegs hinein. Heute war die Eingangsdiele regelrecht bevölkert. Chell, in schicken Drillichhosen und kniehohen Stiefeln, lehnte gegen das Geländer, las eine bunte Postkarte und kicherte vor Vergnügen. Peggy saß auf einer Ecke des großen Dielentisches zwischen Zeitungen und Milchflaschen und redete schrill auf den Inder und das Partymädchen ein, während Lamont, das Baby auf dem Arm, düster dreinblickend dabeistand.

Wexford sagte allen guten Morgen und trat auf Chell zu. Als der junge Mann erkannte, wer es war, knipste er sein versonnenes Lächeln aus, wie jemand eine Lampe ausknipst.

»Iwan ist heute den ganzen Tag weg«, sagte er. Er warf einen letzten, liebevollen Blick auf seine Postkarte und schob sie in die Tasche. »Ich kann Ihnen überhaupt nichts sagen. Alles, was ich weiß, ist, daß Iwan in seinen Ausschnitten herumgeblättert hat, und da sagte er plötzlich ›mein Gott‹, und daß er sich mit Ihnen in Verbindung setzen müßte.«

»Was für Ausschnitte?«

»Er ist ja schließlich Designer, nicht wahr? Ich dachte, das wüßten Sie. Nun, die Leute schreiben in den Zeitungen über ihn, und wenn sie es tun, dann schneidet er die Sachen aus und klebt sie in sein Album.«

Peggy war still geworden, und mittlerweile hörten alle zu, deshalb sagte Wexford gedämpft: »Könnten wir nach oben gehen und uns dieses Album mal ansehen?«

»Nein, das könnten wir *nicht*. Also wirklich, was denn sonst noch? Iwan würde mich umbringen. Er war schon echt wütend auf mich, ehe er ging, bloß weil ich den Abwasch von gestern abend stehengelassen hatte. Ich kann doch nichts dafür, daß ich immer diese entsetzliche Migräne habe, nicht?«

Das Partymädchen kicherte.

»Ich bin so furchtbar deprimiert«, sagte Chell. »Ich geh jetzt aus und geb mein ganzes Geld für Klamotten aus, um mich ein bißchen aufzuheitern.« Er reckte das Kinn in die

Höhe, marschierte hinaus und schlug die Haustür geräuschvoll hinter sich zu.

»Manche können's«, meinte Peggy, wischte sich mit einer schmutzigen Hand übers Gesicht und hinterließ schwarze Spuren auf ihrer schönen Stirn. »Nett, ein ausgehaltener Mann zu sein, was, Johnny?«

»Ich sorg ja schließlich für sie, oder etwa nicht?« brummte Lamont und drückte das Baby an sich, um zu zeigen, wen er damit meinte. »Ich hab doch praktisch alles für sie gemacht, seit sie geboren ist.«

»Außer, wenn du in der Kneipe bist.«

»Drei lausige Stunden um die Mittagszeit! Und du gehst jeden Abend aus und läßt mich mit ihr zu Hause sitzen. Ich geh wieder ins Bett.« Er schwang die Kleine auf die Schulter und strebte auf die Souterraintreppe zu. Aber er wandte sich noch einmal um und warf Peggy einen Blick zu, aus dem eher verletzte Liebe sprach als Wut, fand Wexford.

»Hören Sie mal, Mister Dingsbums«, sagte Peggy, »wann macht ihr denn endlich Lovedays Zimmer wieder auf, damit ich es weitervermieten kann? Die Hausbesitzer haben bereits vierzehn Pfund eingebüßt, die können nachts schon gar nicht mehr schlafen.«

»Haben Sie denn jemanden, der es mieten möchte?«

»Ja, hier.« Peggy deutete auf das Partymädchen, und die nickte. »Komisch, äh? Hahaha! Einer wie Sie würde sieben Pfund die Woche blechen, wenn er *nicht* drin wohnen müßte.«

»Das kostet zwei Pfund weniger die Woche, als ich jetzt zahle«, erklärte das andere Mädchen.

»Aber ich bespreche ja nicht die Angelegenheiten der Hauswirte in aller Öffentlichkeit«, sagte Peggy großspurig. Sie sprang vom Tisch herab und klemmte sich unter jeden

Arm eine Milchflasche. »Kommen Sie mal besser mit mir runter in mein Erdloch.«

Wexford ging hinter ihr her und erklärte vergebens, die Sache läge nicht in seiner Zuständigkeit. In dem Kellerzimmer lag Lamont auf dem Bett und starrte an die Decke. Peggy nahm keine Notiz von ihm. Sie kramte zwischen Briefen auf dem Kaminsims herum.

»Ich suche nach einem Stück Papier«, erklärte sie, »wo Sie draufschreiben können, an wen die sich wenden müssen, damit sie das Zimmer wiederkriegen.«

»Geht dies hier vielleicht?« »Dies hier« war ein Blatt Papier, das er von einem unordentlichen Stapel genommen hatte, der auf dem Fußende des Bettes lag. Als er es ihr hinhielt, sah er, daß es das spezifizierte Angebot eines Immobilienmaklers über ein Haus in Brixton war, das für 4999 Pfund zum Verkauf angeboten wurde.

»Nein, das geht nicht!« sagte Lamont, erhob sich halbwegs, schnappte sich den Bogen, knüllte ihn zusammen und warf ihn in die rußgeschwärzte Höhlung hinter den elektrischen Heizspiralen.

Peggy lachte bösartig. »Du hast gesagt, du würdest das da alles wegschmeißen – Gott, das muß schon vorvoriges Wochenende gewesen sein. Warum machst du hier nicht endlich mal sauber, statt dich den ganzen Tag auf dem Bett rumzufläzen? Ist sowieso Zeit, daß du aufstehst, wenn dieser Typ dich anrufen will wegen dieses Fernsehjobs. Hast du ihm die Nummer vom *Grand Duke* gegeben?«

Lamont nickte. Er rutschte vom Bett herunter, schlängelte sich an Peggy heran und legte die Arme um sie.

»Oh, du bist ein hoffnungsloser Fall«, sagte sie, aber sie stieß ihn nicht weg. »Hier«, sagte sie zu Wexford, »Sie können die Nummer hier hinten auf den Umschlag schreiben.«

Wexford schrieb die Nummer des Polizeireviers und Howards Durchwahlnummer auf, blickte auf seine Uhr und stellte fest, daß die Stunde um war.

Der Superintendent hatte Fotos vor sich ausgebreitet, die das sorgfältig hergerichtete Gesicht Loveday Morgans zeigten, aufgenommen nach ihrem Tod. Die Augen waren blau, das Haar hellblond, der Mund und die Wangen rosa. Aber für jeden, der den Tod gesehen hatte, war dies die moderne Version einer Totenmaske, eine seelenlose, bemalte Hülse.

»Lange schon sind diese Lippen und das Leben voneinander getrennt...«, zitierte Wexford. »Du wirst die doch wohl nicht Ihrer *Mutter* zeigen?«

»Wir haben keine Mutter gefunden, der wir sie zeigen könnten.«

»Ich aber«, sagte Wexford und erklärte.

Howard hörte zu, nickte in leicht zögerndem Einverständnis. »Man sollte sie wohl lieber herholen«, meinte er. »Wir werden sie brauchen, um die Leiche zu identifizieren. Das Beste ist, du nimmst dir Clements mit, und vielleicht noch eine Beamtin dazu, und holst sie ab. Ich meine, du solltest jetzt gleich fahren, Reg.«

»Ich?« Wexford starrte ihn an. »Du erwartest doch nicht, daß ich da hinfahre und...?«

Ihm war zumute wie Hassan, der gerade noch die Vorstellung erträgt, daß die Liebenden außerhalb seines Gesichtsfeldes zu Tode gefoltert werden, sich aber vom Horror gepackt aufbäumt, als Harun al Raschid ihm sagt, sie sollten in seinem Haus gefoltert werden, mit ihm als Zuschauer.

Howard war kein orientalischer Sadist. Er sah gequält

aus, und sein dünnes Gesicht war ziemlich blaß. »Natürlich kann ich dir keine Befehle erteilen. Du bist bloß mein Onkel, aber…«

»Verschon mich mit deinen ›Abers‹ und ›Onkels‹«, schnaubte Wexford. »Ich geh ja schon.«

Er rief sie zuerst an. Er hatte ja versprochen, sie anzurufen. Eine armselige Hoffnung, eine armselige Furcht ließ ihn fragen: »Sie haben noch nichts von Louise gehört?« Er blickte auf seine Uhr. Kurz nach eins, genau die Zeit, wo sie – wenn überhaupt – etwas von ihr hören würde.

»Kein Wort«, sagte sie.

Bring's ihr sachte bei, bereite den Boden vor… »Ich glaube, ich…« Feige geworden durch ihr erwartungsvolles Japsen, fuhr er fort: »Ich hätte gern, daß Sie hier mit ein paar Leuten reden. Kann ich gleich mal rüberkommen?«

»Baker meinte, wir würden sie nie identifizieren«, sagte Howard. »Dies wird ihn umschmeißen. Sieh nicht so jammervoll drein, Reg. Irgend jemandes Kind muß sie ja schließlich sein.«

Clements saß am Steuer. Sie fuhren durch den Hyde Park, wo die Narzissen blühten.

»Bißchen früh, was?« meinte Wexford mit trockener Kehle.

»Die stellen irgendwas an mit den Knollen, Sir. Behandeln sie, so daß sie vor ihrer natürlichen Zeit blühen.« Clements wußte immer alles, dachte Wexford verärgert, und ließ alles, was er bemerkte, unerfreulich erscheinen. »Ich weiß nicht, warum man den Dingen nicht ihren Lauf lassen kann, statt dauernd gegen die Natur anzugehen. Das nächste, was sie machen, wird wohl sein, daß sie die Kuckucks behandeln, daß sie schon im Dezember rufen.«

In der King's Road standen sämtliche Verkehrsampeln auf

Rot. Das verlangsamte die Fahrt, und als Clements endlich in den Torweg zum Laysbrook Place einbog, fühlte sich Wexford so miserabel wie dreißig Jahre zuvor an dem Tag, als er sein Inspektorexamen ablegte. Das Backsteingemäuer des Laysbrook House schimmerte matt bernsteinfarben in der Sonne, seine Bäume waren noch silbergrau und unberührt vom grünenden Dunst des Frühlings. Aber die Forsythien blühten in gleißendem Gold, und die kleinen silbrigen Büschel, die er zwischen den Schneeglöckchen bemerkt hatte, entpuppten sich jetzt als Seidelbast – rosige Buketts, über den ganzen Rasen hingetupft. Alles war ruhig, ganz still. Das Haus badete im dünnen, verschleierten Sonnenlicht, und die Luft besaß eine duftende Frische, frei von dem Dieselgeruch, an den Wexford sich schon gewöhnt hatte.

Eine junge, recht muntere Putzfrau ließ sie ein und meinte: »Sie hat mir schon gesagt, daß Sie kommen. Sie sollen reingehen und es sich bequem machen. Sie ist oben beim Baby, aber sie ist gleich unten.« War dies die neue Putzfrau, die womöglich Sachen stahl? Hatte sie sich vielleicht – ach nein, sie hatte nicht – einen Gucci-Schal unter den Nagel gerissen? Sie erblickte den Polizeiwagen und sperrte die Augen auf. »Und was ist mit *denen*?«

»Die bleiben draußen«, sagte Wexford, und dann trat er in das Zimmer, in welchem Dearborn ihm die alten Karten gezeigt und seine Frau ihm ihr Herz ausgeschüttet hatte.

16

Ich bin mir wohl bewußt, wie schwer ich mich selbst dazu hätte bringen lassen, es einem anderen Berichterstatter zu glauben, wenn ich es nicht selber erlebt hätte.

Er setzte sich nicht, sondern ging im Zimmer umher und hoffte, sie werde ihn nicht lange warten lassen. Und dann plötzlich, mitten in diesem beklemmenden Warten auf sie, mußte er daran denken, daß, wenn das Mädchen identifiziert wäre, der Fall ja gelöst war. Es sah mehr als nur schlecht aus für Stephen Dearborn. Louise Sampson war ermordet worden, und wer anders konnte der Mörder sein als Dearborn, ihr Stiefvater?

Das Motiv? Besser, er klärte das in Gedanken ab. Und es gab viele Motive. Seit er mit Verity Bate gesprochen hatte, zweifelte er nicht mehr an der Ernsthaftigkeit, mit der Louise Dearborn liebte, aber er hatte doch angenommen, daß Dearborn die Wahrheit sagte, als er Mr. Bate erzählt hatte, er habe diese Liebe nicht erwidert. Andererseits – vielleicht war er ursprünglich in Louise verliebt gewesen oder hatte wenigstens eine starke sinnliche Regung ihr gegenüber empfunden, eine Regung, die an Stärke verlor, als er der Mutter begegnete? Gewiß, das war die Umkehrung des gewöhnlichen Verhaltensmusters, ein Mann, der einer älteren Frau den Vorzug gab vor einem jungen Mädchen, aber Wexford fiel es nicht schwer, sich das vorzustellen. Außerdem konnte ein Mann zwei Frauen gleichzeitig lieben. Mal angenommen, Dearborn hatte die Mutter geheiratet, weil sie mehr seinem Geschmack entsprach, während er die Tochter als Geliebte behielt, weil er es nicht über sich brachte, ihr den Laufpaß zu geben? Oder die Affäre konnte auch erst angefangen haben, nachdem Dearborn sie in Adams Wohnung gefunden hatte; vielleicht war er in der Zwischenzeit seiner Frau überdrüssig geworden?

In diesem Fall war Dearborn mit großer Sicherheit der Vater des Kindes. Wexford setzte sich schwer auf einen Stuhl, als ihm einfiel, daß dieses Kind dann Alexandra sein konnte. Bis jetzt hatte er nicht viel an Louises Behauptung gedacht, die er von Adams erfahren hatte, nämlich, daß ihre Mutter keine Kinder mehr bekommen könne. Schließlich hatte Louise gesagt, sie sei zu der Zeit erst fünfzehn Jahre alt gewesen. Sie konnte es falsch verstanden haben und irgendeinen kleineren Eingriff mit jener weit ernsteren und endgültigen Operation verwechselt haben. Wenn sie aber die Wahrheit gesagt hatte, dann konnte Melanie Dearborn nicht Alexandras Mutter sein. Aber Dearborn konnte sein eigenes Kind nach Hause gebracht haben – sein und Louises Kind –, um es zusammen mit Louises Mutter zu adoptieren. Und Melanie hatte nicht einmal erfahren müssen, wessen Kind es war, bloß daß es ein Kind war, das Dearborn »über einen Dritten« adoptiert hatte. Man mußte ja nicht immer mit der Hilfe einschlägiger Institutionen adoptieren.

Alexandra, ein adoptiertes Kind... Oder doch von einem Elternteil adoptiert. Das wäre die Erklärung für die Gleichgültigkeit der Mutter und die leidenschaftliche Besessenheit des Vaters – des wirklichen Vaters.

Aber wo blieb sie eigentlich die ganze Zeit? Warum kam sie nicht herunter? Er hörte über sich ihre raschen Schritte, aber weiter vernahm er keinen Laut. Louise konnte Dearborn damit gedroht haben, vor allem, falls er sich ihr gegenüber abweisender verhalten hatte, der Mutter ihre Affäre zu verraten, und schließlich auch die Identität des Kindes. Eine verdammt schwerwiegende Bedrohung, dachte Wexford. Louise war ja nicht nur sehr jung und schon seine Geliebte, sondern auch noch seine Stieftochter. Melanie hätte ihn sicherlich verlassen, wenn sie es herausbekommen hätte. Ein starkes Motiv für einen Mord.

Eine clevere Erklärung war das gewesen, die Dearborn ihm aufgetischt hatte für die Tatsache, daß man seine Büronummer in Louises Handtasche gefunden hatte! Wie viel wahrscheinlicher war es, daß sie sie dort verwahrte, weil sie ihn regelmäßig im Büro anrief. Vielleicht war *er* es gewesen, den sie am 25. Februar angerufen hatte... Aber nein, das konnte nicht sein, denn an dem Tag und zu der Zeit hatte sie ihre Mutter angerufen.

Da gab es noch einiges mehr, was aufgeklärt werden mußte. Wahrscheinlich konnte Mrs. Dearborn ihm dabei helfen, wenn sie bloß endlich herunterkommen wollte! Erneut überfiel ihn eine beklemmende Angst um sie, verstärkt nun noch durch den starken Verdacht gegen ihren Mann. Die Schritte verstummten, und Alexandra begann zu weinen, aber es war ein mehr verdrießliches als unglückliches Weinen. Er sah auf seine Uhr und merkte, daß er schon fast eine Viertelstunde hier wartete. Vielleicht sollte er nach der Putzfrau suchen und sie bitten...

Da flog die Tür auf, und Mrs. Dearborn kam herein. Sie war hübscher angezogen als bei ihren vorangegangenen Begegnungen. Ihr Haar war frisiert und ihr Gesicht sorgfältig zurechtgemacht. Sie hatte das Baby auf dem Arm.

»Oh, Mr. Wexford, es tut mir entsetzlich leid, daß ich Sie habe warten lassen.« Sie machte eine Hand frei und streckte sie ihm entgegen. »Mein armes kleines Mädchen hat solchen Kummer mit den Zähnen. Ich habe versucht, mich umzuziehen und sie gleichzeitig zu trösten. Ich sehe, Sie haben sich Verstärkung mitgebracht?« meinte sie und setzte im Spaß hinzu: »Keine Angst, ich wäre ohne Gegenwehr mitgekommen.«

Wäre? Hieß das, sie konnte nicht mitkommen? Er wollte, sie sähe nicht so glücklich und sorglos aus, wie sie da ihr Baby knuddelte und ihm mit einer Zärtlichkeit über den kleinen Kopf strich, von der er gedacht hatte, sie besäße sie nicht. »Mrs. Dearborn«, fing er an, »ich möchte, daß Sie...«

»Setzen Sie sich, Mr. Wexford. Sie können sich doch einen Moment setzen, oder?«

Unbehaglich ließ er sich auf die Kante eines der malträtierten Sessel nieder. Es war weiß Gott schwer genug, irgend jemand zu irgendeinem Zeitpunkt eine böse Nachricht beizubringen, aber sie jemandem beibringen zu müssen, der so heiter und mit dem Leben so zufrieden schien, wie Melanie Dearborn im Augenblick wirkte...?

»Wir sollten wirklich keine Zeit verlieren«, sagte er. »Der Wagen wartet, und...«

»Aber wir müssen ja nirgendwohin. Es ist alles in Ordnung! Meine Tochter hat mich angerufen. Sie rief an, kaum, daß Sie aufgelegt hatten.«

Sein Magen schien sich umkrempeln zu wollen, so wie er es manchmal tat, wenn er in einem Lift fuhr, und in den Handflächen brach ihm der Schweiß aus. Er konnte nicht sprechen. Er konnte sie nur fassungslos anstarren. Sie lächelte ihn triumphierend an, den Kopf ein wenig zur Seite geneigt. Ihre Heiterkeit schien sich auf Alexandra zu übertragen, denn sie hörte auf zu jammern, drehte sich auf dem Sofakissen auf den Rücken und krähte jetzt vor Vergnügen.

»Sind Sie sicher?« fragte er, und seine Stimme war ein Krächzen. »Sicher, daß es Ihre Tochter war?«

»Natürlich bin ich sicher! Sie können sie selbst sehen, wenn Sie noch eine Weile warten. Sie kommt heute nachmittag. Ist das nicht wundervoll? Ganz und gar wundervoll?«

»Wundervoll«, sagte er.

»Das Telefon klingelte, und ich dachte, das wären wieder Sie, Sie riefen aus irgendeinem Grund noch einmal an.« Sie sprach in raschem Plauderton, nicht ahnend, welchen Schock sie ihm versetzt hatte. »Ich nahm ab und hörte den Signalton, und als ich den hörte, da wußte ich Bescheid. Und dann sagte sie: ›Hallo, Mami.‹ Oh, es war wundervoll! Ich hab versucht, mich mit Ihnen in Verbindung zu setzen, aber Sie waren schon weg. Dann hab ich mich hingesetzt und ein gewaltiges Mittagessen verspeist – ich hatte seit Tagen nicht ordentlich essen können –, und dann bin ich raufgegangen und hab mich hübsch gemacht. Ich weiß auch nicht, warum.«

Wexford brachte nur ein steifes, jammervolles Lächeln zustande. Alexandra lachte ihn an und strampelte mit den Beinen in der Luft.

»Bleiben Sie hier, um sie zu sehen?«

»Nein. Ich glaube, niemand könnte Ihre Aussage bezweifeln, Mrs. Dearborn. Ich gehe nur eben und sage dem Sergeant, daß er nicht zu warten braucht, und wenn Sie mir dann nur noch ein paar Details erklären könnten...«

Clements traktierte die Polizistin mit einer seiner Lektionen, wedelte mit den Händen, während er über Veränderung und Verfall, Utopias und Dystopias, über vergangene Gloria und heutige Dekadenz dozierte. Wexford steckte seinen Kopf durchs Wagenfenster.

»Sagen Sie Mr. Fortune, dies hier war kein Treffer. Das Mädchen ist wieder aufgetaucht.«

»Oh, großartig!« sagte die Beamtin ernst.

Clements wiegte in grimmiger Genugtuung den Kopf auf und nieder. Er ließ den Wagen an. »Na, die wird was zu erzählen haben, darauf können Sie Gift nehmen! Und einen Haufen Probleme wird sie mitbringen, mit denen sich ihre Mutter dann herumschlagen kann.«

»Nun hören Sie aber auf, ja?« sagte Wexford aufgebracht. Er wußte, eigentlich sollte er mit einem Mann, der so nett und gastfreundlich zu ihm gewesen war und der ihn mochte, nicht so reden, aber er konnte nicht anders. Er sah, wie Clements' Gesicht rot und brutal wurde vor Gekränktheit, und dann wandte er sich ab und ging zum Haus zurück.

Alexandra kaute genüßlich an ihrem Zahnring, während ihre Mutter geräucherten Lachs und eine Flasche Asti Spumante aus ihres Mannes Wohnzimmer-Luxus-Kühlschrank holte und alles auf ein Tablett setzte. Sie schlachtet das fette Kalb, dachte Wexford sich. Denn du bist immer meine Tochter, und alles, was ich habe, ist dein...

»Wo ist sie gewesen? Was sollte dieses ganze Theater?«

»Sie wird bald heiraten. Diesen Jungen, diesen John. Ich nehme an, sie wohnt schon mit ihm zusammen.« Mrs. Dearborn seufzte. »Sie hatten ihre Höhen und Tiefen, aber es hört sich an, als ob sie sich wirklich lieben. Er ist verheiratet, lebt aber von seiner Frau getrennt – gräßlich, nicht wahr, verheiratet und schon wieder getrennt, noch ehe man fünfundzwanzig ist? Nach dem neuen Gesetz kriegt er seine Scheidung durch. Isa wußte das schon, als sie das letzte Mal anrief, aber sie wollte es mir nicht sagen, ehe er nicht endgültigen Bescheid hatte, für den Fall, daß noch etwas schiefging. Das ist typisch Isa, immer vorsichtig, immer verschwiegen. Sie klingt jetzt so glücklich.«

Er lächelte steif. Sicherlich dachte sie, es mißfiele ihm.

Sollte sie. Das Bewußtsein, der Schock, daß er sich von Grund auf geirrt hatte, begann gerade dort zu wirken, wo es schmerzte. Der brennende Wunsch, einfach wegzulaufen, packte ihn, zur Victoria Station zu rennen und einen Zug nach Hause zu nehmen. Er konnte sich nicht besinnen, jemals einen solch grandiosen Flop gelandet zu haben, und bei der Erinnerung, wie er auf Howard eingeredet, wie er ihn nahezu überzeugt hatte, wurde ihm am ganzen Körper heiß.

Und jetzt, wenn er zurückdachte, dann erkannte er, daß Loveday nie wirklich Louise hätte sein können, obgleich gewisse Umstände im Leben der beiden Mädchen sich ähnelten oder zufällig übereinstimmten. So fragte er sich, ob ein gutbürgerliches Mädchen, das wie Louise aufgewachsen war, sich wohl fürchtete, wenn es zu einer Party eingeladen würde, oder sich sträubte, wenn es in eine Kneipe eingeladen würde? Ob ein solches Mädchen sich seelischen Trostes halber in eine nichtkonfessionelle Kirche geschlichen hätte? Ob Louise, die schon mit Dearborn befreundet war, bevor er der Freund ihrer Mutter wurde, es nötig gehabt hatte, seine Büronummer in der Handtasche mit sich herumzutragen, eine Nummer, die sie längst auswendig kennen mußte? Er wußte jetzt, das war alles unmöglich. Warum war er nicht eher darauf gekommen? Weil er so verzweifelt seine Fähigkeiten hatte unter Beweis stellen wollen, und um das zu tun, hatte er die logische Wahrscheinlichkeit der wilden Spekulation geopfert. Er hatte genau die Fehler begangen, deren er Baker bezichtigt hatte, nämlich, zuerst eine Theorie aufzustellen und dann die Fakten hinzubiegen, bis sie hineinpaßten. Der Ruhm war ihm wichtiger gewesen als die Wahrheit.

»Auf Wiedersehen, Mrs. Dearborn«, sagte er. Und gedämpft fügte er hinzu: »Ich freue mich sehr für Sie.«

Sie schüttelte ihm an der Haustür die Hand, aber sie sah ihn nicht an. Sie blickte an ihm vorbei zum Torbogen. Und sie brauchte nicht lange zu warten. Als Wexford den Laysbrook Square überquerte, sah er das Mädchen aus der Richtung King's Road herankommen, sah sie unter den Schatten des Torbogens verschwinden, ein schlankes, blondes Mädchen, sonst aber Howards Fotografien von der Toten völlig unähnlich.

Kilometerweit marschierte er durch Chelsea, fluchte und nannte sich selbst einen Idioten. Bald mußte er Howard gegenübertreten. Inzwischen hatte Clements ihm bestimmt alles berichtet, und er sah jetzt wohl ein, wie unklug es gewesen war, daß er sich aus Rücksichtnahme und Sentimentalität hatte hinreißen lassen, seinen Onkel um Hilfe zu bitten. Auch Baker würde man es erzählen, und Baker würde den Kopf schütteln, innerlich höhnend.

Endlich ging er heim in die Theresa Street. Er hoffte, es werde niemand da sein, aber beide Frauen waren zu Hause, und obendrein noch eine dritte, Denises Schwägerin, die ihn nach seiner Gesundheit fragte, ihm erklärte, in seinem Alter könne er schließlich nichts anderes erwarten, und ihm endlich versicherte, daß sie über ihre Buchhandlung jede Anzahl von Exemplaren der ›*Utopia*‹ beziehen könne.

»Wir machen alle unsere Fehler, Reg«, sagte Howard freundlich, als sie sich zu Tisch setzten. »Und, Reg…? Wir befinden uns schließlich nicht im nationalen Wettstreit um eine forensische Ehrenurkunde. Es ist ganz einfach ein Job.«

»Wie oft hab ich meinen Leuten das selbst gesagt, oder doch etwas sehr Ähnliches!« Wexford seufzte und brachte ein Lächeln zustande. »Du kannst ruhig lachen, wenn du willst, aber letzte Woche, da hatte ich wirklich so das Gefühl, kaum daß ich die Bildfläche betreten hätte, würde ich diesen kniffligen Fall lösen, mit dem ihr alle nicht fertig wurdet. Ich, ein angejahrter Lord Peter Wimsey. Und ihr könntet bloß dasitzen und das Maul aufsperren vor Bewunderung, während ich euch die Sache erläuterte.«

»Ja, man kann wohl sagen, reales Leben und reale Polizeiarbeit sehen anders aus.« Er hätte wenigstens hinzufügen können, fand Wexford, daß sein Onkel ihnen immerhin ein paar brauchbare Tips gegeben habe. Aber eigentlich hatte er nicht mal das getan, also konnte Howard es auch nicht sagen. Statt dessen sagte er fast ebenso generös: »Mir wäre bestimmt genauso zumute, wenn ich mich in deinem Revier betätigt hätte.«

»Trotzdem, es ist verrückt, wie überzeugt ich war wegen des Mädchens.«

»Und du hast mich ja auch überzeugt. Bloß Baker wollte nie was davon wissen. Ich weiß, du magst ihn nicht, und ich gebe zu, er ist ein schwieriger Charakter, aber Tatsache ist, daß er selten Fehler macht. Selbst als seine Frau ihn verließ und sich diese Geschichte mit dem ungeborenen Kind abspielte, da ging er zwar psychisch vor die Hunde, aber seine Arbeit hat darunter nicht gelitten. Wenn er sagt, daß Gregson schuldig ist – und darauf hat er sich nun mal festgebissen –, so besteht eine hohe Wahrscheinlichkeit, daß Gregson schuldig ist.«

Wexford meinte etwas säuerlich: »Sehr weit scheint er aber nicht damit zu kommen, es auch zu beweisen.«

»Er ist schon sehr viel weiter gekommen. Er knackt gerade dieses *Psyche Club*-Alibi. Zwei der Männer, die mit Harry Slade zusammen waren, haben klein beigegeben und eingestanden, daß sie Gregson nach acht Uhr nicht mehr gesehen haben. Und noch etwas. Slades Freundin – du weißt doch, die, mit der er letzten Sonnabend angeblich Monopoly gespielt hat – ist auch vorbestraft. Baker nimmt sich den Gregson jetzt noch einmal vor, und zwar, wie wir hoffen, ohne die hemmende Gegenwart des Mr. de Traynor.«

Wexford nahm zwei seiner Tabletten und bemerkte, wie tief der Pegel in der Flasche schon gesunken war. Hier hatte er wenigstens nicht versagt, das konnte niemand behaupten.

»Ich glaube nicht, daß ich morgen mit dir aufs Revier fahre, Howard«, sagte er. »Wir fahren doch am Sonnabend, und wir müssen ja noch packen, und...«

»Nun hör bloß auf. Das macht doch Dora.« Howard betrachtete lächelnd die untersetzte Gestalt seines Onkels. »Außerdem, das einzige, was du einpacken könntest, wäre ein Embonpoint.«

Wexford dachte an Lamont. Hatte er sich gescheut, ihn noch einmal zu vernehmen, weil er sich rein physisch davor fürchtete? Vielleicht. Auf einmal wurde er sich bewußt, wie tief seine Krankheit ihn demoralisiert hatte. Angst, müde zu werden, Angst, naß zu werden, Angst, verletzt zu werden – alle diese Ängste hatten zu seinem Versagen beigetragen.

War es nicht im Grunde Angst gewesen, sich zu übernehmen, daß er den Vormittag in Garmisch Terrace vertrödelt hatte, statt zum Somerset House zu fahren, wo eine schnelle Überprüfung der Register den Fauxpas des heutigen Tages verhindert hätte? Nein, das Polizeirevier von Kenbourne Vale war kein Ort für ihn, und Howard, bei all seiner Freundlichkeit, wußte das auch.

»Tja, mir scheint, ich hab mal ein bißchen Zeit für mich, Reg. Da könnte ich mich ja mal wieder ein bißchen ans Lesen machen und mich in diese russischen Kurzgeschichten vertiefen, die meine Schwägerin mitgebracht hat. Komische

Sachen, aber interessant. Ich würde gern mal deine Meinung darüber hören...«

Literarischer Schnickschnack.

Vier Kurzgeschichten und zwei Stunden später stand Howard auf, um ans Telefon zu gehen. Gregson hatte gestanden, vermutete Wexford. Der erbarmungslose Baker, Baker, der sich darauf festgebissen hatte, jetzt hatte er ihn schließlich soweit.

Aber als Howard ins Zimmer zurückkam, sah er dem Gesicht seines Neffen an, daß es sich anscheinend doch nicht so einfach verhielt.

Howard sah alles andere als zufrieden aus. »Gregson ist abgehauen«, sagte er. »Baker hat ihn sich in diesem *Psyche Club* noch mal vorgenommen, wobei Gregson anscheinend wieder seine gewohnte stumme Show abzog. Aber plötzlich besann er sich auf seine Fäuste – und wohl auch auf seine Zunge –, verpaßte Baker einen Schlag und floh mit einem gestohlenen Wagen. Baker fiel vom Barstuhl und schnitt sich den Kopf auf, ausgerechnet an einem ›Advocaat‹-Glas.«

»Oh, armer Mr. Baker!« sagte Denise, die mit einer großen weißen Blumenschale voller afrikanischer Veilchen aus der Küche hereinkam.

»Du solltest das überhaupt nicht hören. Komm mal her, laß mich das Ding nehmen, oder gib es Reg. Das ist viel zu schwer für dich.«

»Gregson wiederzufinden, dürfte euch nicht viel Zeit kosten«, meinte Wexford.

»Mein Gott, nein. Morgen früh sitzt der hinter Schloß und Riegel.«

»Mußt du jetzt noch rüber nach Kenbourne, Liebling?«

fragte Denise, die noch immer die Blumenschale an sich gedrückt hielt.

»Ich doch nicht. Ich geh zu Bett. Die Zeiten, wo ich in einem Streifenwagen durch die Gegend fuhr und kleine Gauner jagte, sind vorbei. Das solltest du wissen.«

Jeder von ihnen streckte die Arme aus, um nach der Blumenschale zu greifen, die aussah, als wöge sie einen halben Zentner. Es war teils der Gedanke, Howard habe sie bereits im Griff, teils eine plötzliche Angst, ob es ihm schaden konnte, wenn er sich eine solche Last auflüde, die Wexford im letzten Moment zurückzucken ließ. Die Blumenschale krachte mit einem dumpfen, vibrierenden Laut auf den Teppich und verspritzte Erde, zerquetschte Blätter, rosa und mauvefarbene Blütenblätter gegen die Wände und über den bis dato makellosen Wiltonteppich.

Denise schrie so laut, daß Wexford Howards hohles Stöhnen nicht vernahm. Unter gemurmelten Entschuldigungen – obgleich jegliche Entschuldigung inadäquat war – kniete sich Wexford mitten in das Chaos, versuchte, mit den Händen die Erde zusammenzuscharren, und machte dadurch alles nur noch schlimmer.

»Wenigstens ist die Schale nicht zerbrochen«, sagte er dümmlich.

»Ach, laß doch die dämliche Schale«, stöhnte Howard, »aber ich!« Er war in einen Sessel gesunken und rieb sich den rechten Fuß. »Die ist haargenau auf meinen Zehen gelandet.«

Denise brach in Tränen aus. Sie saß inmitten der Trümmer und weinte.

»Es tut mir so entsetzlich leid«, sagte Wexford unglücklich. »Ich würd so gern... Ich meine, gibt es irgendwas, das ich tun...?«

»Nein, laß bloß«, sagte Denise und trocknete sich die Augen. »Ich kümmere mich schon drum. Überlaß es lieber mir. Geh du nur zu Bett, Onkel Reg.«

Immer höflich, obwohl er blaß war vor Schmerzen, sagte Howard: »Vergiß es. Du konntest nichts dafür, Reg. Du bist noch nicht wieder fit genug, um dich mit solchen Sachen zu belasten. Kein Wunder, daß du sie hast fallen lassen. O Gott, mein Fuß! Ich hoffe bloß, es ist nichts gebrochen.«

Er zog den Schuh aus und humpelte zur Tür. Denise holte Handfeger und Schmutzschaufel und fing an, die Pflanzen zu retten, die noch intakt waren, während Dora, die, aufgeschreckt durch den Tumult, von oben gekommen war, Erdklümpchen von der Tapete kratzte.

Während er ihnen zerknirscht zuschaute, dachte Wexford über die letzte Bemerkung seines Neffen und ihre doppelte Bedeutung nach.

17

So darfst du deshalb doch im Sturm nicht gleich das Schiff preisgeben, weil du den Winden nicht Einhalt gebieten kannst.

Am nächsten Morgen war Howards Fuß stark angeschwollen, aber einen Arzt aufzusuchen, lehnte er mit der Begründung ab, es sei dringend erforderlich, daß er pünktlich nach Kenbourne Vale käme.

»Aber du wirst gar nicht fahren können, Liebling.« Denise war bis in die frühen Morgenstunden aufgeblieben, um den Teppich sauberzumachen und sah erschöpft aus. Sie löste den Blick von einem untilgbaren Fleck, betrachtete den geschwollenen Rist ihres Mannes und meinte: »*Den* Fuß kannst du doch sicherlich kaum auf den Boden setzen.«

»Macht nichts, ich lasse mir einen Fahrer kommen.«

»Höchstens, daß Onkel Reg dich...«

Sie blickten Wexford an, Howard zweifelnd, Denise aber schien zu glauben, daß einer, der fit genug war, Joghurt abzulehnen zugunsten von Speck und Eiern, auch sehr wohl imstande sein mußte, durch den Londoner Berufsverkehr zu fahren. Wexford wollte nicht. Er hatte alles Interesse an dem Fall Morgan verloren, und blanke Feigheit überfiel ihn bei dem Gedanken, Baker und Clements zu begegnen, die doch beide von seiner geplatzten Theorie informiert sein mußten. Warum war er bloß so dämlich gewesen, in diesem Montfort-Mausoleum herumzustöbern. Damit hatte alles angefangen. Sollte Howard doch nach einem Fahrer telefonieren.

Er wollte sich eben mit Schmerzen in seinem Auge entschuldigen – tatsächlich spürte er zum erstenmal seit Tagen wieder den Schmerz und das Prickeln –, als Dora unerwartet sagte: »Natürlich wird Reg dich fahren, mein Lieber. Das ist schließlich das Wenigste, was er tun kann, nachdem er dir das Ding auf den Fuß geschmissen hat. Er kann ja gleich wieder zurückkommen und sich ein bißchen ausruhen, nicht wahr, Liebling?«

»Gib mir die Schlüssel«, sagte Wexford resigniert. »Ich hoffe, dir ist klar, daß ich noch nie im Londoner Verkehr gefahren bin?«

Aber es war nicht so schlimm, wie er gefürchtet hatte, und die Konzentration auf die Tatsache, inmitten einer hupenden, drängenden Herde wilder Tiere zu stecken, gegen die die Kingsmarkhamer Autofahrer die reinen Schafe waren, ließ ihn sein Auge vergessen, und vor allem jene schlimmeren Ängste. Als sie ankamen, fanden sie Gregson in sicherem Gewahrsam vor, nachdem er im Haus seiner Schwester in Sunbury entdeckt worden war, in das er sich geflüchtet hatte. Howard humpelte davon, um mit ihm zu reden, nachdem er ihn jetzt sicher verhaftet hatte unter der Beschuldigung, einen Polizeibeamten tätlich angegriffen und einen Kraftwagen ohne Zustimmung des Besitzers benutzt zu haben – Anschuldigungen, die nicht einmal Mr. de Traynor in Frage stellen konnte. Wexford beschloß, sich zu verdrücken und heimzufahren, bevor der drohende Regen einsetzte, und strebte auf jene halb geheime Fluchttür zum Garagenbereich zu. Dabei fiel ihm zu seiner Erleichterung ein, daß, wenn schon Howards Verletzung nicht ausreichend war, ihn von der Arbeit fernzuhalten, es Bakers allemal sein würde. Um so verwirrter war er, als er durch die flaschengrünen Korridore marschierte und sich plötzlich von Angesicht zu Angesicht dem Inspector gegenübersah, dessen Kopf mit einem Verband umwickelt war.

Es half nichts, er mußte stehenbleiben und ihn fragen, wie es ihm ginge.

»Ich werd's überleben«, antwortete Baker knapp.

Die einzige höfliche Antwort, die man auf eine so ungehobelte Entgegnung murmeln konnte, war: »Das hoffe ich doch.« Wexford sagte es, fügte hinzu, er sei froh, daß es nicht schlimmer ausgegangen sei, und wollte weitergehen. Baker hüstelte trocken.

»Ach, Mr. Wexford...? Sie haben doch noch ein paar Urlaubstage übrig, stimmt's?«

Das klang wie der erste Schritt auf einen Waffenstillstand zu. Wexford war so niedergeschlagen, daß er für jedes Zeichen der Herzlichkeit dankbar war. »Ja, ich bin noch bis Samstag in London.«

»Dann sollten Sie sich Billingsgate nicht entgehen lassen. Gibt viele Enten dort, und dann auch die Sackgassen bei Smithfield...«

Schnatternd wie eine Ente lachte er über seinen eigenen Witz. Sein Lachen, von einem herablassenden Schulterklopfen begleitet, machte die Bemerkung nicht weniger kränkend, beides machte es Wexford aber auch einfach unmöglich, gekränkt zu sein. Ungeheuer zufrieden mit sich selbst, ging der Inspector zum Lift und knallte die Türen hinter sich zu. Jetzt gab es eigentlich keinen Grund mehr, den Haupteingang zu meiden.

Plötzlich schien es ihm unwichtig, Clements aus dem Weg zu gehen. Hier würde immerhin die Ehrerbietung vor seinem Rang solche Witzeleien verbieten, die Baker sich eben erlaubt hatte.

Wexford kam die letzte Treppe herunter und sah sein eigenes Abbild in einem Fenster, das durch die Backsteinmauer dahinter in einen riesigen, düsteren Spiegel verwandelt wurde. Er sah einen großen, älteren Mann, einen zerknitterten Mann in einem zerknitterten Regenmantel, dessen Gesicht, in welchem manch einer sonst Weisheit und Witz zu entdecken glaubte, jetzt in jeder Linie die frustrierte Verdrossenheit eines verwöhnten Kindes zeigte – und zugleich die Bitterkeit des Alters. Er reckte die Schultern und glättete die Stirn. Was war denn los mit ihm, daß ein kleiner Fehlschlag ihn so niederschmetterte? Und wie konnte er so tief sinken, sich mit seinem Rang zu trösten? Nicht nur mußte er um Clements keinen Bogen machen, er mußte ihn sogar aufsuchen, um sich für sein Verhalten gestern zu entschuldigen und – was noch wichtiger war – sich von ihm zu verabschieden. Hatte er wirklich vorgehabt, Kenbourne Vale auf immer zu verlassen, ohne sich von dem freundlichen Sergeant zu verabschieden?

Die große Vorhalle war menschenleer bis auf die beiden uniformierten Männer, die an einem langen Tresen saßen und mit Anfragen beschäftigt waren. Einer von ihnen erbot sich höflich nachzusehen, ob der Sergeant im Haus sei, und Wexford setzte sich in einen unbequemen schwarzen Ledersessel, um auf ihn zu warten. Es war erst zehn Uhr. Ein leichter Regen hatte eingesetzt und besprenkelte die gewölbten Fenster, die den Eingang flankierten. Vielleicht hatte das meteorologische Amt recht gehabt mit seiner Vorhersage eines über Südostengland lagernden Tiefdruckgebiets. Wäre das Wetter etwas einladender gewesen, dann hätte er Stephen Dearborn anrufen und ihn an die gemeinsame Tour erinnern können, die er vorgeschlagen hatte. Damit täte er dem Mann mehr als nur einen Gefallen. Wexford hatte das Gefühl, Dearborn etwas schuldig zu sein. In diesem Fall keine Entschuldigung – schließlich kann man sich nicht bei einem Mann dafür entschuldigen, daß man ihn für einen Mörder gehalten hat –, aber doch irgendeine freundliche Geste, um die absurden und unbegründeten Verdächtigungen wettzumachen, die er gegen ihn gehegt hatte. Wexford war sich sehr wohl der Schuld bewußt, die man empfinden konnte, wenn man Böses von einem Mann auch nur gedacht hatte, selbst wenn diese Gedanken nie verbalisiert worden waren.

Er war sich nicht sicher, ob es die Erinnerung an seine Verbohrtheit war, die ihm die Röte ins Gesicht schießen ließ, oder Clements' plötzliches Auftauchen. Er erhob sich und vergaß dabei alles Selbstmitleid und alle Selbstanklagen. In ein paar Stunden würde Clements mit seiner Frau und

James beim Lunch sitzen – sein letzter Lunch mit James als Versuchsvater. Oder sein letzter Lunch mit James?

»Sergeant, ich möchte mich entschuldigen für die Art, mit der ich Sie angeblafft habe.«

»Ist schon gut, Sir. Das hatte ich schon vergessen.«

Natürlich hatte er. Er hatte andere Dinge im Kopf. Wexford meinte freundlich und ernst: »Morgen ist der große Tag, nicht wahr?«

Kaum hatte er es ausgesprochen, da bereute er schon, das Thema angeschnitten zu haben. Bis zu diesem Augenblick war ihm nicht klargewesen, unter welcher Anspannung Clements lebte und arbeitete. Diese Qual, die täglich lähmender wurde. Jetzt zeigte sie sich in der unsäglichen Anstrengung, mit der er sein Gesicht in kontrolliertem Zustand zu halten trachtete, mit der er sogar seinen Mund zu einem klaffenden Lächeln verzog. Wexford sah, er konnte nicht sprechen, die Angst hatte sich in jeden Winkel seines Gehirns gefressen und hatte endlich sogar die ganze Flut seines ewigen kritischen Moralisierens ausgetrocknet. Er war jetzt innerlich vollständig leer bis auf den animalischen Trieb, sein Junges festzuhalten.

Sie starrten einander an, Wexford mit wachsender Verlegenheit, der Sergeant, dem alle guten Vorsätze vergangen waren, dumpf vor Panik und Angst vor dem nächsten Tag. Endlich sagte er mit dunkler, trockener Stimme:

»Ich nehme den Vormittag frei. Vielleicht auch den ganzen Tag.« Er stockte und schluckte. »Kommt drauf an… Meine Frau… Was die…«

»Dann werden wir uns nicht mehr sehen.« Wexford streckte die Hand aus. Clements ergriff sie und quetschte sie so heftig und schmerzhaft, als sei sie ein Rettungsring. »Auf Wiedersehen, Sergeant, und alles Gute für morgen.«

»Auf Wiedersehen«, sagte Clements. Er ließ Wexfords Hand los und ging hinaus in den Regen, ohne auch nur den Mantelkragen aufzustellen. Ein vorbeifahrendes Auto bespritzte ihn, aber er schien es nicht zu bemerken. Kleine Vorfälle wie dieser, die sonst eine Schmährede gegen modernes Benehmen ausgelöst hätten, besaßen nicht mehr die Macht, auch nur die Oberfläche seiner Wahrnehmung zu zerstören.

Wexford stand auf den Stufen und blickte ihm nach. Es war auch für ihn Zeit zu gehen, Kenbourne Vale und Loveday Morgan hinter sich zu lassen und nach Möglichkeit zu vergessen. Merkwürdig, wie verbissen er versucht hatte herauszufinden, wer sie war, wie er durch Fulham gestiefelt war und sich in Hirngespinsten verfangen hatte. Wenn er jetzt auf die vergangene Woche zurückblickte, dann stellte er fest, daß er in diesem Moment ebensowenig wußte, wer sie war oder wer sie umgebracht hatte und weshalb, wie in dem Augenblick, als Howard ihn in dem Mausoleum ertappt hatte. Es kam ihm zwar vor, als habe er ein paar ganz vernünftige Ideen gehabt, ein paar richtige Schlüsse gezogen, die selbst durch seinen Flop nicht gegenstandslos geworden waren, aber sie waren irgendwie schemenhaft geworden, und er hatte fast vergessen, worin sie bestanden hatten.

Wasser, das sich auf den blauen Glasscheiben der Lampe über seinem Kopf gesammelt hatte, tröpfelte auf ihn nieder. Er ging langsam die Stufen herab, und während er es tat, spritzte Wasser aus einem anderen Winkel gegen ihn. Eine Woge schwappte gegen seine Hosenbeine, und er blickte empört auf.

Der Übeltäter war ein Taxi, das ein paar Meter von ihm entfernt, direkt vor dem Polizeirevier, stoppte. Die hintere

Tür wurde geöffnet, und ein Traumbild in purpurnem Seidenanzug mit weißer Orchidee im Knopfloch stieg aus auf das nasse Straßenpflaster.

»Was für ein Wetter, ausgerechnet zur Hochzeit der Ehrenwerten Diana!« sagte Iwan Teal, als er den Taxifahrer bezahlt hatte. »Und dabei ist sie so ein sonniges Mädchen. Na, wo bleiben denn die Lakaien mit dem Regenschirm für mich?«

»Dies ist nicht das Dorchester«, meinte Wexford.

»Als ob ich das nicht wüßte! Ich habe so meine Erfahrungen mit Polizeirevieren, besonders mit dem West End Central. Sind Sie gerade auf dem Weg, mich zu besuchen?«

»*Sie* besuchen?« In Wexfords augenblicklicher Geistesverfassung war die Garmisch Terrace und der ganze Fall weltweit entfernt. »Sollte ich Sie denn besuchen?«

»Aber sicher. Ich habe doch durch Philip ausrichten lassen, um zehn Uhr. Er wußte, daß ich zu dieser Hochzeit nach St. George muß. Das Brautkleid ist eins meiner Entwürfe, also muß ich bei der Hinrichtung dabeisein. Da Sie nicht erschienen, bin ich zu Ihnen gekommen. Die Hochzeit ist um halb elf.«

»Ach ja...« Wexford erinnerte sich jetzt, wie Chell ihn mit seinem Gerede über die Zeitungsausschnitte abgelenkt hatte. »Das spielt jetzt keine Rolle mehr. Sie verschwenden bloß Ihre Zeit.«

Teal sah ihn verständnislos an. Sein Haar war sorgfältig gewellt, und Aphrodisia-Wolken entströmten seiner Frisur und seinem Anzug. »Wollen Sie damit sagen, Sie haben herausgefunden, wer sie war?« fragte er.

Fast hätte Wexford gefragt, wer. Dann fiel ihm ein, daß manchen Leuten Loveday Morgans Tod wichtig war, und er sagte: »Wenn Sie Informationen haben, dann reden Sie besser mit Superintendent Fortune oder mit Inspector Baker.«

»Nein, ich rede mit Ihnen.«

»Die Angelegenheit war ja nie mein Fall. Ich bin hier bloß auf Urlaub, und ich fahre am Samstag nach Hause. Übrigens, so werden Sie ziemlich naß, wissen Sie.«

»Ja, so richtig pflegeleicht ist Tussahseide nicht gerade«, meinte Teal und trat unter den Bogen, von dem die blaue Lampe herabhing. »Wäre ich bloß direkt zum Hanover Square gefahren«, schimpfte er. »Es ist immer eine Katastrophe, in Kenbourne ein Taxi zu kriegen. Können Sie sehen, ob das da hinten sein Schild beleuchtet hat?«

Wexford machte keine Anstalten hinzusehen. »Sie sagten doch, Sie wollten mit dem Superintendenten reden.«

»Das haben *Sie* gesagt. Ich bin nicht sonderlich erpicht auf Polizisten, erinnern Sie sich nicht mehr? Sie sind da anders. Aber wenn ich nicht mit Ihnen reden kann, dann bin ich schon weg.« Teal streckte einen roten Seidenarm aus. »Taxi!« rief er.

Das Taxi fuhr in die falsche Richtung. Es wartete, daß eine Ampel grün wurde und vollführte dann gegen alle Verkehrsregeln eine Spitzkehre. Hinter ihm tauchte schemenhaft der Bus in Richtung Chelsea aus dem Regendunst auf.

»War nett, Sie getroffen zu haben«, sagte Teal und ging die Stufen hinunter. »Hätte nie gedacht, daß ich das mal zu einem ...«

Das Taxi hielt an, der Bus fuhr vorbei.

»Also, nun kommen Sie schon einen Augenblick rein«, sagte Wexford mit einem Seufzer. »Ich hab gerade noch 'ne halbe Stunde Zeit.«

Teal konnte offensichtlich nie länger als ein paar Minuten liebenswürdig bleiben.

»So lange habe *ich* keine Zeit«, sagte er plötzlich wieder schroff. »Also wirklich, Sie sind vielleicht inkonsequent! Was für ein gräßlicher Raum! Kein Wunder, daß die Polizisten alle einen Groll auf die Menschheit haben. Was ist denn das hier? Eine Erweiterung der Leichenhalle?«

»Ein Verhörzimmer.« Wexford sah zu, wie Teal den Sitz des Stuhls abstaubte, ehe er sich setzte. Wahrscheinlich sollte er sich geschmeichelt fühlen. Wie hoch man auch den Wert seines Berufs einschätzt, es ist doch immer ein Kompliment, sich sagen zu lassen, man sei besser, humaner, sympathischer, weniger konventionell als das übrige Pack. Aber der Überdruß an dieser ganzen Angelegenheit machte ihn nahezu unempfänglich für Schmeicheleien.

»Na? Bequem?« fragte er sarkastisch.

»Oh, kommen Sie mir bloß nicht so!« fauchte Teal. »Sie doch bitte nicht. Sie sind doch keiner von diesen Plattfüßlern, die meinen, bloß weil man schwul ist, hätte man die Mentalität eines albernen Schulmädchens. Ich gehe zu einer Hochzeit, und ich möchte mir meinen Anzug genausowenig verderben, wie Sie an meiner Stelle.«

Wexford blickte ihn voll unverhohlener Abneigung an. »Also, Mr. Teal, was wollten Sie mir sagen?«

»Dieser Priester, über den wir gesprochen haben – wissen Sie noch? Sein Name ist Morgan.«

10

Nur daß die Priester solche Menschen, die ihnen als ruchlose Sünder bekannt werden, vom Gottesdienste ausschließen können.

Es war, wie das Rauchen aufzugeben, dachte Wexford, der es vor Jahren unter Schwierigkeiten geschafft hatte. Die verdammten Dinger machen dich krank, du widerstehst ihnen, sie öden dich geradezu an, aber kaum zückt jemand eine – oder, noch schlimmer, zündet sie vor deiner Nase an – und schon hängst du wieder fest, gierst danach, sehnst dich nach der alten Gewohnheit zurück. Genau dies hatte Teal mit ihm gemacht, obwohl er sie noch gar nicht angezündet hatte. Wexford suchte seine Aufregung zu verhehlen, diese verfluchte, irritierende Aufregung, und fragte: »Welcher Priester?«

Es war zum Verrücktwerden, jetzt schweifte Teal ab. »Natürlich bin ich zu spät darauf gekommen«, sagte er, »aber es war irgend etwas Merkwürdiges an ihrer Stimme. Das bemerkte ich gleich und bemerkte es auch wieder nicht, wenn Sie verstehen, was ich meine. Sie hatte keinen Akzent.«

»Ich habe auch keinen Akzent«, raunzte Wexford.

Darüber lachte Teal. »Sie meinen, Sie *glauben*, Sie hätten keinen. Sie hören eben Ihren schwachen, gutturalen Sussex-Unterton genausowenig, wie ich in meiner Stimme den Textil-Verkäufer-Schulungston höre, außer ich achte darauf. Aber denken Sie mal einen Moment darüber nach. Aus Johnny spricht die Royal Academy of Dramatic Art, aus Peggy der Süden von London; Phil spricht unterdrücktes

Cockney mit schwulem Einschlag, Ihr Superintendent reinstes Trinity. Man muß kein Henry Higgins sein, um all das zu unterscheiden. Jeder hat einen Akzent, den er von seinen Eltern mitgekriegt hat oder von seiner Schule oder von seiner Universität oder der Gesellschaft, in der er sich bewegt. Loveday hatte überhaupt keinen.«

»Und was hat das mit einem x-beliebigen Priester zu tun?«

»Darauf komme ich gleich. Ich habe sehr viel darüber nachgedacht. Ich habe mich gefragt, wer denn diese raren Kreaturen sind, die akzentfreies Englisch sprechen. Das wären einmal zum Beispiel Bedienstete der alten Schule. Ich könnte mir denken, als es noch eine regelrechte Klasse der Bediensteten gab, da sprachen alle so: plattes, reines Englisch ohne Modulation oder Intonation. Ihre Eltern, die selbst Dienstpersonal gewesen waren, brachten es ihnen bei, denn sie wußten, daß Cockney bei einem Dienstmädchen nicht akzeptabel war. Wer sonst noch? Kinder, die in Instituten erzogen werden vielleicht. Dann Leute, die Jahre ihres Lebens in Hospitälern zubringen, und ebenso vielleicht Leute, die ihr ganzes Leben in geschlossenen Gemeinschaften verbringen.«

Wexford wurde allmählich sehr ungeduldig. »In Instituten erzogen...?!«

»Mann Gottes, *Sie* sind doch der Detektiv. Wissen Sie nicht mehr? Sie haben mir doch erzählt, daß Loveday zum Tempel der *Kinder der Offenbarung* gegangen ist.«

»Aber sie konnte nicht dazugehört haben. Sie arbeitete doch in einem Fernsehladen, und die besitzen weder Fernsehen noch lesen sie Zeitung.«

»Also bitte, da haben Sie ihn, den Grund, weshalb ihre Eltern sich nicht gemeldet haben. Sind Sie denn nicht selbst darauf gekommen? Immerhin, der Vater hätte sich gar nicht melden können. Er ist der Morgan, der dort Priester war und den man eingebuchtet hat. Er sitzt im Gefängnis.«

Es entstand eine dramatische Pause. Wexford hatte gedacht, er könne sich nie wieder für diesen Fall interessieren, nie wieder auch nur für eine Sekunde die Erregung und den Schrecken des Jägers im Angesicht seiner Beute verspüren. Jetzt fühlte er das Prickeln des Adrenalins in seinem Blut, ein Schauer, der ihm das Rückgrat hinauffuhr.

»Ich besitze so ein Album mit Zeitungsausschnitten«, fuhr Teal fort. »Das heißt, ich sammle Zeitungen, die etwas über mich bringen, aber oft schneide ich ein Jahr lang oder länger die Artikel nicht aus, und die Zeitungsblätter häufen sich. Nun, neulich abend hatte ich ein bißchen Zeit und beschäftigte mich mit meinen Ausschnitten, und auf der Rückseite eines Fotos von einer meiner Kreationen, da steht was von diesem Morgan, der vor Gericht erschienen war.«

»Haben Sie den Ausschnitt bei sich?«

»Nun entschuldigen Sie mal, ich bin auf dem Weg zu einer sehr eleganten Hochzeit. Wie sagt doch Wilde...« Teal machte affektierte Schlängelbewegungen – bloß um mich zu ärgern, dachte Wexford – und sagte in hohem Falsett: »Ein gut gearbeiteter Anzug hat keine Taschen.« Er kicherte über die sichtbare Betretenheit des Chief Inspectors. »Immerhin, ich hab's in meinem Album verwahrt, mit der Geschichte über die Gerichtsverhandlung nach unten natürlich. So, jetzt haben Sie was zu tun.«

»Wann hat diese Gerichtsverhandlung stattgefunden, Mr. Teal?« fragte Wexford, ohne sich seinen Zorn anmerken zu lassen.

»Vergangenen März. Er wurde angeklagt wegen Bigamie,

Notzucht an *fünf* Frauen – einen Mut muß der Mann gehabt haben! – und des geschlechtlichen Umgangs mit einem vierzehnjährigen Mädchen. Ich weiß nicht, was das genau bedeutet, aber ich nehme an, Sie wissen es. Er wurde dem Geschworenengericht von Surrey überstellt.« Teal blickte auf seine Uhr. »Mein Gott, ich darf nicht zu spät kommen, sonst krieg ich nur einen Platz auf den hinteren Kirchenbänken. Ich will doch die Ehrenwerte Diana in all meiner Pracht ganz genau sehen können!«

»Mr. Teal, Sie sind eine große Hilfe gewesen. Ich bin Ihnen sehr dankbar. Bloß noch eine Sache. Sie sagten, Loveday habe Sie gefragt, ob Johnny und Peggy vertrauenswürdig seien. Was wollte sie denen wohl anvertrauen?«

»Ihm, meinen Sie. Sich selbst, nehme ich an, wenn sie in ihn verliebt war.«

Wexford blickte zweifelnd drein. »Eine Frau von fünfzig würde vielleicht so reagieren, aber ein junges Mädchen – das glaube ich kaum. Ich frage mich, was sie wohl an Wertvollem besaß, das sie jemandem anvertrauen wollte.«

»Das müssen Sie sich selbst fragen, Mr. Wexford, weil ich nämlich jetzt gehen muß.«

»Ja, natürlich. Vielen Dank, daß Sie gekommen sind.«

Das Verhörzimmer wurde wieder zu einem elenden, kleinen Loch, nachdem Teal gegangen war. Wexford ging den Korridor entlang und begann die Treppe hinaufzusteigen. Plötzlich wurde er sich bewußt, daß er Treppensteigen konnte, ohne daß ihm der Atem knapp wurde.

Es war wirklich ein Glückszufall, daß er diese Information von Teal bekommen hatte, denn wenn er sie jetzt sofort weitergab, würde ihn das in Howards und Bakers Augen entlasten. Auch wenn er nicht mehr getan hatte, als zuzuhören, und das äußerst widerwillig. Egal, er würde ihnen einfach berichten, was Teal ihm erzählt hatte, und es ihnen überlassen, die Sache weiterzuverfolgen. Außer... Außer er verschob das Berichterstatten um eine halbe Stunde und benutzte diese halbe Stunde, um auf eigene Faust Nachforschungen in dem Archiv des Reviers zu betreiben.

Wenn sie hier eins hatten. Am Kopf der Treppe begegnete er jemandem, den er für Sergeant Nolan hielt, und fragte ihn. Sie hatten eins. Ein Stockwerk tiefer, dritte Tür rechts.

In dem Archiv saßen Pamela und D. C. Dinehart, beide beschäftigt mit Zeitungsordnern. Auf ihren jungen Gesichtern lag ein Ausdruck von Ernst und Versunkenheit wie bei Studenten im British Museum. Beide blickten kurz auf, nickten und nahmen weiter keine Notiz von ihm. Es kostete ihn zehn Minuten, um zu finden, was er suchte – den Prozeß gegen Morgan vor dem Geschworenengericht. Die *News of the World* hatte den Fall lüstern ausgeschlachtet, nicht ohne den gewohnten Anschein äußerster Entrüstung; *The People* hatte darin die Gelegenheit zu einem giftigen Artikel über die Korruption unter Geistlichen gesehen; *The Observer* hatte ihn hochnäsig hinter den Bericht über ein erpreßtes Mitglied eines Grafschaftsrats eingestuft. Was Tatsachen und Fotos betraf, hielt er sich an *The Sunday Times* und den *Sunday Express*.

Alexander William Morgan hatte sich einige Jahre vor Begehung der Straftaten von seiner Frau getrennt, wohnte seither direkt neben der Kirche in der Artois Road, Camberwell, während sie weiterhin in der ehelichen Wohnung in der nahe gelegenen Ivy Street lebte. Anscheinend hatte das Zerwürfnis stattgefunden, als er zum Hirten des Camberwell-Tempels berufen worden war. Er hatte versucht, das bittere, lebensfeindliche Kredo der *Kinder der Offenbarung* ganz allmählich durch einen gewissen Liberalismus aufzulokkern, obwohl er auf Grund des Widerstands der konservativen Mitglieder nicht weiter gediehen war, als einige wenige zu überzeugen, daß Radio und Fernsehen, in der Privatsphäre des eigenen Heimes genossen, keine Sünde sei.

In sexuellen Dingen war er erfolgreicher gewesen. Ja, sein Erfolg war sogar unglaublich gewesen. Ein Strom junger Frauen hatte davon Zeugnis abgelegt, unter ihnen auch eine Miss Hannah Peters, die er geehelicht hatte (eine Art Eheschließung vollzogen, hieß es) in einer eigens von ihm gestalteten Zeremonie, bei der er zugleich als Bräutigam und als trauender Priester fungierte. Die anderen Mädchen, sogar das vierzehnjährige, betrachteten sich unter der seltsamen Philosophie, die er ihnen nahegebracht hatte, als seine Ehefrauen. Er habe sie sehr liebevoll behandelt. Sie sagten aus, sie hätten auf Grund dessen, was er ihnen gesagt habe und auf Grund seiner Beziehung zu ihnen geglaubt, ihnen sei ein glücklicheres ewiges Leben beschieden als den weniger bevorzugten »Kindern«. Erst als er sich an ältere Frauen herangemacht hatte, waren seine Neigungen ans Licht gekommen. Morgan wurde zu drei Jahren Gefängnis verurteilt – heftig protestierend, daß er zur Verantwortung gezogen werde, bloß weil er diesen Frauen eine besondere Gnade habe angedeihen lassen.

Wexford notierte sich die Namen sämtlicher weiblicher Zeugen. Dann betrachtete er eingehend die Fotos, aber nur eins von ihnen ließ ihn stutzen, ein Bild des Tempels in der Artois Road. Er blickte auf, sah, daß Pamela ihre Arbeit beendet hatte, und winkte sie zu sich.

»Gehen Sie wieder zurück in Mr. Fortunes Büro?«

Sie nickte.

»Er hat da so einen Schnappschuß von Loveday Morgan...«

»Ja, Sir, ich weiß, was Sie meinen.«

»Würden Sie so freundlich sein und ihn bitten, ob er ihn mir mal kurz herschicken könnte?«

Damit hatte es sich dann. Es war die einzige Möglichkeit. Howard würde natürlich selbst mit dem Foto herkommen, würde an Hand der Zeitungsberichte feststellen, daß Morgan zwei Töchter hatte, und damit wäre ihm, Wexford, die Sache aus der Hand genommen. Ihm war ziemlich flau zumute, weil er Loveday auf so undramatische Weise ausfindig gemacht hatte.

Während er wartete, daß Howard auftauchte, schaute er sich die anderen Fotos an. Morgans rundes Gesicht mit Brille, sechsundvierzig Jahre alt, ein Vorort-Satyr; Morgan mit seiner Frau und zwei dicken kleinen Mädchen, von denen jedes Loveday als Kind hätte sein können; Hannah Peters, nichtssagend, lächelnd, eine Braut zwischen Brautjungfern mit einem Band im krausen Haar. Er roch Pamelas Parfum, blickte auf und sah sie neben sich stehen.

»Mr. Fortune ist bei Gericht, Mr. Wexford, und er hat eine Nachricht hinterlassen, daß er gleich hinterher ins St. Biddulph's-Krankenhaus fährt, um seinen Fuß röntgen zu lassen.«

»Aber Sie haben das Foto mitgebracht«, sagte Wexford langsam.

»Es lag auf seinem Schreibtisch, Sir, und da Sie es benötigen, nehme ich an, daß er...«

»Vielen Dank, Pamela«, sagte Wexford.

Seine Hand zitterte merkwürdig, als er es ihr abnahm und es neben das Foto im *Sunday Express* legte, das Morgans Tempel in der Artois Road zeigte. Ja, es war, wie er es sich gedacht hatte. Das Zeitungsbild zeigte die ganze Kirche, der Schnappschuß nur eine Ecke davon, aber auf beiden waren dieselben staubigen Büsche entlang der Mauer zu sehen, derselbe giebelartige Mauerabschluß, und was auf dem Schnappschuß wie ein Holzpfahl ausgesehen hatte, entpuppte sich jetzt als Pfosten einer Tür.

Auf dem Zeitungsbild war kein Mädchen zu sehen. Morgan hatte sie – seine Tochter? Eine seiner Bräute? – bestimmt vor dem Tempel aufgestellt und eigenhändig fotografiert, vermutete Wexford. Er gab Pamela den Schnappschuß zurück und verließ tief in Gedanken die Bibliothek.

Was jetzt? Pamela suchen und eine Notiz für Howard hinterlassen, sagte ihm sein vernünftiges Ich. Oder Baker aufsuchen. Der Inspector würde bald zurücksein vom Gericht. Aber Wexford sträubte sich gegen den Gedanken, sich ihm anzuvertrauen und mit ansehen zu müssen, wie sich sein strenger Mund verzog, als wolle er sagen: »Wird denn dieser alte Trottel niemals klug?«

Das letzte Mal hatte er sich geirrt. Dieses Mal würde er sich nicht irren, das wußte er. Niemand hätte von seinem Flop erfahren, wenn er nicht Howard so drastisch informiert hätte, bevor er sichere Beweise hatte. Es machte ja nichts, wenn er sich diesmal wieder irrte, denn niemand außer ihm selbst würde Bescheid wissen. Die anderen würden denken, er mache eine private Stadtbesichtigungstour, vielleicht – Bakers Rat befolgend – nach Smithfield oder Billingsgate.

Er konnte doch sein, was pensionierte Polizisten manchmal wurden, ein Privatdetektiv. Der Gedanke hatte einen bitteren Beigeschmack, und er verwarf ihn. Nicht pensioniert, nicht alt, sondern frei, eine eigene Spur zu verfolgen, niemandem verpflichtet. Kein Fahrer, der ihn fuhr, kein Sergeant, der ihn begleitete, kein Chief, dem er Rechenschaft schuldete. Und er hielt ja auch wichtige Informationen nicht lange zurück, denn wenn er bis heute abend nicht weitergekommen war, dann würde er eben Howard Bericht erstatten und es dabei bewenden lassen.

Es war gerade halb zwölf. Es regnete. Anscheinend war heute einer dieser Tage, an denen es überhaupt nicht aufhörte. Seinen Regenschirm hatte er in der Theresa Street gelassen. Er leistete sich die Extravaganz, sich einen neuen zu kaufen, und dann marschierte er munter wie ein junger Mann zur U-Bahn-Station Elm Green.

19

Doch wer sich weigert, nach ihren Gesetzen zu leben, den vertreiben sie aus den Grenzen, die sie sich selber stecken.

Er war ein wenig wie Kenbourne Vale, dieser Teil Südlondons, der weder Camberwell noch Kennington war, sondern ein dazwischenliegender Bezirk mit dem Namen Wilman Park. Die Ähnlichkeit lag mehr in der grauen Trostlosigkeit der Gegend und dem Fehlen von Bäumen als in den Häusern selbst. Denn die Häuser von Wilman Park waren klein und standen eng gedrängt in Straßen, die strikt rechtwinklig zueinander verliefen. Wexford vermutete, daß auch der dritte Tempel der *Kinder der Offenbarung* wohl in einem ähnlichen Bezirk irgendeiner Industriestadt Nordenglands stand. Seltsame Sekten florieren nicht unter den Reichen, die den Himmel auf Erden schon besitzen und sich nicht auf künftige Seligkeit verlassen müssen.

Er fand die Artois Road, die mitten durch Wilman Park hindurchführte, und ging sie schnellen Schrittes hinunter, immer um die Pfützen herum. Dabei begegnete er Frauen, die vom Einkaufen zurückkamen, denn heute schlossen die Läden früher. Meist waren es Mütter und Töchter, und die Sprößlinge der Töchter saßen in Kinderwagen und waren durch die hochgeklappten Dächer gegen den Regen geschützt. Ihm fiel auf, daß dies ein Merkmal der Arbeiterklasse war, Mutter und Tochter, die überall gemeinsam hingingen, auch zum Einkaufen, die nicht getrennt worden waren durch die Eheschließung der Tochter. Möglich, daß hier irgendwo eine Mutter allein herumlief, weil die Tochter von ihr getrennt worden war. Oder waren den »Kindern« derartige Verhaltensmuster verboten, so wie sie anscheinend von allem ausgeschlossen waren, indem sie ihre eigenen Gebräuche entwickelten und die Gesellschaft verleugneten?

Der Tempel war so klein, und der Regen strömte so heftig, daß Wexford fast vorübergegangen wäre, ohne ihn zu sehen. Er kehrte um und betrachtete ihn, sehr froh über seinen Regenschirm. Er war unschwer als Zwilling des Tempels in der Garmisch Terrace zu erkennen. Das runde rote Glasfenster war kleiner, der Giebel flacher, die Gartenschuppentür hier in schmutzigem Grün gestrichen, und das ihm bekannte Schild erklärte Sinn und Zweck des Gebäudes. Es war ebenso in das Mauerwerk einzementiert worden, das in diesem Fall einheitlich schmutzigrot war. Die Büsche, vor denen Loveday posiert hatte, waren jetzt ein blattloses Gewirr, von dem das Wasser auf das Pflaster tropfte.

Wie in Garmisch Terrace war auch hier der Tempel das Bindeglied zwischen zwei Häuserreihen, geduckte, vulgäre Häuser aus gelbem Backstein mit betonierten Vorplätzen. In einem der unmittelbar anstoßenden Häuser hatte Morgan gewohnt. Aber in welchem? Zeitungen nennen zwar die Namen der Straßen, in denen Angeklagte und Zeugen wohnen, aber nicht ihre Hausnummern. Doch es war nicht schwer zu erraten. An einem der Häuser entfalteten in einem Balkonkasten Narzissen eben ihre ersten Knospen, auf dem Dach saß eine Fernsehantenne, und an den Fenstern hingen rote und gelbe Vorhänge. Das andere dagegen wirkte abweisend, seine Fenster waren wie erloschen hinter dunkelgrünen Jalousien, die Erde des winzigen Vorgartens war unter einer Betonschicht begraben.

Eine der Jalousien hob sich ein paar Zentimeter, als er an die Tür pochte – es gab keine Klingel, keinen Klopfer, bloß einen Briefkasten –, aber sie fiel sofort wieder herunter. Die Aktivitäten eines Privatdetektivs sind begrenzt. Er kann weder Einlaß verlangen noch einen Durchsuchungsbefehl erhalten. Er pochte noch einmal, und diesmal rührte sich an dem Fenster nichts. Er konnte auch nichts hören im Innern des Hauses, aber er verspürte förmlich eine Feindseligkeit, als ob die Leute drinnen ihm Böses wünschten. Merkwürdig. Selbst wenn sie etwas zu verbergen hatten, sie konnten doch gar nicht wissen, wer er war. Er konnte ja der Gasmann sein oder irgend etwas abliefern wollen. Da ertönte hinter ihm eine Stimme, und er drehte sich um. Ein Postbote mit Päckchen im Arm stieg aus einem roten Lieferwagen.

»Da werden Sie nicht reinkommen, Kumpel. Die lassen nie jemanden rein.«

»Warum denn nicht, um Gottes willen?«

»Genau das«, erwiderte der Postbote grinsend, »um Gottes willen. Die sind zu religiös, verstehen Sie, um mit so was wie Ihnen oder mir zu reden. *Kinder der Offenbarung* nennen sie sich. 'ne ganze Menge von ihnen wohnt hier in der Nähe, aber in ihre Häuser, da lassen sie keinen rein, allesamt.«

»Was, nicht mal die Tür aufmachen tun sie?«

»Manche tun's«, räumte der Postbote ein, »aber rein lassen sie einen nicht.«

»Können sie mir sagen, wo die anderen wohnen?«

»Eine Familie in Nr. 56, eine andere in Nr. 92. Die in 56, die werden wohl mit Ihnen *reden*, könnt ich mir denken.«

Also steckte bei der Weigerung der Bewohner des Hauses neben der Kirche, ihm zu öffnen, keine spezielle böse Absicht dahinter. Er ging zu Nr. 56 – auch so ein düster dreinblickendes kleines Haus, wenn auch mit Unkraut statt mit Beton im Vorgarten. Sehr zögernd öffnete ein älterer Mann in einem blankgewetzten schwarzen Anzug die Tür.

»Tut mir leid. Ich weiß, es regnet, aber ich kann Sie nicht hereinlassen. Was wollen Sie?« Er hatte eine flache, kalte, fast mechanisch klingende Stimme. Worte dienten bei ihm nur dem Geschäft des Lebens, dachte Wexford, nicht dem Reiz des Lebens, es galt nicht, sie sorgsam zu wählen, um Wege zu ebnen, Gefühle auszudrücken, dem Zuhörer zu gefallen. Er mußte an das denken, was Teal gesagt hatte.

»Ich schreibe ein Buch über christliche Sekten«, log er, ohne rot zu werden. »Ob Sie mir vielleicht...?«

In derselben dumpfen Monotonie rasselte der Mann eine Liste von Daten herunter, nannte die drei Tempel und berichtete Wexford, es gäbe fünfhundert Auserwählte auf dem Antlitz der Erde.

»Und Ihr Hirte?« unterbrach Wexford ihn.

»Er hat ein Zimmer in dem Haus neben dem Tempel, aber dort wird man Ihnen nicht die Tür öffnen.« Er stieß einen Seufzer aus wie jemand, der vergeblich gegen die Versuchungen der Welt angekämpft hat. »Dort haben sie sich an einen reineren und geraderen Weg gehalten als ich. Ich habe ›draußen‹ geheiratet.«

»Und wie steht's mit Nr. 92?« fing Wexford wieder an,

aber weiter kam er nicht, denn ihm wurde die Tür energisch vor der Nase zugemacht. Ihm blieb nichts übrig, als in die Ivy Street zu gehen, und wenn das fehlschlug, eine Suche von Haus zu Haus nach den »Bräuten« anzufangen.

Er ließ sich in einem Restaurant ein Sandwich geben und dazu ein Glas Bier, wobei er sich fast so schuldig fühlte wie ein *Kind der Offenbarung*, das die Tür einem von Gott Verstoßenen geöffnet hat. Dann rief er Dora an, damit sie sich nicht länger um ihn sorgte, und sagte ihr, er sei mit Dearborn auf einer Besichtigungstour und wisse noch nicht, wann er heimkäme. Der Regen hatte ein bißchen nachgelassen. Er fragte den Wirt nach dem Weg zur Ivy Street und machte sich auf den Weg durch Quer- und Nebenstraßen, die nahezu ein Abklatsch der Artois Road waren.

Das Haus war klein und stand ein wenig abseits, mit Gartenzwergen und einem überfließenden Vogelbad im Vorgarten. Es sah verschlossen aus. Niemand kam, als er läutete. Als er sich abwandte, kam ihm erneut der hilfreiche Postbote entgegen.

»Mrs. Morgan ist weg. Ihre verheiratete Tochter ist krank, und sie sorgt jetzt für den Schwiegersohn. Moment mal bitte, ich muß nur eben das Päckchen nach nebenan bringen.«

Da er beschlossen hatte, ihn auszuquetschen, wartete Wexford geduldig, daß der Postbote zurückkäme. Was der einen Moment genannt hatte, wurde zu einem zehnminütigen Schwatz mit dem Empfänger des Päckchens, schließlich aber kam er fröhlich pfeifend zurück.

»Und was ist mit der anderen Tochter?«

»Hat sich einen Tag frei genommen. Ich sah sie vor einer halben Stunde weggehen.«

»Ach so.« Wieder eine Enttäuschung, wenn man die Entdeckung, daß jemandes Tochter nicht tot ist, sondern lebt, eine Enttäuschung nennen kann. »Kannten Sie Morgan?«

»Kennen will ich nicht sagen«, meinte der Postbote, »aber ich habe von ihm gehört. Und gesehen hab ich ihn auch manchmal.«

»Haben Sie ihn jemals mit einem Mädchen zusammen gesehen?«

Der Postbote lachte. Er schien gar nicht wissen zu wollen, wer Wexford war oder weshalb er fragte. »Morgan war ein schwarzes Schaf«, sagte er. »Die meisten der ›Offenbarungskinder‹ haben nicht gewußt, was mit dem los war, bis schließlich alles herauskam. Ausgenommen natürlich die Mädchen. Eine oder zwei von denen nannten sich glatt Mrs. Morgan, kriegten Briefe, die mit Mrs. Morgan adressiert waren, da kannten die nix.«

»Wissen Sie noch, wer das war?«

»Na, vor allem Hannah Peters. Sie war diejenige, die so eine Art Eheschließung mit ihm vollzogen hat. Dadurch kamen ja seine kleinen Spielchen ans Licht. Die junge Hannah kriegte einen Brief mit der Anschrift ›Mrs. Morgan‹, ihr Vater wurde mißtrauisch, und dann ging die Bombe hoch. Ein ganzer Haufen anderer Frauen meldete sich empört zu Wort. Ich meine, seine Frau, die hatte ihn ja schon vor Jahren rausgeschmissen, aber geschieden waren sie nicht. Sie sagt, sie läßt sich nicht scheiden. Ziemlich rachsüchtige Frau ist das, die Mrs. Morgan, aber man kann es ihr wohl nicht übelnehmen.«

»Können Sie mir sagen, wo Miss Peters wohnt?«

»Sie arbeiten wohl für 'ne Zeitung, was?«

»So ungefähr«, sagte Wexford.

»Ich frag ja bloß«, meinte der Postbote, »weil's doch wohl ziemlich hart ist für einen Burschen in Ihrem Alter, besonders bei solchem Wetter. Immer sind es die alten Knochen, die zuerst verschlissen werden, was?«

Wexford schluckte diese Demütigung, so gut er konnte, und brachte sogar ein verkniffenes Grinsen zustande. Der Postbote gab ihm die Adresse. »Aber sie wird um diese Zeit wohl arbeiten, denke ich?« fragte er.

»Die doch nicht. Die ›Offenbarungskinder‹ lassen ihre Töchter nicht zur Arbeit gehen. Aber ich glaube nicht, daß Sie sie zu sehen kriegen. Die lassen Sie nicht rein.«

Aber sie machten vielleicht wenigstens die Tür auf. Vielleicht sogar Hannah. Was er jetzt brauchte, war ein Quentchen Glück, eines jener kleinen Beinahe-Wunder, die ihm in letzter Zeit manchmal über den Weg gelaufen waren und ihm die Richtung gewiesen hatten. Und genau das passierte jetzt, als er in die Stockholm Street einbog und das kraushaarige Mädchen des Zeitungsfotos aus dem Eckhaus treten sah, in dem die Familie Peters wohnte.

Sie hielt einen Brief in der Hand, den sie in die Tasche ihres langen, dunklen Regenmantels schob, um ihn vor der Feuchtigkeit zu schützen. Auf dem Türpodest blieb sie stehen und warf schnelle Blicke um sich. Zögernd trat sie dann auf die Straße. Es war nur eine schäbige Seitenstraße, in der sie vermutlich ihr ganzes Leben verbracht hatte, und bis auf ihn war sie menschenleer, aber sie blickte ängstlich um sich und zauderte, als sei sie ein Schulmädchen, das seine Reisegruppe verloren und sich in einer fremden Stadt verirrt hat. Dann ging sie rasch auf den Briefkasten zu, den Kopf gesenkt, die Blicke züchtig beherrscht wie eine Nonne.

Wexford folgte ihr, und auf einmal fühlte er sich selbst ganz eingeschüchtert. Er hatte das Gefühl – wenn auch durch nichts begründet –, daß der Brief an Morgan war. Sie fuhr heftig zusammen, als er sie ansprach, unterdrückte einen Schrei und preßte die Hand auf den Mund.

»Miss Peters, ich bin Polizist. Ich spreche Sie nur deshalb hier auf der Straße an, weil ich fürchte, daß ich bei Ihnen zu Hause nicht eingelassen würde.«

Gingen sie eigentlich zur Schule, diese Mädchen? Oder unterhielten die Offenbarungsleute eigene Schulen für ihre Kinder? Trafen sie nie mit Außenstehenden zusammen? Er überlegte, ob er vielleicht der erste Außenstehende war, mit dem sie sprach, seit sie durch die Peinigung jener Gerichtsverhandlung gegangen war, eine Erfahrung, die höllisch für sie gewesen sein mußte, genug, um an ihrem Verstand zu zehren. Mit dem sie sprach? Würde sie denn mit ihm sprechen?

Sie hatte ein glattes, ungeformtes Gesicht, noch immer halb verdeckt durch ihre Hand. Kein Make-up, keine Ringe an ihrer Hand. Ihr Körper unter dem steifen, schweren Mantel war flach.

»Miss Peters…« Rasch und ziemlich verlegen erklärte er, was er wollte und warum er sie hier im Regen ansprach. Sie blickte nach beiden Seiten die Straße hinunter; die Hand hatte sie jetzt zur Faust geballt und tappte sich damit gegen das Kinn, aber ehe sie mit ihm redete, blickte sie auf ihre Füße hinab. Sie wollte seinem Blick nicht begegnen.

»Vater würde mich hinauswerfen, wenn er mich sähe. Er wollte mich auch hinauswerfen, nachdem… nachdem… Mutter hat ihn dazu gebracht, daß er mich bleiben ließ.«

Das Merkwürdigste unter all diesen Merkwürdigkeiten, dachte Wexford, war doch wohl, daß sie bleiben *wollte*. Aber vielleicht war es gar nicht so merkwürdig. Brüte einen wilden Vogel aus, zieh ihn im Käfig groß, und wenn du ihn freiläßt, wird er zugrunde gehen oder von seinen Artgenossen umgebracht werden. Er hielt seinen Regenschirm so, daß sie beide geschützt waren und sprach beruhigend auf sie ein, entschuldigte sich, erklärte, wie wichtig ihre Auskunft für ihn sei. Aber die ganze Zeit über mußte er an die Welt denken, die außerhalb ihrer Erfahrung lag, an Mädchen wie Louise Sampson und Verity Bate, die sich einen Dreck um ihre Eltern kümmerten, die lebten, wo es ihnen gefiel und mit wem es ihnen gefiel, und für die ein tyrannischer Vater, der handgreifliche Macht ausübte, ein fiktives Monster war, von dem man in Büchern las, die in finsterer Vergangenheit geschrieben worden waren. Es war fast nicht zu glauben, daß Gegensätze wie sie und Hannah Peters gleichzeitig in derselben Stadt und in demselben Jahrhundert existieren konnten.

Ohne aufzublicken sagte sie: »Ich habe nie von einem Mädchen gehört, daß sich Loveday nennt.« Sie schauderte. »Vor Gericht jedenfalls mußte sie nicht erscheinen. Wie ist ihr richtiger Name?«

Wexford schüttelte den Kopf. Er fühlte sich wie gelähmt durch ihre dumpfe, langsame Sprechweise und die sklavische Ergebenheit, mit der sie Härte und Unterdrückung hinnahm.

»Vielleicht hat sie Ihre Glaubensgemeinschaft während der letzten zwölf Monate verlassen?«

»Mary ist fortgegangen, um Lehrerin zu werden, und Sarah ist gegangen, und Rachel. Edna hat nach draußen geheiratet. Sie sind alle fortgegangen.« Sie sagte das nicht sehnsüchtig, sondern so, als handle es sich um eine monströse Ungeheuerlichkeit. »Mein Vater wird mich bestrafen, wenn ich nicht nach Hause gehe.«

»Ihre Adressen?« bat er.

»O nein. Nein, nein! Mary war auch bei Gericht gewesen.« Es kostete sie einiges, das zu sagen, dachte er. Auch Mary war also eine der »Bräute« Morgans gewesen. Sie kämpfte mit einem Gefühl, von dem niemand ihr gesagt hatte, daß es existierte oder wie man es bändigte. Auf ihrem Gesicht waren Tränen – vielleicht auch nur Regentropfen. »Sie müssen zu unserem Hirten gehen«, stieß sie hervor und tauchte aus dem Schutz des Schirms.

»Dort läßt man mich doch nicht ins Haus!«

Sie rief ihm etwas zu von einer Gebetsstunde an diesem Abend. Dann rannte sie durch den Regen nach Hause, flüchtete vor den Menschenfeinden und Menschenfreunden »draußen«, die sie befreien konnten. Zurück in den Käfig, in die Sicherheit eines lebendigen Todes.

Das Gespräch hatte Wexford erschüttert. Hannah Peters hatte körperlich keine Ähnlichkeit mit Loveday Morgan, und doch hatte er das Gefühl, mit letzterer gesprochen zu haben. Hier war es ja leibhaftig gewesen, nur in einer anderen Haut, das tote Mädchen, das schüchterne, ängstliche, schlechtgekleidete Mädchen, das nicht gewußt hatte, wie man Freunde kennenlernte und das kaum imstande gewesen war, eine Tätigkeit auszuüben. Hier endlich hatte sie sich ihm, dem Bibelleser, dem Friedhofsgänger offenbart. Teal hatte sie gekannt, hatte ihr seltenes, tief verwundertes Lächeln gesehen; Lamont hatte mit ihr zusammengesessen, war Zeuge ihres gequälten Schweigens gewesen; mit einem Achselzucken hatte Dearborn ihre linkische Unbeholfenheit abgewiesen. Und jetzt hatte auch er sie gesehen – oder vielleicht nur ihren Geist.

Die Straße war wieder leer, der Geist verschwunden. Aber sie hatte ihm eine Botschaft hinterlassen. Jetzt mußte er den einzigen Weg einschlagen, der ihm offenstand, um ihre Leute außerhalb ihrer Gefängnisse zu stellen.

20

Diese sind nämlich der Meinung, sparsames und gleichsam unsicheres Licht diene zur Sammlung des Gemüts und zur Verstärkung der Andacht.

Die Dunkelheit setzte früh ein nach diesem Tag der Wolkenbrüche. Wexford saß in einer Fernfahrerkantine. Sein Regenmantel dampfte in der roten Glut eines elektrischen Feuers, und er sah zu, wie die fluoreszierenden Straßenlaternen in der Artois Road angingen. Das nasse Pflaster reflektierte das Scharlachrot, das Blau und Orange der Neonreklamen. Der Himmel war rot und dunstig, alle Sterne, die womöglich da waren, wurden ausgelöscht durch das Lichtergeflimmer. Er fragte sich, wann diese Gebetsstunde wohl stattfände. Sicherlich nicht vor sieben Uhr. Hunger hatte er, trotz Tee und einem Doughnut, und er bestellte sich ein Arbeiteressen, eine verboten sündhafte Mahlzeit aus Wurst, Pommes frites und Spiegelei.

Wenn es nach Crocker und Dora und all ihren finsteren Aposteln ginge, hätte er längst tot sein müssen, denn er hatte sämtliche Verbote übertreten. Er hatte gearbeitet, als er sich hätte ausruhen sollen, saturiertes Fett gegessen, obgleich er hätte fasten sollen, war abends ausgegangen, hatte sich aufgeregt und heute hatte er sogar seine Pillen vergessen. Weshalb also nicht noch ein Gesetz übertreten? Wenn schon, denn schon!

Die verbotenste aller Früchte genießen, hieße, in die Kneipe zu gehen, wo er zum Lunch gewesen war, und Schnaps zu trinken. Er fand sie sofort wieder und nahm einen doppelten Scotch. Der warf ihn nicht im mindesten um, im Gegenteil, er erfüllte ihn mit Wohlbehagen, und auf der Stelle faßte er den Entschluß, es ihnen allen zu zeigen. Nur ein Narr befolgte doch Weisungen, die ihn schwächten, wenn er sich bei etwas moderater Läßlichkeit so wohl fühlte!

Während er seinen Drink nahm, hatte es aufgehört zu regnen. Er sog den Geruch Londons nach einem Regen ein – Rauch, Gas, manchmal vermischt mit anderen Gerüchen, dem Dunst von Bratfett und von sonderbaren orientalischen Gerichten, dem Hauch einer französischen Zigarette. Sie verzogen sich, je tiefer er in den Wohnbereich der Artois Road hineinkam, wo die blau-weißen Straßenlaternen viel zu elegant wirkten für die ärmliche Gegend. Noch ein Licht glühte vor ihm, ein rundes rotes Licht, wie ein Zyklopenauge, und er merkte, daß er zu spät kam. Die Gebetsstunde hatte schon begonnen. Er blieb draußen vor dem Tempel stehen und hörte die Stimmen der »Kinder«. Manchmal murmelten sie gemeinsam, dann wieder erhob sich eine einzelne Stimme zu spontaner Lobpreisung oder vielleicht auch Verdammung. Wie viele Stunden würde es dauern, bis sie herauskamen? Und wenn es soweit war, würden sie mit ihm reden?

Das Haus, in dem der Hirte wohnte, in dem auch Morgan gelebt hatte, sah jetzt gänzlich verlassen aus. Kein Lichtschimmer drang aus den Spalten der Jalousien. Der Betongarten lag unter einer dünnen Wasserschicht, die tiefschwarz war, weil es kein Licht gab, das sich darin spiegeln konnte. Es gab an die fünfzig solcher Häuser hier in Wilman Park, Grabgewölbe für die Lebenden. Rachel und Mary und Sarah waren fortgegangen... Er hoffte, daß sie jetzt Parfum trugen und falsche Augenwimpern und Federn und Blumen und daß sie mit ihren Freunden auf den Stufen saßen und aus Papiertüten Kartoffelchips aßen!

Morgan mußte sich irgendwo mit seinen Bräuten getroffen haben, aber doch wohl nicht unter diesem todernsten Dach. War er mit ihnen spazierengegangen, hatte er sich zu klammheimlicher Liebe in den Tempel geschlichen? Wexford verzog die Nase vor Abscheu. Und wenn, dann mußten doch Nachbarn ihn gesehen haben, mußten gesehen haben, wie er mit der jeweils Auserwählten des Augenblicks umherwandelte.

Im Haus nebenan brannte Licht, und die Vorhänge waren nicht einmal zugezogen. Die Klingel tönte wie Glockengeläute, aber als sie kam und ihm öffnete, verließ ihn der Mut. Sie lächelte fragend. Ihre Augen waren blau und leer, und sie stützte sich auf einen weißen Stock.

Sie war eine sehr alte Frau, nahezu achtzig, und er vermutete, daß sie gerade noch so viel Sehschärfe besaß, um seine Gestalt auf der Türmatte auszumachen. Er wollte sie nicht aufregen, deshalb erklärte er, wer er war und weshalb er hier sei, ehe er den Rückzug antrat. Denn sie war nutzlos für ihn, nur konnte er es ihr nicht so unverblümt sagen. Ihre Blindheit disqualifizierte sie.

»Ich wollte mir gerade eine Tasse Tee machen«, sagte sie. »Möchten Sie nicht auch eine? Mein Mann war auch bei der Polizei. Bestimmt haben Sie von ihm gehört. Wally Lyle.«

Wexford schüttelte den Kopf, besann sich dann, daß sie es nicht sehen konnte. »Ich bin fremd in der Gegend«, sagte er, »und ich möchte Sie nicht aufhalten, Mrs. Lyle. Vielleicht könnten Sie mir nur sagen, wie die Leute nebenan heißen?«

»Vickers«, sagte sie, und sie kicherte. »Aber da werden Sie nicht reinkommen. Die einzige Person, die sie reinläßt, ist der Mann zum Stromablesen. Die haben kein Gas.« Ihre Heiterkeit rührte ihn. Hier lebte sie nun, allein, blind, sehr alt, und doch konnte sie noch Späße machen, fand noch einen Sinn im Leben. Und als sie sagte: »Trinken Sie ruhig den Tee. Ich weiß, wie das ist, den ganzen Tag auf dem Sprung zu sein«, da nahm er, einem Impuls folgend, an. Sie konnte nicht sehen, daß er keine Uniform trug. Sie wollte über ihren Mann reden und über alte Zeiten. Warum nicht? Er mußte ja sowieso die Zeit totschlagen, bis der Tempel seine Menschenmenge wieder ausspie.

Sämtliche Lichter brannten in der Diele und in den kleinen Zimmern. Licht half ihr anscheinend, sich zurechtzufinden, wie eine Motte die hellere Lampe in der Küche zu finden. Aber schließlich war doch er es, der den Tee bereitete und ihre beiden Tassen in das kleine Vorderzimmer trug. Die ganze Zeit über blieb sie dicht neben ihm, und als er sich ans Fenster setzte, um zu warten, daß die Tempeltür sich öffnete und einen Lichtschein auf das Pflaster warf, da kam sie an und setzte sich neben ihn. Ihren Stock hängte sie über die Armlehne des Sessels.

Das enge kleine Wohnzimmer war vollgestopft mit Möbeln, überladen mit Nippes und Dekor. Er fragte sich, wie sie sich wohl zwischen all dem Krimskrams bewegte, ohne sich zu verletzen oder Dinge herunterzureißen, und er dachte dabei an seine eigene Ungeschicklichkeit in Howards Haus. Während sie ihm Anekdoten aus dem Leben ihres Mannes erzählte, beobachtete er, wie geschickt sie mit ihrer Teetasse umging, und er konnte nur staunen.

»Wie lange leben Sie schon hier, Mrs. Lyle?« fragte er höflich.

»Vierzig Jahre. Die Vickers lebten schon hier, als wir kamen.«

»Sie sind dann wohl ein ziemlich altes Ehepaar?«

»Nein, nicht die. Seine Mutter und sein Vater. Ich nenne die hier die ›jungen‹ Vickers.« Sie richtete ihre Augen auf Wexfords Gesicht. »Ich vermute, Ihnen würde er alt vorkommen – so um die fünfzig ist er, aber ganz von der alten Schule.«

»Und Sie haben sie nie zu Hause besucht?«

Aber sie redete am liebsten von dem toten Wally Lyle, also kehrte sie zu ihm zurück. »Mein Mann hat einmal versucht, dort reinzukommen, vor vielen, vielen Jahren. Damals waren der junge Vickers und seine Schwester noch Schulkinder, und die Schule schickte ihren Arzt wegen Rebecca – das war die Schwester –, die hatte nämlich Scharlach. Aber sie wollten keinen Arzt, wissen Sie. Offenbarungsleute halten nichts von Ärzten, die lassen ihre Kinder lieber sterben, als daß sie einen Arzt holen.«

»Dann wurde Ihr Mann also gerufen, weil er Polizist war?«

Die Sache interessierte Wexford, wie irrelevant sie auch sein mochte. »Und hat er's erreicht, daß sie den Doktor in ihr Haus einließen?«

Mrs. Lyle lachte schrill auf. »Ganz und gar nicht. Er hämmerte so lange gegen die Tür, bis der alte Vickers rauskam, und der alte Vickers verfluchte ihn. Es konnte einem das Blut in den Adern stocken, wenn man es hörte. Mein Mann sagte, er wolle nie wieder was mit denen zu tun haben.«

»Und das war der einzige Kontakt, den Sie je mit den Leuten hatten?«

Sie blickte ein wenig einfältig. »Der einzige Kontakt, den *er* hatte. Ich hab ihm nie verraten, wie ich Rebecca geholfen habe, wegzulaufen und sich zu verheiraten. Er hätte mich grün und blau geschlagen, weil er doch bei der Polizei war.«

Rebecca, ein Mädchen, das weggelaufen war...

Hastig fragte er: »Wann war das, Mrs. Lyle?«

Aber sie enttäuschte seine leise Hoffnung. »Muß an die dreißig Jahre her sein. Das ist ihr Bruder, der jetzt dort wohnt. Er hat geheiratet und hatte Kinder, und die sind jetzt auch alle weg. Gott weiß, wohin.«

Sie seufzte und schwieg. Wexford blickte auf das dunkle Pflaster hinaus und wurde ungeduldig. Mrs. Lyle trank ihren Tee aus und setzte die Tasse korrekt auf die Untertasse. Ihre blauen, getrübten Augen richteten sich wieder auf sein Gesicht, und er hatte den Eindruck, als wolle sie ihm eine Art Geständnis machen.

»Was ich getan hab«, meinte sie, und ihr Gesichtsausdruck wirkte schlau, beinahe frech, »ich hab oft denken müssen, daß es vielleicht gegen das Gesetz war, aber ich hab mich nie getraut, meinen Mann zu fragen, hab nie auch nur ein Wörtchen darüber verloren.«

»Was haben Sie denn getan?« Wexford legte Lachen und Ermutigung in seine Stimme, denn es hatte ja keinen Sinn, es mit dem Gesicht auszudrücken.

»Kann eigentlich nichts schaden, wenn ich's Ihnen erzähle nach all den Jahren.« Sie lächelte spitzbübisch. »Rebecca wollte einen Burschen heiraten, den sie kennengelernt hatte, einen Mann namens Foster. Der gehörte aber nicht zu ›ihnen‹, und ihr Vater sprach ein Machtwort, und dann sperrten sie sie da drinnen ein. Wie eine Gefangene lebte sie, eingesperrt in ihrem Schlafzimmer. Sie schrieb immer kleine Zettel und warf sie mir aus dem Fenster. Damals konnte ich noch gut genug sehen, um zu lesen. Mir war es gerade recht, den Offenbarungsleuten mal einen Knüppel zwischen die Beine zu werfen. Ich hatte öfters den jungen Foster hier bei mir zu Besuch, um ihn ein bißchen aufzumuntern. Und eines Tages, als sie alle in der Kirche waren, da haben wir eine Leiter genommen und sie ans Fenster gestellt, und schon war sie unten. Wie in einem Theaterstück war das.«

Die Gartenmau'r ist hoch, schwer zu erklimmen. Die Stätt' ist Tod, bedenk' nur, wer du bist, wenn einer meiner Vettern dich hier findet... »Das kann ich mir vorstellen«, sagte er.

»Ich muß bis heute oft tüchtig lachen darüber. Natürlich wär's noch viel schöner gewesen, wenn ich rausbekommen hätte, was die gesagt haben. Hätte zu gern das Gesicht des alten Vickers gesehen, als er merkte, daß der Vogel ausgeflogen war. Rebecca hat geheiratet, und sie hat mir auch geschrieben, hat von sich erzählt, aber das hat jetzt aufgehört. Was hat es auch für einen Sinn, Briefe zu kriegen, wenn man sie nicht lesen kann und man auch niemanden hat, der sie einem vorliest.« Mrs. Lyle lachte fröhlich über die qualvolle Situation, die sie beschrieb. »Vickers – ich meine, der Sohn –, der hat auch geheiratet, und dann kriegten sie Kinder, aber die sind inzwischen eins nach dem anderen auf und davon. Konnten es zu Hause nicht aushalten. Jetzt leben bloß noch die beiden allein da drüben. Der junge Vickers – ich nenne ihn so, dabei muß er an die fünfzig sein –, der spricht nie mit mir. Ich vermute, der weiß, was ich für Rebecca getan hab. Ich muß so oft lachen, wenn ich an sie denke und an diese Leiter und den jungen Foster – ein gesegneter Romeo. Die hat ganz schön Glück gehabt, daß sie ihn gekriegt hat. Eine Augenweide war sie nämlich nicht, sie hatte so ein riesengroßes Muttermal seitlich an der Nase...«

Die Tempeltür mußte sich geöffnet haben, denn ein blasser Lichtschein fiel auf die feuchten Pflastersteine, und nach und nach erschienen Leute. Aber Wexford, der doch darauf gewartet hatte, ignorierte es und wandte sein Gesicht Mrs. Lyle zu, obgleich er wußte, sie konnte es nicht sehen.

»Ein Muttermal seitlich an der Nase?«

»Ja, das saß so hier zwischen Nase und Backe.« Mrs. Lyle tupfte mit einem Finger auf ihre runzlige Apfelhaut. »Mein Mann hat immer gesagt, das hätte man wegmachen können, aber wo die nun mal von Ärzten nichts wissen wollten...«

»Wohin ist sie gezogen?«

»Irgendwo im Südwesten war ihre Adresse. Und irgendwo hier im Haus hab ich auch noch Briefe von ihr. Die müßten Sie aber selbst suchen. Eins kann ich Ihnen gleich sagen: Rebecca kann Ihnen auch nicht helfen, in das Haus nebenan reinzukommen. Da müßten Sie schon mit einem Bulldozer kommen.«

Wexford stand am Erkerfenster und sah zu, wie die Gebetsgemeinde sich auflöste. Die Frauen trugen mehr unmodische als altmodische Mäntel und Hüte in Schwarz oder Grau oder Graubraun, die Männer, selbst die jungen, trugen schwarze Anzüge und dunkle Regenmäntel darüber. Zwischen ihnen bewegte sich der Hirte wie eine Krähe in seiner schwarzen Robe, schüttelte Hände, murmelte Abschiedsworte, bis alle gegangen waren. Nur zwei, offensichtlich ein Ehepaar, standen noch Arm in Arm und warteten auf ihn. Dann verschwanden auch diese drei langsam, einer hinter dem anderen, im Nachbarhaus. Wexford sah ihr Spiegelbild flüchtig in der Wasserpfütze aufscheinen – drei merkwürdige Gestalten, die den Styx zu ihrer eigenen Unterwelt überquerten. Dann wurde die Haustür mit einem Knall geschlossen.

»Sie sehen nach den jungen Vickers?« fragte Mrs. Lyle mit der Hypersensibilität der Blinden. »Ich wollte, mein Enkel wäre hier und ärgerte sie. Alle Kinder der Gegend tun das, und recht haben sie!«

»Könnten Sie wohl mal nach diesen Briefen suchen?«

Sie gingen die Treppe hinauf, die alte Frau als erste. Sie nahm ihn mit in ihr Schlafzimmer. Dort herrschte die Trödelmarkt-Atmosphäre von Räumen, in denen alte Menschen wohnten, Menschen, die auch darin alt geworden waren. Außer dem üblichen Mobiliar gab es hier übereinandergestapelte Arbeitskästen aus Holz oder Peddigrohr, Koffer unter dem Bett und Koffer, die mit Staubhüllen überzogen waren, auf denen sich Stapel alter Magazine unter Alben türmten. Zwei jener Miniaturkommödchen, die im viktorianischen Zeitalter so beliebt waren, standen auf einer massiven, hochbeinigen Kommode, und obendrüber an der Wand eine Etagere, vollgestopft mit Briefen, Papieren, kleinen Schachteln, alten Federhaltern und Behältern mit Haarnadeln.

»Sie könnten hier drinnen sein«, meinte Mrs. Lyle, »aber sie können auch in den anderen Zimmern sein.«

Wexford blickte in die anderen Zimmer. Keins von ihnen war regelrecht unordentlich. Aber es waren auch keine Zimmer, um darin zu wohnen. Es waren Requisitenkammern für die Resultate sechzigjährigen Aufbewahrens, und seinem geschulten Auge wurde schnell klar, daß die Sachen hier nach irgendeinem aberwitzigen System verstaut worden waren – zu den Zeiten, als Mrs. Lyle noch ihr Augenlicht besaß.

Sie schien zu spüren, daß er entsetzt war. In ihrer Stimme schwang ein Unterton, der nicht gerade boshaft war, aber doch ein klein wenig rachsüchtig. »Da haben Sie lange zu tun«, meinte sie, »Sie können schließlich sehen, und ich kann es nicht. Also, fangen Sie nur an.«

Und er fing an, zuerst mit ihrem Schlafzimmer. Vielleicht war es der Geruch dieser Souvenirs – für ihn lediglich abgestanden, für sie jedoch voller Erinnerungen an die Ereignisse, mit denen sie zusammenhingen –, der ihr Gesicht seltsam träumerisch, jedoch nicht unglücklich machte. Ihre Hand zitterte ein wenig, als sie die Karten und Fotografien berührte, die er aus den Schubladen holte. Er nahm sich die alte Messinglampe vom Nachttisch und stellte sie auf die Kommode, damit er mehr Licht hatte, und in ihrem gelben, staubflirrenden Schein erforschte er die Archive von Mrs. Lyles langem Leben.

Sie war eine große Briefschreiberin gewesen, und sie hatte jeden Brief, jede Geburtstags- oder Weihnachtspostkarte aufgehoben, die sie bekommen hatte. Irgendein männlicher Verwandter war ein Philatelist gewesen, also hatte sie auch die Umschläge gehortet, aber der Sammler war nie gekommen, um seine Briefmarken abzuholen, und so hatten sich Tausende von Kuverts und abgerissenen Ecken angehäuft. Die Liebesbriefe des verblichenen Polizisten waren da, umwunden mit einem Band vom Hochzeitskuchen, an dem noch Stückchen von altem, versteinertem Zuckerguß klebten. Jedes Jahr hatte er ihr zum Valentinstag einen Gruß geschickt. Fünf davon fand er in der hohen Kommode, und als er sich an die Arbeitskästen machte, entdeckte er dort noch sieben weitere.

»Ich habe nie etwas weggeworfen«, erklärte Mrs. Lyle glücklich.

Er sprach die grausame Frage nicht aus, aber er stellte sie sich selbst im stillen: Warum nicht? Warum hob sie all diese Karten, diese Keksschachteln, diese Locken Babyhaar auf, all die Grußtelegramme und die Unmengen von Zeitungsausschnitten? Sie war doch blind; sie würde nichts von alldem je wieder sehen können. Aber er wußte, sie verwahrte es aus einem anderen Grund auf. Was machte es schon, wenn sie nie wieder die Schrift ihres Polizisten lesen, wenn sie nie wieder sein Bild oder die ihrer Nachkommen sehen würde: Es waren die Bausteine ihrer Identität, der Stoff, aus dem die Wände waren, welche sie sicher umschlossen, und die Fenster, aus der diese Identität, wenn auch blicklos, noch immer ihre Welt überschauen konnte. Seine eigene Identität war während der letzten Wochen zu nachhaltig erschüttert worden, als daß er es jemandem verübeln konnte, wenn er alles raffte und hortete, um die seine zu bewahren.

Und er konnte sehen. Sein Auge tat ihm nicht im geringsten weh. Selbst in diesem gedämpften, staubigen Licht konnte er die spinnenartigen Schriften lesen und die Gesichter auf den verblichenen, bräunlichen Fotografien erkennen. Mittlerweile hatte er das Gefühl, als könne er Mrs. Lyles Biographie schreiben. Alles war ja hier, jeder Tag ihres Lebens. Es hielt sie am Leben, machte sie zu einer einzigartigen Persönlichkeit und wartete darauf, eines Tages von einem Enkel verbrannt zu werden, wenn sie es nicht mehr brauchte.

Sie arbeiteten sich weiter in den nächsten Raum vor. Wexford wußte nicht, wie spät es war; er hatte Angst, auf die Uhr zu sehen. Es mußte einfachere Wege geben, Rebecca Foster ausfindig zu machen. Wenn er sich bloß erinnern könnte, wo er sie schon einmal gesehen hatte…

Er wollte, er hätte mit dem kleinsten Schlafzimmer angefangen, denn dort fand er es. Er löste die Riemen eines Koffers, ließ ihn aufschnappen und öffnete ihn. Der Koffer enthielt nur Briefe, manche noch in ihrem Umschlag, andere lose, die Bögen zerknittert und mit anderen Briefen vermischt. Und hier schließlich war es. »Biretta Street 36, S.W. 10, 26. Juni 1954. Liebe Mary, es tut mir so leid zu hören, daß du Kummer mit deinen Augen hast...«

»Na also, das hat ja nicht lange gedauert, was?« meinte Mrs. Lyle. »Ich hoffe, Sie haben all meine Sachen auch ordentlich zurückgelegt und nicht durcheinandergebracht. Wenn Sie fertig sind, begleite ich Sie zur Tür, und ich denke, dann gehe ich zu Bett.«

21

Er machte das Sprichwort wahr: »Wer viel kegelt, trifft auch einmal alle Neune.«

Sein letzter Tag. Er dachte nicht an ihn als seinen letzten Ferientag, sondern als letzte Gelegenheit, diesen Fall zu lösen. Und es war das erste Mal, daß er wirklich wußte, was es hieß, wenn einem eine Frist gesetzt war. Natürlich hatte auch in Kingsmarkham der Chief Constable ihn manchmal unter Druck gesetzt, er hatte manchmal damit gedroht, Scotland Yard einzuschalten, aber nie hatte jemand zu ihm gesagt, du hast noch vierundzwanzig Stunden, und wenn diese Zeit um ist, dann wird dir dieser Fall aus der Hand genommen. Auch jetzt sagte das niemand zu ihm, außer er selbst.

Howard betrachtete ihn nicht länger als mit der Angelegenheit befaßt. Genaugenommen hatte er ja auch nie gesagt: Hier, das ist dein Fall, löse ihn für mich. Wie hätte er auch, in seiner Position? Alles, worum er gebeten hatte, waren die Ideen seines Onkels und seines Onkels Rat, und seit

Wexfords Fehlschlag tat er nicht einmal mehr das. Nicht daß er sich in irgendeiner Weise enttäuscht zeigte, aber jetzt setzte er seine Hoffnung auf Baker, und von Baker hatte er auch gestern abend viel geredet.

Wexford war zu müde gewesen, um richtig zuzuhören, er hatte nur begriffen, daß man Gregson wegen Tätlichkeiten gegenüber cinem Polizeibeamten in Gewahrsam hielt. Baker sah in ihm noch immer seinen Hauptverdächtigen, wenngleich er auch andere Spuren weiterverfolgte. Der Schal interessierte ihn im Moment, und ein Gespräch, das er mit einem Mieter der Garmisch Terrace gehabt hatte, beschäftigte ihn sehr. Wexford konnte sich nicht aufraffen, Fragen zu stellen, und auch Howard war müde, sein Fuß tat ihm weh, und er ließ seinen Onkel zu Bett gehen mit der optimistischen Versicherung, es sei gut möglich, daß der Fall gelöst werde, ehe Wexford am Samstag abreisen würde.

Das war sogar sehr wohl möglich, überlegte Wexford am Morgen seines letzten Tages, aber nicht durch Baker.

Die Frauen hatten es aufgegeben, am Fuß der Treppe auf ihn zu warten, und was das Frühstück betraf, so nahm er, was sich gerade bot. Er fühlte sich pudelwohl. Durch die gestrigen Aktivitäten hatte er weiteres Gewicht verloren, ohne wegen der Mahlzeiten wieder zuzunehmen, und selbst die zweifelnd besorgte Dora mußte zugeben, daß die Ferien ihm sehr gutgetan hatten. Es fiel ihm schwer zu begreifen, daß für sie dieser Freitag lediglich letzter Ferientag war, gerade noch Zeit zum Packen und um letzte Mitbringsel einzukaufen. Ihre einzige Sorge war, ob sie eigentlich daran gedacht hatte, die Milch am Samstag liefern zu lassen, und ob ihr kleiner Eckladen ihr wohl einen Laib Brot zurücklegte.

»Was hast du gesagt?«

»Das Brot, Reg. Ich sagte, ich hoffe, Dixons legen mir einen Laib Brot zurück.«

»Eckladen hast du gesagt…« *Dort* hatte er sie gesehen! Natürlich nicht bei Dixons in Kingsmarkham, ein Stück von ihnen entfernt die Straße herunter, sondern an einem ganz ähnlichen Ort gegenüber einem rosaroten Haus in Fulham. Die vielen Stunden, in denen er die Rumpelkammer eines Lebens durchstöbert hatte – alle umsonst! »Schade, daß du das nicht eher gesagt hast«, meinte er abrupt.

Sie schauten ihn an, als sei er verrückt, aber Denise pflegte das ja öfter zu tun. »Wie wirst du dir heute die Zeit vertreiben, Onkel Reg?«

»Oh, ich komme schon zurecht.«

»Ein letztes Mal zu St. Thomas?«

»*Sir* Thomas.« Er lächelte sie an, denn er mochte ihre hübsche, parfümierte Frische und war doch froh, demnächst ihrem makellosen Haushalt und ihren gefährlichen Pflanzen zu entrinnen. »Mach dir meinetwegen keine Gedanken. Ich hab noch einiges zu erledigen. Howard ist wohl schon weg?«

»Ja, es kam jemand, der ihn fährt.«

Er wartete, bis sie aus dem Haus gegangen waren, um Spielsachen für seine Enkel einzukaufen, dann spazierte er am hinteren Eingang des St. Mark and St. John entlang, entdeckte am Tor einen roten Schopf, der wahrscheinlich Verity Bates gehörte. Das erinnerte ihn an seinen Fehlschlag. Es würde keinen neuen Fehlschlag geben, diesmal nicht. Alles fügte sich aufs beste zusammen. Er wußte sogar, weshalb sich Loveday ausgerechnet die Belgrade Road und jenes farbenfrohe Haus gegenüber dem Laden als Adresse ausgesucht hatte, die sie Peggy Pope angab. Und geradewegs dort ging er jetzt hin. Warum sollte er erst in die Biretta Street gehen, die so weit abseits seines Weges lag, auf der vom Fluß gebildeten Halbinsel, die zwar zu Chelsea gehörte, aber aussah wie Wilman Park oder Kenbourne Vale?

Der Laden lag jetzt vor ihm. Preisermäßigungen waren auf die Schaufensterscheibe geschrieben, vor der Tür stand Gemüse in Kästen, eine Promenadenmischung von Hund war an einen Laternenpfahl gebunden. Er ging hinein. Der Laden war voller Menschen, eine lange Schlange von Frauen mit langen Einkaufslisten. Zwei Verkäuferinnen bedienten, ein junges Mädchen und eine Frau mit einer rosa Geschwulst, welche die Nase ein wenig zur Seite drängte.

Es half nichts, er mußte warten, bis der Laden sich leerte, wenn er das überhaupt tat an einem Freitag, wo alle Leute sich mit Wochenendvorräten eindeckten. Er ging auf der Straße auf und ab, und die Zeit verstrich mit einer Langsamkeit, die ihn fast verrückt machte. Vor Jahren, als er jung war, hatte er sich so gefühlt, wenn er zu einem Rendezvous zu früh gekommen war und sich die Zeit vertreiben mußte. Der kalte Dunst ließ ihn frösteln, und seine Finger waren schon ganz taub. Zu dumm, daß er nicht daran gedacht hatte, Handschuhe anzuziehen. Handschuhe... Bei all diesen Ermittlungen durfte er das Mädchen mit den Handschuhen nicht vergessen.

Er ging zum viertenmal zum Ladeneingang zurück. Bis auf eine Kundin war die Schlange fort, und diese letzte wurde von dem Mädchen bedient. Seine Verkäuferin, seine langersehnte Gesprächspartnerin, war ans Schaufenster getreten und stapelte Seifenkartons zu einer Pyramide.

»Mrs. Foster?« fragte er mit trockener Kehle.

Sie fuhr ein wenig zurück und nickte überrascht. Das Muttermal, das einstmals ein hübsches Gesicht verunstaltet haben mochte, war jetzt nur mehr ein häßliches Merkmal inmitten allgemeiner ausgelaugter Häßlichkeit. Ihrem Aussehen nach mußte sie etwa fünfzig sein. Ach, die Gartenmau'r ist hoch, schwer zu erklimmen...

»Ich bin Polizeibeamter und würde Sie gerne sprechen.«

Als sie sprach, hörte man die Stimme eines *Kindes der Offenbarung*, akzentlos, monoton, ökonomisch.

»Weshalb?« fragte sie.

»Wegen Ihrer Nichte«, sagte Wexford, »der Tochter Ihres Bruders.«

Sie protestierte nicht und stellte keine weiteren Fragen, sondern beauftragte das Mädchen, sich um den Laden zu kümmern und führte ihn in ein kleines Hinterzimmer.

»Ich habe mit Mrs. Lyle gesprochen«, sagte er.

Das Blut schoß ihr ins Gesicht, und sie preßte ihre ungepflegten Hände zusammen. Es war unmöglich, sie sich als junges Mädchen vorzustellen, als Julia, die die Leiter hinabstieg, in die Arme ihres Geliebten. »Mrs. Lyle... Wohnt sie noch immer da unten? Nebenan von meinem Bruder?«

»Sie ist jetzt blind. Sie wußte nichts, bloß ihre Adresse.«

»Blind«, sagte Mrs. Foster. »Blind. Und ich bin Witwe, und Rachel...« Zu seinem Entsetzen fing sie an zu weinen. Sie weinte, als schäme sie sich ihrer Tränen und wischte sie fort, als sie herabfielen. »Die Welt ist ganz und gar verkehrt«, meinte sie, »man müßte sie ändern.«

»Schon möglich. Bitte erzählen Sie mir von Rachel.«

»Ich habe ihr versprochen...«

»Ihre Versprechen bedeuten jetzt nichts mehr, Mrs. Foster. Rachel ist tot.« Er hatte es ihr ohne Vorwarnung beigebracht, aber er bedauerte es nicht, denn er sah, daß ihre Nichte sehr wenig zu tun hatte mit ihrem Kummer. Sie hatte um ihrer selbst willen geweint, vielleicht auch ein wenig wegen Mrs. Lyle. Wer vergoß schon eine Träne um Loveday Morgan?

»Tot«, sagte sie so, wie sie »blind« gesagt hatte. »Wieso tot?«

Er erklärte es ihr, und die ganze Zeit, während er sprach, blieb ihr Gesicht steinern. »Jetzt sind Sie an der Reihe«, sagte er.

»Sie kam im Juli zu mir, im letzten Juli.« Ihre Stimme tat ihm weh. Sie war flach, monoton, ohne Höhen und Tiefen. »Mein Bruder hatte sie weggejagt, als er herausfand, daß sie schwanger war. Sie war klein und aß nicht viel, und man sah es bis ziemlich gegen Ende nicht. Mein Bruder sagte ihr, sie solle gehen.«

Das hatte er vermutet, aber er konnte es kaum glauben. In heutiger Zeit? Im London der siebziger Jahre des 20. Jahrhunderts? Obgleich sie sich emanzipiert hatte von ihrer Erziehung, hatte Mrs. Foster etwas Viktorianisches an sich, und eine viktorianische Situation, festgehalten in Tausenden von Romanen, war es ja auch, die sie da beschrieb.

»Sie können sich das nicht vorstellen?« meinte sie. »Sie kennen die Offenbarungsleute nicht. Sie kam zu mir, weil es sonst niemanden gab. Sie hatte nie von Leuten oder von Institutionen gehört, die sich um Mädchen wie sie kümmern. Ich hätte sie für einfältig gehalten, wenn ich nicht selbst auch einmal so gewesen wäre.

Sie war ganz verrückt nach Fernsehen. Das war neu für sie, verstehen Sie? Am liebsten wollte sie den ganzen Tag mit dem Baby auf dem Schoß vorm Fernseher sitzen. Sie sagte, sie würde gern irgendwo sein, wo sie den ganzen Tag fernsehen könnte. Dann war das Baby weg, und ohne es, ganz allein in meiner Wohnung zu sein, das machte sie fertig. Da zog sie aus und nahm sich ein Zimmer. Ich habe nichts mehr von ihr gehört. Ich dachte, vielleicht hätte mein Bruder sie zurückgenommen. Denn trotz allem, was sie durchgemacht hatte, wollte sie immer noch zu den ›Kindern‹ gehören...« Mrs. Fosters Stimme blieb ratlos in der Schwebe.

»Wer adoptierte das Baby? Geschah das durch eine Institution?«

»Das kann ich Ihnen nicht sagen. Rachel hat es nie erfahren. Wir dachten, es ist am besten, wenn sie es nicht weiß.«

»Ich muß es wissen.«

»Nicht von mir. Ich hab es versprochen.«

»Dann muß ich zum Jugendamt gehen«, sagte Wexford.

Aus dem Telefonbuch ersah er, daß es sich im Holland Park befand, und er wartete auf ein Taxi, das ihn dort hinbrachte. Aber er wußte die Antwort bereits, die ganze Antwort, und während er so am Straßenrand stand, ordnete er im Geiste die Ereignisse nach ihrer Reihenfolge, von Rachel Vickers Erscheinen in der Biretta Street bis zu ihrem Tod als Loveday Morgan auf dem Friedhof von Kenbourne Vale.

Armer Baker. Dieses eine Mal würde er um seinen Triumph betrogen werden, ausgepunktet durch den alten Trottel vom Lande. Wexford war leicht amüsiert bei dem Gedanken an die alle dort in Kenbourne, wie sie Spuren verfolgten, die in Sackgassen endeten, die sich im Nichts verloren, wie sie sich darauf versteiften, die Sache einem jungen Lastwagenfahrer anzuhängen. Sie alle dort im Polizeirevier – Clements ausgenommen. Der würde jetzt im Gericht sein und seine Adoptionsurkunde bekommen. Oder sie womöglich – sogar jetzt noch – nicht bekommen?

Howard und Baker waren beim Yard. Jeder wußte, daß Clements sich den Tag frei genommen hatte, und auch warum. Pamela sagte zu Wexford, sie rechne nicht damit, daß der Superintendent an diesem Tag noch einmal im Revier auftauchte.

Das Foto, das Pamela auf Howards Schreibtisch gefunden hatte, lag nicht mehr da. Irgend jemand hatte es mitgenommen oder weggelegt. Statt dessen lag Mrs. Dearborns blauer Schal dort, verpackt, aber nicht versiegelt, in einer durchsichtigen Plastikhülle. Er sah aus wie ein hübsch verpacktes Weihnachtsgeschenk, wäre nicht das saubere, amtliche Etikett gewesen, das seitlich an der Hülle klebte.

Wexford hob die Schultern, dankte Pamela und ging hinaus. Er wollte zur U-Bahn-Station Elm Green, machte aber einen Umweg über den Friedhof. In dem dichter werdenden Nebel wirkte die geflügelte Viktoria geisterhaft, und die schwarzen Pferde, halb verhüllt vom Dunst, schienen sich ohne Hilfe, ohne Schwerkraft in die Lüfte zu erheben. Auch die königlichen Grabstätten unter ihnen hatten ihre Erdenschwere verloren, und die regungslosen Bäume schwammen schemengleich und wurzellos im Grau. In Wassertröpfchen hing der kondensierte Nebel an faserigem Dorngebüsch. Obelisken, zerborstene Säulen, Engel mit Schwertern, ein Jäger mit zwei toten Löwen zu seinen Füßen...

Wer Fragen stellt, der ist ein Narr.
Wer darauf Antwort gibt, ein größ'rer noch...

Wexford lächelte.

22

Der Mord, einmal getan, bietet sogar größere Sicherheit und mehr Aussicht, unentdeckt zu bleiben. Der Zeuge des Verbrechens ist ja dann beseitigt, der ihn alleine hätte ans Licht bringen können.

Ein gut verbrachter letzter Tag. Wexford war ein armseliger Maschinenschreiber, aber jetzt wäre er froh gewesen, eine Schreibmaschine zur Verfügung zu haben. So mußte er die ganze Sache Seite für Seite auf Basildon Bond-Briefpapier niederschreiben, wobei er Doras alten Füllfederhalter benutzte. Es war nach sieben, als er fertig war. Da ging er nach unten, um auf Howard zu warten.

Seine Absicht war, Howard den Bericht nach dem Essen zu geben, und er nahm an, sie würden sich dann in Ruhe im Arbeitszimmer darüber unterhalten, aber sein Neffe rief an und sagte, er würde spät kommen, und er hatte aufgelegt, ehe Wexford Gelegenheit hatte, mit ihm zu sprechen.

»Du solltest zu Bett gehen, Liebling«, sagte Dora um zehn.

»Warum? Damit ich ausgeruht genug bin, im Zug zu sitzen? Ich habe nicht übel Lust, die ganze Nacht aufzubleiben.«

Er schlug das Buch auf, das Denise ihm, verzweifelt über seine Saumseligkeit, schließlich selbst aus der Bibliothek geholt hatte. »Seinem erhabenen Meister, dem Höchst Ehrenwerten Herrn William Cecil Esquire, mit ergebenen Wünschen für fortdauernde gute Gesundheit und tägliches Wachstum seiner Tugend und seiner Ehre zugeeignet von Ralph Robinson.« Diese Widmung hätte unter Abänderung der Namen genausogut seinem eigenen Bericht als Einleitung dienen können wie Sir Thomas' Meisterwerk. Er hatte kaum den ersten Absatz gelesen, da klingelte das Telefon erneut.

»Er möchte mit dir sprechen, Onkel Reg. Ich hab gesagt, du wolltest gerade ins Bett gehen.«

Wexford nahm den Hörer in eine Hand, die ganz leicht zitterte. »Howard?«

Howards Stimme war hart und ein wenig geringschätzig. »Wenn du gerade ins Bett willst, dann ist es auch egal.«

»Will ich gar nicht. Ich habe auf dich gewartet.« Jetzt, wo es soweit war, befiel ihn plötzlich eine merkwürdige Unsicherheit. »Es gibt da ein paar Dinge... Also, ich hab dir so eine Art Bericht geschrieben... Macht's dir was aus...? Nämlich, meine Schlußfolgerungen...«

»Könnten dieselben sein wie unsere«, beendete Howard den Satz. »Der Schal? Ja, das dachte ich mir. Baker und ich waren gerade bei einer Freundin von dir, und was wir jetzt wirklich dringend brauchen, ist ein wenig Hilfe von deiner Seite. Wenn du mal eben dranbleibst, dann hol ich Baker an den Apparat.«

»Howard, warte mal. Ich könnte doch rüberkommen.«

»Was, jetzt? Nach Kenbourne Vale?«

Wexford war entschlossen, stark zu bleiben, sich auf keine Diskussion einzulassen. Er sah klipp und klar die Möglichkeit, wieder einen Fehler zu machen, aber er wollte nicht kampflos aufgeben, sich nicht von Baker seinen letzten schwachen Trumpf stehlen lassen. »Ich nehme ein Taxi«, sagte er knapp.

Natürlich jammerte Dora, wie erwartet. »Oh, Liebling, um diese Zeit?«

»Ich sag doch, ich bleib die ganze Nacht auf.«

Es verblüffte ihn, daß einige Geschäfte zehn Minuten vor zwölf immer noch geöffnet hatten und die Leute immer noch Lebensmittel einkauften, für merkwürdige, späte Festmähler. In den Waschsalons brannten noch die bläulich-weißen Lampen, und die Maschinen drehten sich unentwegt. Das Taxi fuhr ihn durch Nordkensington, wo die Nachtschwärmer schwatzend auf der Straße flanierten, als sei es Tag. In Kingsmarkham würde jeder, der jetzt noch draußen war, schleunigst nach Hause und ins Bett gehen. Hier breitete der Himmel über den flimmernden Lichtern und der schlaflosen Stadt sein rotes, sternloses Glühen aus. Sie kamen in den Kensington Lane. Der Friedhof war wie eine stockfinstere Wolke, erkennbar nur, weil seine Masse dunkler war als der Himmel. Wexford spürte, wie sich seine Brustmuskeln zusammenzogen, als er feststellte, daß sie gleich da wären. Gleich würde er Baker gegenübertreten müssen. Wenn bloß die Chance bestünde, daß Howard zuerst seinen Bericht läse...

Er hatte die blödsinnige Vorstellung gehabt, es könnte eine Art Empfangskomitee auf ihn warten, aber in der Eingangshalle war niemand außer dem diensthabenden Beamten. Und als er versuchte, so zu tun, als sei er hier bestens vertraut und gemächlich auf den Lift zuging, da rief ihn ein Sergeant zurück und fragte nach seinem Namen und seinem Anliegen.

»Mr. Wexford, Sir? Der Superintendent erwartet Sie, Sir.«

Das war schon besser. Ihm wurde noch wohler, als er oben aus dem Lift trat und Howard allein auf dem Korridor vor seinem Büro stehen sah.

»Das ist aber schnell gegangen.«

»Howard, ich wollte bloß sagen...«

»Du meinst Gregson? Ich wußte schon, daß du nach ihm

fragen würdest, und ich wollte es dir schon am Telefon sagen. Was glaubst du, wo der am 25. gewesen ist? Ausgerechnet mit einem Einbruch war er beschäftigt. Das Mädchen, das ihn bei Mrs. Kirby angerufen hat, war Harry Slades Freundin, um ihm zu sagen, daß die Sache liefe und um ihm genaue Anweisungen zu geben. Jetzt komm aber rein, hier drinnen ist Baker. Soll ich uns Kaffee kommen lassen?«

Wexford antwortete ihm nicht. Er trat in das Büro, begegnete Bakers Blick und zog schweigend seinen Bericht aus der Tasche. Die handgeschriebenen Bögen sahen sehr amateurhaft, sehr ungeschickt aus.

Howard meinte zögernd: »Wir wollten wirklich nur ein paar Insiderinformationen von dir, Reg. Ein paar Fragen wollten wir dir stellen...«

»Steht alles da drin. Es kostet dich nicht mehr als zehn Minuten, die ganze Sache zu lesen.«

Wexford wußte, er war übersensibel, aber man hätte unfähig jeder Beobachtungsgabe sein müssen, um nicht die resigniert-nachsichtigen Blicke zu bemerken, die zwischen Baker und Howard hin- und hergingen. Er setzte sich hin, zog seine Arme aus dem Regenmantel, den er hinten über die Stuhllehne gleiten ließ, dann blickte er stur aus dem Fenster mit dem schwarzen Umriß einer Topfpflanze davor und dem dicken roten Himmel dahinter. Während Howard telefonierte und Kaffee bestellte, nahm Baker den Bericht und überflog ihn mehr, als daß er ihn las.

Er war zehn Seiten lang. Er kam bis Seite fünf, dann meinte er: »All dies Zeug über den Hintergrund des Mädchens, das ist ja sehr einleuchtend, aber doch wohl kaum...« Er suchte nach einem Wort. »...kaum zu dieser Untersuchung gehörend.«

»Lassen Sie mal sehen.« Howard stellte sich hinter Baker

und las rasch. »Du hast dir da eine Menge Arbeit gemacht, Reg. Gratuliere. Du scheinst zu denselben Folgerungen gekommen zu sein wie wir.«

»Alle Indizien zusammengenommen, sind es ja auch die einzig möglichen«, erwiderte Wexford.

Howard warf ihm einen schnellen Blick zu. »Ja, ja... Vielleicht wär's am besten, Sie faßten mal die ganze Sache zusammen, Michael.«

Die blauen Papierbögen waren mittlerweile ziemlich zerknittert. Baker faltete sie zusammen und warf sie ziemlich verächtlich auf die Schreibtischplatte. Aber als er dann sprach, war es nicht verächtlich. Er räusperte sich und sagte in dem befangenen Ton eines Menschen, dem Freundlichkeit fremd ist: »Ich muß mich wohl bei Ihnen entschuldigen, Mr. Wexford. Ich hätte das nicht sagen sollen mit den Enten und den Sackgassen und alles das. Aber zuerst sah es ja wirklich aus wie eine Ente, nicht wahr?«

Wexford lächelte. »Es sah aus wie eine unnötige Komplikation.«

»Durchaus nicht unnötig«, fiel Howard ein. »Ohne das wären wir nie auf den Besitzer des Schals gekommen. Hier kommt unser Kaffee. Stellen Sie ihn hierher, Sergeant, vielen Dank. Also, Michael?«

»Eine Zeitlang«, fing Baker an, »hatten wir durch die Verwechslung von Rachel Vickers und Dearborns Stieftochter total die Spur verloren. Wir hatten weniger wichtig erscheinende Indizien außer acht gelassen, und vor allem wußten wir da noch nicht, daß seine Tochter Alexandra nicht sein eigenes Kind ist.«

Wexford rührte in seinem Kaffee, obwohl er schwarz und ohne Zucker war. »Und wieso wissen Sie es jetzt?«

»Mrs. Dearborn hat es uns heute abend gesagt. Sie war

sehr offen. Als sie die Wichtigkeit der Untersuchung begriff, erzählte sie uns ganz offen, daß Alexandra – so benannt nach ihrem leiblichen Vater, glaubt sie – ein Kind ist, das sie und ihr Mann auf privater Basis adoptiert haben. Zwei für Adoptionen zuständige Institutionen hatten sie bereits auf Grund ihres Alters abgelehnt, und als sich kurz vor Weihnachten die Gelegenheit bot, dieses Baby zu nehmen, da griffen sie zu. Dearborn ging völlig korrekt vor. Er wollte es ganz legal adoptieren, auf normalem, amtlichem Weg. Sobald gegen Ende Dezember das Kind in sein Haus gekommen war, teilte er dem Jugendamt und dem Vormundschaftsgericht seine Absicht mit, es zu adoptieren. Wollten Sie etwas sagen, Mr. Wexford?«

»Nur daß das bei Ihnen alles sehr kühl klingt. Er liebt dieses Kind leidenschaftlich.«

»Ich denke, unsere Gefühle sollten wir hierbei aus dem Spiel lassen. Natürlich, die ganze Sache ist sehr schmerzlich. Lassen Sie mich zusammenfassen: Mrs. Dearborn ist Rachel Vickers nie begegnet. Alles, was sie über sie wußte, hatte sie von der Tante des Mädchens, ihrer früheren Putzfrau Mrs. Foster, und von der Vertreterin der Pflegschaft.«

»Das Mädchen mit den Handschuhen«, warf Wexford ein.

Baker nahm keine Notiz davon. »Die Pflegschaftsbeamtin und Mrs. Foster kannten das Mädchen als Rachel Vikkers, aber nicht als Loveday Morgan. Bis zum 14. Februar kannte auch Dearborn das Mädchen nur unter ihrem richtigen Namen. Er hatte sie nie gesehen und nahm an, alles würde einfach und glatt über die Bühne gehen. An diesem Tag kam er nach Hause und erzählte seiner Frau, während er Alexandra ein Grundstück im Lammas Grove gezeigt habe, das er zu kaufen beabsichtige, sei Rachel Vickers aus einem Laden gekommen und habe ihr Kind erkannt.« Baker hielt inne. »Ich muß zugeben, ich verstehe das nicht ganz, ein Mann, der einem Baby auf seinem Arm Häuser zeigt – aber das ist wohl nebensächlich.« Er blickte zu Wexford hinüber, aber Wexford sagte nichts. »Wie Mrs. Dearborn berichtet, hat Rachel ihn gefragt, ob sie Alexandra wiedersehen könne, und er stimmte zu, wenn auch zögernd, und gab ihr seine Büronummer. Mrs. Dearborn sagte – und ich glaube, sie sagt die Wahrheit –, daß sie von keiner weiteren Begegnung zwischen Rachel und ihrem Mann wisse. Soweit sie weiß, zeigte das Mädchen danach weiter kein Interesse an dem Kind.«

»Wir hingegen«, unterbrach Howard, »haben ja schon ganz am Anfang dieser Untersuchung gehört, daß Rachel nach dem 14. Februar ein Einstellungsgespräch bei NOTBOURNE PROPERTIES hatte, und ich glaube, wir können annehmen, daß dieses Gespräch nichts mit einer Bewerbung um einen Job zu tun hatte. Was ist deine Ansicht, Reg?«

»Dearborn«, meinte Wexford bedächtig, »wollte das Kind behalten, und Rachel wollte es genauso dringend wiederhaben. Bei diesem Gespräch in seinem Büro hat sie ihm also gesagt, sie würde sich der Adoption widersetzen, und er unternahm den höchst illegalen Versuch, ihr fünftausend Pfund anzubieten, damit sie nicht widerspräche.«

»Aber wie willst du das wissen?«

Wexford hob die Schultern. »Lies meinen Bericht zu Ende, dann weißt du, wie. Aber auch ohne ihn zu lesen, wirst du sicherlich einsehen, daß das der Grund ist, weshalb Dearborn seiner Frau nichts mehr erzählte. Er ist skrupellos, aber Mrs. Dearborn ist es nicht. Sie hätte sich nie damit einverstanden erklärt, das Kind in irgendeiner Weise zu *kaufen*. Wann sollten sie die Adoptionsurkunde bekommen?«

»Am 24. März«, sagte Baker mit leisem Triumph. »Wenn Sie das nicht wissen, Mr. Wexford, dann weiß ich gar nicht, wie… Aber lassen Sie mich fortfahren mit meinen Vermutungen, was dann passierte. Rachel war einverstanden, das Geld zu nehmen – etwas Geld, wieviel, das können wir nicht wissen – und versprach, Dearborn anzurufen, um einen Zeitpunkt für die Übergabe festzulegen. Der Termin, den sie aussuchte, war der 25. Februar, und sie rief Dearborn an diesem Tag um ein Uhr fünfzehn von der Garmisch Terrace aus an. Etwa eine Stunde später trafen sie sich auf dem Friedhof.«

»Sie haben den Schal als Mrs. Dearborns identifiziert?«

»Aber sicher. Das war der eigentliche Grund, weshalb wir sie aufsuchten. Sie erzählte uns, daß sie oft die Schaffelljacke ihres Mannes trägt und den Schal wahrscheinlich in der Jackentasche steckengelassen hätte. Dearborn traf also das Mädchen, wie verabredet, aber als es soweit war, sich von dem Geld zu trennen, da dachte er, wieviel einfacher es doch wäre, das Geld zu behalten und das Mädchen zu töten. Denn sonst konnte er ja nie sicher sein, ob sie sich nicht trotzdem noch der Adoption widersetzen würde. Also erdrosselte er sie mit dem Schal und schaffte die Leiche in das Montfort-Mausoleum.«

»Da hast du uns übrigens auch geholfen, Reg«, sagte Howard. »Denn du warst es doch, der uns darauf hinwies, daß dies ein Schaltjahr ist. Dearborn hatte es vergessen. Er nahm an, daß der letzte Dienstag des Monats vorbei sei und daß das Grabgewölbe erst wieder *nach* dem 24. März inspiziert würde, und dann wäre ja die Adoption bereits erledigt.«

Wexford griff nach seinem Bericht, blätterte zögernd darin herum und legte ihn wieder hin. »Hat er das alles eingestanden?« fragte er. »Ihr habt mit ihm gesprochen, und... habt ihr ihn verhaftet?«

»Er ist gar nicht zu Hause«, sagte Baker. »Irgendwo im Norden ist er, auf einer Architektentagung.«

»Wir wollten deine *Meinung* hören, Reg«, sagte Howard ziemlich prononciert. »Natürlich ist vieles von alldem Vermutung, aber wie du schon selbst sagtest, es ist die einzig mögliche Schlußfolgerung. Aber wir dachten, du hättest vielleicht noch irgend etwas Konkretes für uns.«

»Habe ich das gesagt?«

»Ja, sicher. So habe ich es jedenfalls verstanden...«

Wexford stand plötzlich auf, stieß seinen Stuhl zurück, so daß er beinahe umkippte. Er hatte plötzlich Angst, aber nicht um sich selbst, nicht vor irgendeinem weiteren Fehler. »Seine Frau wird sich doch mit ihm in Verbindung setzen!«

»Natürlich wird sie das. Laß sie doch. Morgen früh soll er zurückkommen.« Howard blickte auf seine Uhr. »Heute morgen, genauer gesagt. Sobald er weiß, daß er Gefahr läuft, die Adoption nicht durchzukriegen – seine Frau wird ihm erzählen, daß das Gericht die Sache vertagt, bis die Angelegenheit aufgeklärt ist –, kommt der doch stehenden Fußes hier bei uns an. Mein Gott, Reg, sie weiß doch nicht, daß wir ihn des Mordes verdächtigen.«

»Aber er wird inzwischen wissen, daß er sich nicht die geringste Hoffnung machen kann, Alexandras Vater zu bleiben.« Wexford umklammerte die Rückenlehne des Stuhls. »Das wird sie ihm doch erzählt haben?«

»Wenn sie nicht viel phlegmatischer ist, als ich sie einschätze, ja.«

Er versuchte, ruhig zu bleiben. Er wußte, sein Gesicht war weiß geworden, denn er fühlte die Haut schrumpfen und zittern. Bakers Gesicht war zornig und gekränkt, Howards zutiefst verwirrt.

»Ihr wolltet meinen Rat. So muß es wohl sein, denn meine Meinung wolltet ihr ja nicht. Mein Rat ist, Dearborns Hotel anzurufen, und zwar sofort.« Wexford setzte sich hin und drehte den Kopf zur Wand.

»Er ist in seinem Zimmer«, sagte Baker und legte den Hörer auf. »Ich sehe den Sinn dieser ganzen melodramatischen Aktion nicht. Der Mann ist in seinem Zimmer und schläft. Aber gut, sie gehen und sehen nach und rufen zurück. Ich glaube, Mr. Wexford hat so die Idee, die finden ein Bündel Kleider unter der Bettdecke und den Vogel ausgeflogen?«

Wexford erwiderte nichts darauf. Er hatte die Hände so fest ineinander verschlungen, daß die Knöchel durch den Druck weiß geworden waren. Er konnte der Spannung auch nicht Herr werden, immerhin klang wenigstens seine Stimme einigermaßen gelöst, als er um der Konversation willen fragte: »Wie ist es denn Clements ergangen?«

»Der hat seine Adoption perfekt«, sagte Howard. »Rief an, um es uns zu erzählen. Überhaupt keine Schwierigkeiten.«

»Ich werde seiner Frau Blumen schicken«, meinte Wexford, »erinnere mich daran.« Er goß sich noch eine Tasse Kaffee ein, ohne lange um Erlaubnis zu bitten, aber seine Hand war unsicher, und er verschüttete etwas auf den Schreibtisch. Howard sagte kein Wort.

Im Telefon ertönte ein leises Klicken, ehe es um den Bruchteil einer Sekunde später klingelte. Noch ehe es klingelte, fuhr Wexford wie unter einem Schock zusammen. Drei Hände streckten sich nach dem Hörer aus, denn auch die beiden anderen hatten sich von Wexfords Panik anstekken lassen. Es war Howard, der den Hörer nahm, Howard, der sagte: »Verstehe. Ja. Haben Sie einen Arzt geholt? Und die zuständige Polizei?« Er bedeckte die Sprechmuschel mit der Hand. Sein mageres Gesicht war sehr blaß geworden. »Sie haben einen Arzt unter den Hotelgästen«, erklärte er, »der ist jetzt bei Dearborn.«

»Er hat versucht, sich umzubringen«, sagte Wexford, und es war keine Frage, sondern ein Statement.

»Sie fürchten, er ist tot. Sie wissen es noch nicht. Irgendeine Überdosis, so hört es sich an.«

Baker sagte mit angemessener Trauermiene: »Vielleicht ist es am besten so. Entsetzlich natürlich, aber wenn man an die Alternative denkt – jahrelang im Gefängnis ... Ich in seiner Lage würde denselben Ausweg wählen.«

Howard redete wieder und stellte knappe Fragen.

»Welche Lage?« fragte Wexford. »Sie glauben doch wohl nicht mehr daran, daß er es getan hat, oder?«

23

Kommen sie auf diesem Weg nicht vorwärts, so säen sie den Samen der Zwietracht aus.

Wexford hatte viele Kingsmarkhamer Morgengrauen erlebt, aber bis jetzt noch nie ein Londoner Morgengrauen. Er schob die Vorhänge an Howards Fenster auseinander und sah zu, wie der indigoblaue Himmel aufriß und zwischen den schweren Wolken Streifen grünlichen Lichts zum Vorschein kamen. Ein leiser Wind, zu schwach, um die Bäume des Friedhofs in Bewegung zu setzen, ließ die Fahne auf dem

Dach eines entfernten Gebäudes leicht flattern. Tauben fingen an zu gurren und flatterten schwerfällig gegen die Fassaden der Hochhäuser; begriffsstutzig, wie sie waren, hielten die törichten Kreaturen sie noch immer für die Klippen Süditaliens, von wo die Römer sie vor zweitausend Jahren mitgebracht hatten. Der Verkehrslärm, der während der Nachtstunden gedämpft gewesen war, erwachte wieder zur vollen Lautstärke des Tages.

Außer ihm war niemand in dem Büro. Während der große rote Ball der Sonne sich erhob und durch rötlich-schwarze, dunstige Wolkenballen brach, gingen nach und nach die Straßenlaternen von Kenbourne Vale aus. Wexford ging durch den Raum und knipste den Lichtschalter aus. Aber kaum befand er sich in dem wohltuend beruhigenden Halbdunkel, da ging das Licht wieder an, und Howard humpelte mit Melanie Dearborn in das Büro.

Ihr Gesicht war eingefallen, die Augenhöhlen dunkelrot vor Müdigkeit und Angst. Sie trug Hosen und einen Pullover, und darüber die Schaffelljacke ihres Mannes. Trotz aller Qual und Angst jedoch wahrte sie ihre gute Erziehung. Sie blinzelte ein wenig gegen das Licht, trat auf Wexford zu und streckte ihre Hand aus. »Es tut mir so leid«, begann sie, »daß wir uns auf diese Weise wiedersehen, daß diese entsetzlichen Dinge...«

Er schüttelte den Kopf, zog einen Stuhl heran und half ihr, sich zu setzen. Dann begegnete er Howards Blick. Howard nickte kaum wahrnehmbar und schürzte unmerklich die Lippen.

»Ihr Mann...?«

»Wird sich erholen«, antwortete Howard für sie. »Er ist im Krankenhaus, und er ist sehr müde, aber er ist bei Bewußtsein. Er wird sich völlig erholen.«

»Gott sei Dank«, sagte Wexford ernst.

Sie sah zu ihm auf und brachte ein Lächeln zustande, das den Tränen nahe war. »Warum war ich bloß so dumm, ihn gestern abend anzurufen? Ich war in Panik geraten, verstehen Sie das? Ich konnte einfach nicht daran denken, daß er heimkäme und vielleicht Alexandra gar nicht mehr zu Hause fände. Er erzählte mir alles, was er getan hat, um sie zu behalten.«

Wexford setzte sich und zog seinen Stuhl näher an ihren heran.

»Was hat er getan, Mrs. Dearborn?«

»Ich habe Angst, es Ihnen zu erzählen«, flüsterte sie. »Denn wenn es rauskommt... dann könnte man... ich meine, dann könnte man uns Alexandra wegnehmen und uns...«

Wexford blickte Howard an, aber der rührte keine Miene. »Es ist besser, Sie erzählen es uns«, sagte er. »Es ist immer besser, die Wahrheit zu sagen. Und wenn das Bestechungsgeld nicht angenommen wurde...«

Howard hüstelte warnend, und Melanie Dearborn seufzte tief. Sie kuschelte sich tiefer in die Felljacke, so als habe sie dadurch, daß sie ihrem Mann gehörte und er sie getragen hatte, einen tröstlichen Teil seiner selbst um sich. »Aber das Bestechungsgeld ist angeboten worden«, sagte sie.

»Wieviel?« fragte Howard freundlich, aber bestimmt.

»Fünftausend Pfund.«

Wexford nickte. »Sie sollte als Gegenleistung dafür versprechen, daß sie gegen die Adoption keinen Einspruch erhebt?«

»Sie *hat* es versprochen. Als sie zu meinem Mann ins Büro kam. Und dort trafen sie ja auch die Verabredung, sich am 15. Februar um zwei Uhr fünfzehn auf dem Friedhof von Kenbourne Vale zu treffen.«

»Weshalb hat sie ihre Meinung geändert?«

»Das hat sie eigentlich gar nicht. Wie Stephen mir sagte, war sie ein sehr einfaches Mädchen. Als sie und er sich an diesem Tag trafen, da fing sie an, davon zu reden, daß sie das Geld dazu benutzen würde, es jemandem zu geben, der sich dafür um Alexandra kümmerte, während sie arbeitete. Sie war nicht einmal imstande zu begreifen, was sie da sagte. Stephen sagte: ›Aber Sie werden Alexandra nicht haben. Ich gebe Ihnen das Geld, damit ich sie behalten kann.‹ Da legte sie die Hand über den Mund – man kann sich das vorstellen – und sagte: ›Oh, Mr. Dearborn, ich *muß* sie behalten. Sie ist alles, was ich auf der Welt habe, und Sie werden das Geld nicht vermissen.‹ Sie *begriff* das alles einfach nicht.«

Wexford nickte, sagte aber nichts. Er hatte das Mädchen gesehen, oder ihren Geist, ihr Ebenbild, ihre Doppelgängerin. Beide waren in einer rigiden Moral aufgewachsen, in welcher das, was normale menschliche Wesen Ethik nannten, nicht vorkam.

»Stephen war – ja, völlig entsetzt«, fuhr Mrs. Dearborn fort. »Er sagte, er würde ihr mehr geben, alles, was sie wolle. Er war bereit, bis zu – oh, ich weiß nicht – bis zu fünfzigtausend zu gehen, vermute ich. Aber sie konnte sich eine solche Geldsumme nicht vorstellen.«

»Gab er ihr irgend etwas?«

»Natürlich nicht. Sie schwatzte immer weiter drauflos, daß sie jemandem, der sich um Alexandra kümmerte, einen Tausender geben, und die restlichen vier für die Zukunft aufheben wollte. Er sah, daß das zu nichts führte, und er drehte sich um und ließ sie einfach stehen. Er war sehr still und bedrückt an dem Abend – ich dachte, es sei, weil er es so satt hätte, wie ich mich wegen Louise anstellte. Um die Mitte der nächsten Woche war er dann wieder mit sich und der Welt im reinen. Jetzt weiß ich, warum. Da hatte er erfahren, wer das ermordete Mädchen war.«

Howard hatte die ganze Zeit zugehört, ohne sich einzumischen, jetzt meinte er mit ruhiger, kühler Stimme: »Wenn Sie jetzt losfahren möchten, um Ihren Mann zu besuchen, Mrs. Dearborn, dann kümmern wir uns wohl lieber um eine Fahrgelegenheit.«

»Ach, vielen Dank. Ich fürchte, ich habe Ihnen allen schon genug Mühe gemacht.« Melanie Dearborn zauderte, dann fragte sie hastig: »Was soll ich ihm denn sagen wegen... wegen Alexandra?«

»Das hängt vom Ausgang dieses Falls ab, und vom Gericht.«

»Aber wir lieben sie«, sagte sie flehend, »wir können ihr ein schönes Zuhause bieten. Stephen – er hat schon versucht, sich umzubringen. Und das Bestechungsgeld wurde doch nicht angenommen. Und in den Augen des Mädchens war es auch gar keine Bestechung, sondern einfach ein Geschenk, so wie die Kleider, die wir ihrer Tante gaben.«

»Nun?« meinte Wexford zu Howard, nachdem sie ihnen noch beim Hinausgehen einen beschwörenden Blick über die Schulter zugeworfen hatte.

»Möglich, daß das Gericht die Sache auch so sieht. Aber wenn die Indizien bei Dearborns Strafverfolgung...«

»Weshalb denn Strafverfolgung, Howard? Weil er einem armen Mädchen, der Nichte seiner früheren Putzfrau, ein Geldgeschenk gemacht hat, damit sie ein Kind, das er gern hat, ordentlich aufziehen kann? Und dann zieht er das Angebot zurück, weil die ausgewählte Pflegestelle in seinen Augen unpassend war?«

»Es war doch nicht so, Reg, du redest wie ein Jesuit. Dearborn hat sie getötet. Der Schal gehörte seiner Frau und steckte in der Tasche der Jacke, die sie beide tragen. Er hatte handfestere Motive als jeder andere. Und er verfügte über ganz spezielle Kenntnisse. Er versteckte sie in einem Grabmal, von dem er wußte, daß es erst wieder inspiziert würde, nachdem er seine Adoption in der Tasche hätte.«

»Von wegen wußte!« meinte Wexford. »Er hätte bestimmt nicht vergessen, daß dies ein Schaltjahr ist. Der 29. Februar ist sein Geburtstag.«

»Ich verstehe Sie nicht, Mr. Wexford«, sagte Baker, der gerade hereinkam und die letzten Worte gehört hatte. »Laut Ihrem Bericht stimmen Sie doch vollkommen mit unseren Ansichten überein?«

»Woher wollen Sie das wissen? Sie haben sich ja nicht die Mühe gemacht, ihn zu Ende zu lesen.«

Howard blickte seinen Onkel an, halb lächelnd, als begriffe er bereits dessen Genugtuung über ein Ende, eine Lösung, die er dringender als Wexford herbeigesehnt und gern für sich verbucht hätte.

Er nahm die zwei letzten Seiten auf, winkte Baker heran und las sie rasch durch. »Wir sollten nicht hier sein«, sagte er, als er zu Ende gelesen hatte, »sondern in Garmisch Terrace.«

»*Ihr* solltet«, gab Wexford zurück. Er sah auf seine Uhr und gähnte. »Ich muß den Zug kriegen.«

Baker trat einen Schritt auf ihn zu. Er streckte weder seine Hand aus, noch versuchte er, irgend etwas zurückzunehmen oder auch nur zu lächeln. Er sagte: »Ich weiß nicht, wie Mr. Fortune darüber denkt, aber ich würde es für einen persönlichen Gefallen halten, wenn Sie mit uns kämen.« Und

Wexford begriff, daß dies eine volle, ehrliche Entschuldigung war.

»Es gibt ja noch andere Züge«, sagte er und zog sich den Mantel an.

Früher Morgen in der Garmisch Terrace. Dünnes, blasses Sonnenlicht ließ die Häuser nackt erscheinen in all ihrer Verwahrlosung. Jemand hatte »Gott ist tot« auf die Wand des Tempels geschrieben, und der Hirte war gerade mit einem Eimer Wasser und einer Bürste dabei, es abzuscheuern. Vor Nummer 22 stand Peggy Pope, die Haare in ein Kopftuch gebunden, und lud einige kleine Möbelstücke in einen Lieferwagen.

»Ziehen Sie aus?« fragte Wexford.

Sie hob die Schultern. »Nächste Woche«, sagte sie. »Ich dachte, ich bin's den Eigentümern schuldig, 'ne Woche vorher zu kündigen.« Ihr Gesicht war ungewaschen, ungeschminkt, ziemlich schmutzig und doch hatte es die sonderbar vergeistigte Schönheit einer jungen Heiligen. »Ich will bloß schon mal ein paar von meinen Sachen loswerden.«

Wexford blickte den Fahrer an. Es war der indische Mieter. »Sie gehen mit ihm zusammen weg?«

»Ich geh *allein* weg, ich und das Kind, klar? Ich zieh nach Hause zu meiner Mutter. Wohin sollt ich denn sonst wohl.« Sie schmiß einen kaputten Plattenspieler in den Wagen, wischte sich die Hände an den Jeans ab und stieg die Souterrainstufen hinab. Die drei Polizisten folgten ihr.

Die alten Regale voller Bücher standen noch da – klotziges, schäbiges Sperrgut. An der Wand war ein wenig mehr Farbe abgeblättert und hatte die Landkarte jenes unirdischen Kontinents Utopia vergrößert. Lamont lag im Bett und hielt das zappelnde Baby im Arm.

Peggy legte keinerlei Anstandsgefühl an den Tag, wie es eine respektable Hausfrau unter diesen Umständen wohl getan hätte. Sie war keine respektable Hausfrau, sondern eine unstete Frau, drauf und dran, ihren Liebhaber zu verlassen. Vielleicht erinnerte sie sich, wie Wexford ihr einmal beim Tragen schwerer Sachen geholfen hatte und nahm wohl seine Anwesenheit als Zeichen dafür, daß er in der gleichen Rolle wieder erschienen sei, denn sie wollte ihm wortlos einen Einkaufskorb voller Küchenutensilien in die Arme packen. Aber Wexford schüttelte den Kopf. Er ging zum Bett hinüber und sah Lamont an. Dessen erste Reaktion war, daß er den Kopf ins Kissen vergrub. Und dann richtete er sich langsam und verzweifelt zum Sitzen auf.

Howard und Baker traten näher ans Bett, und Peggy beobachtete sie. Sie wußte jetzt, daß etwas faul war, daß sie nicht bloß kamen, um Fragen zu stellen. Aber sie sagte nichts. Sie verließ Garmisch Terrace mit allem, was dazugehörte, und vielleicht kümmerte es sie nicht.

»Stehen Sie auf, Lamont«, sagte Baker. »Stehen Sie auf und ziehen Sie sich an.«

Lamont erwiderte kein Wort. Unter dem schmutzigen Laken war er nackt. Auch seine Augen hatten einen nackten, leeren Blick, aus dem totales Versagen und tiefste Armut sprachen, Mangel an Liebe, an Besitztum, an Phantasie. Du bist ein Ding nur, mußte Wexford denken, ein Mensch, der Welt nicht angepaßt, ist mehr nicht als ein armes nacktes Tier, wie du eins bist... »Kommen Sie mit, Sie wissen, weshalb wir hier sind.«

»Ich hab das Geld nicht«, flüsterte Lamont. Er ließ das Laken fallen, nahm das Kind in seine Arme und reichte es Peggy. Er war eine letzte, endgültige Selbstaufgabe. »Jetzt mußt du für sie sorgen«, sagte er, »du allein. Ich hab's für dich und für sie getan. Wärst du geblieben, wenn ich das Geld gehabt hätte?«

»Weiß nicht«, sagte Peggy, »ich weiß es nicht.«

»Ich wollte, ich würde mich so wohl fühlen, wie du aussiehst«, sagte Howard müde. »Man sagt ja, Abwechslung sei ebensogut wie Ruhe; aber du hast doch keins von beidem gehabt und siehst doch wohl aus.«

»Ich fühl mich auch wohl.« Und trotzdem bin ich froh, nach Hause zu kommen, dachte Wexford, aber er sagte es nicht laut. »Es ist schön, wieder lesen zu können ohne das Gefühl, blind zu werden.«

»Ach, das erinnert mich daran...«, meinte Howard. »Ich hab was für dich zum Lesen im Zug. Ein Abschiedsgeschenk. Pamela ist extra nach West-End gefahren, um es zu besorgen.«

Eine sehr schöne Ausgabe der ›*Utopia*‹, in bernsteinfarbenem Kalbsleder gebunden und mit Goldschnitt versehen. »Oh, jetzt hab ich es endlich. Vielen Dank. Wenn wir jetzt nach Chelsea zurückfahren, könnten wir nicht einen Umweg machen, damit ich ihm auf Wiedersehen sage?«

»Warum nicht? Und, Reg, vielleicht kannst du mir unterwegs im Wagen noch ein paar Dinge erklären.«

Es würde ein wundervoller Tag werden, der erste wirklich schöne Tag von Wexfords Ferien, jetzt, da die Ferien vorüber waren. Er bat Howard, das Fenster herunterzukurbeln, damit er die weiche Luft auf dem Gesicht spüren konnte. »Nachdem ich diesen ersten Schnitzer gemacht hatte«, sagte er, »wurde mir klar, daß Dearborn niemals seinen Friedhof entweiht hätte, und dann fiel mir ein, daß er erzählt hatte, sein Geburtstag sei am 29. Februar. Ein Mensch vergißt doch nicht, daß sein eigener Geburtstag bevorsteht, besonders dann nicht, wenn er nur alle vier Jahre stattfindet. Lamont hat sie in das Montfort-Mausoleum geschleppt, weil er ihr zufällig gerade davor begegnet ist. Er hat sie umgebracht.«

»Wie bist du darauf gekommen, daß er es war?«

»Dadurch, daß Loveday – ich kann nur als Loveday an sie denken, vielleicht weil sie versuchte, aus ihrer Dunkelheit in eine Art Licht zu gelangen – dadurch, daß sie immer runterging und mit ihm redete und ihm etwas *anvertrauen* wollte. Sie konnte ihm nichts anderes anvertrauen außer Alexandra. Sie wandte sich an ihn und nicht an Peggy, weil sie Angst hatte vor Peggy, und zum Teil auch, weil es Lamont war, der sich am meisten um sein eigenes Kind kümmerte.« Sie kamen in den Hyde Park – ein unverhofft' Narzissenmeer, Zehntausende auf einen Blick. »Sie hat ihm erzählt, sie würde fünftausend Pfund bekommen, und so unwahrscheinlich das auch war, sie muß ihn überzeugt haben, denn er nahm schon Kontakt zu Grundstücksmaklern auf. Ich hab selbst bei ihm eins der Angebote gesehen, über ein Haus, das knapp unter fünftausend kostete.«

»Aber sie wollte ihm bloß tausend geben.«

»Ich weiß. Ich glaube aber nicht, daß er geplant hatte, direkt Gewalt anzuwenden, er dachte wohl, er könnte ihr den Rest irgendwie auch noch abluchsen.«

»Also rief sie Dearborn an«, sagte Howard, während sie an den Museen vorüberfuhren, die an diesem Samstag morgen von Touristen belagert waren. »Sie rief ihn am 25. Februar um ein Uhr fünfzehn an, um das Treffen zu vereinbaren.«

»Das hatten sie bereits in seinem Büro vereinbart. Es war Lamont, den sie anrief. Der saß im *Grand Duke*, dort nahm er immer seine Telefonanrufe entgegen. Sie erzählte ihm, daß ihr das Geld an diesem Nachmittag auf dem Friedhof ausgehändigt würde. Er muß ihr aufgelauert und gesehen haben, wie sie sich von Dearborn trennte, natürlich in der Annahme, daß sie das Geld bekommen hätte.«

»Dann hat er sie gestellt«, ergänzte Howard, »und erst mal einen Tausender verlangt. Aber sie wollte ihm nicht mal den geben. Sie hatte ja nichts zu geben.«

Wexford nickte. »Und er hatte nur den verzweifelten Wunsch, Peggy und das Kind zu behalten, und nichts sollte ihn jetzt noch daran hindern. Er erwürgte sie mit ihrem Schal.«

»Nein, Reg, das stimmt nicht. Es war Mrs. Dearborns Schal.«

»War es mal«, erklärte Wexford. »Dearborn hat ihn Lovedays Tante geschenkt.«

Der Fluß flimmerte braun und golden, ein großer Bruder des Kingsbrook, schmutziger und breiter und stärker. Heute abend, dachte Wexford, wenn wir unsere Koffer ausgepackt haben und die Enkelkinder dagewesen sind, um ihre Geschenke abzuholen, heute abend geh ich runter und schau mir meinen eigenen Fluß an. Er stieg aus dem Wagen und trat auf Sir Thomas zu. Heute morgen blinkte die goldene Kopfbedeckung und die goldene Kette fast zu stark, um sie anzusehen.

Wexford wandte sich zu Howard um, der hinter ihm hergehumpelt war. Er faßte gegen seine Manteltasche, in der das Buch steckte. »Mehr als vierhundert Jahre ist es her, seit er das geschrieben hat«, sagte er, »aber ich kann nicht finden, daß sich die Dinge seither sonderlich zum Besseren gewandelt hätten, jedenfalls nicht so, wie er es gehofft hat. Gut, daß er's nicht weiß. Der würde da von seinem Sessel aufstehen und in den Tower zurückgehen.«

»Willst du nicht dein neues Buch lesen?« fragte Dora, als sie im Zug saßen und die Außenbezirke mit ihren grauen Straßen, den roten Häuserblöcken, weißen Hochhäusern und Bäumen gleich zahllosen Rauchwölkchen im goldenen Dunst am Fenster vorbeiflogen.

»Gleich«, sagte Wexford. »Was hast du denn da? Noch mehr Geschenke?«

»Ach, das hab ich fast vergessen. Diese beiden Sachen kamen heute morgen für dich.«

Zwei Päckchen, eins dick, das andere dünn. Wer schickte ihm denn wohl Päckchen? Die Handschriften auf dem braunen Packpapier sagten ihm nichts. Er löste den Bindfaden des dünneren, und eine Ausgabe der ›*Utopia*‹ fiel heraus, eine Taschenbuchausgabe mit einer Postkarte darin, auf der ein Kaninchen in ländlicher Umgebung hockte, mit einem Gruß von Denises Schwägerin. Wexford schnaubte.

»Geht's dir nicht gut, Liebling?« fragte Dora besorgt.

»Natürlich geht's mir gut«, knurrte Wexford. »Fang bloß nicht wieder so an.«

Das andere Päckchen enthielt ebenfalls ein Buch. Er war kein bißchen überrascht, als noch eine ›*Utopia*‹ zum Vorschein kam, ein antiquarisches Exemplar diesmal, aber wohlerhalten. Die Karte hatte einen violetten Rand, der Name darauf war in goldenen Lettern gedruckt. »Dies hatten Sie vergessen«, las Wexford vor. »Etwas zum Lesen im Zug. Sie können es behalten. Man trifft nicht jeden Tag menschliche Polizisten. I.M.T.«

Etwas zum Lesen im Zug... Schlagartig überfiel ihn die Müdigkeit. Aber er kämpfte dagegen an, bemühte sich krampfhaft, wach zu bleiben, hielt seine drei neuen Bücher umklammert und starrte aus dem Fenster.

Draußen begann jetzt das grüne Land, schob sich zwischen Backsteinbastionen. Bald würden sie durch saftigstes England fahren, durch schwellende Niederungen. Jetzt also ›*Utopia*‹, endlich.

Dora bückte sich und hob leise die Bücher vom Boden des Wagenabteils auf. Ihr Mann war eingeschlafen.